李鸣生，当代著名作家。1956 年生于四川简阳。1974 年入伍。1991 年毕业于解放军艺术学院文学系。中国报告文学学会副会长。中国作家协会报告文学委员会委员。中国文字著作权协会常务理事。

1981 年发表第一首诗歌。1982 年发表第一篇小说。1984 年发表第一部中篇报告文学。1990 年创作第一部电视剧剧本（中央电视台播出）。1991 年发表第一部长篇报告文学。主要作品有：《李鸣生文集》（十六卷），李鸣生“航天七部曲”（七卷），李鸣生“走出地球村”系列丛书（七卷），中篇小说、电视剧、电视专题片、电影纪录片多部，共约九百万字。

作品曾获三届鲁迅文学奖、三届国家“五个一工程”奖、三届中国报告文学奖，以及中国图书奖、中国改革开放三十年优秀报告文学奖、中国长篇广播金奖、北京市优秀文学作品奖、上海重大文艺工程精品图书奖、《当代》文学奖、首届《中华文学选刊》奖、冯牧文学奖、徐迟报告文学奖、全军文学作品特等奖、全军文学作品一等奖、中国人民解放军文艺奖等二十二项。

有作品入选《21 世纪中国文学大系》《21 世纪中国最佳纪实文学》《中国报告文学精品文库》《共和国作家文库》《新中国 60 年文学大系》《30 年文学典藏》《中国优秀报告文学读本》《中国报告文学精选》及大中专院校教材等数十种文本。

李鸣生微信公众号：lms6668

博客中国李鸣生专栏：limingsheng.blogchina.com

李鸣生新浪微博：@ 李鸣生

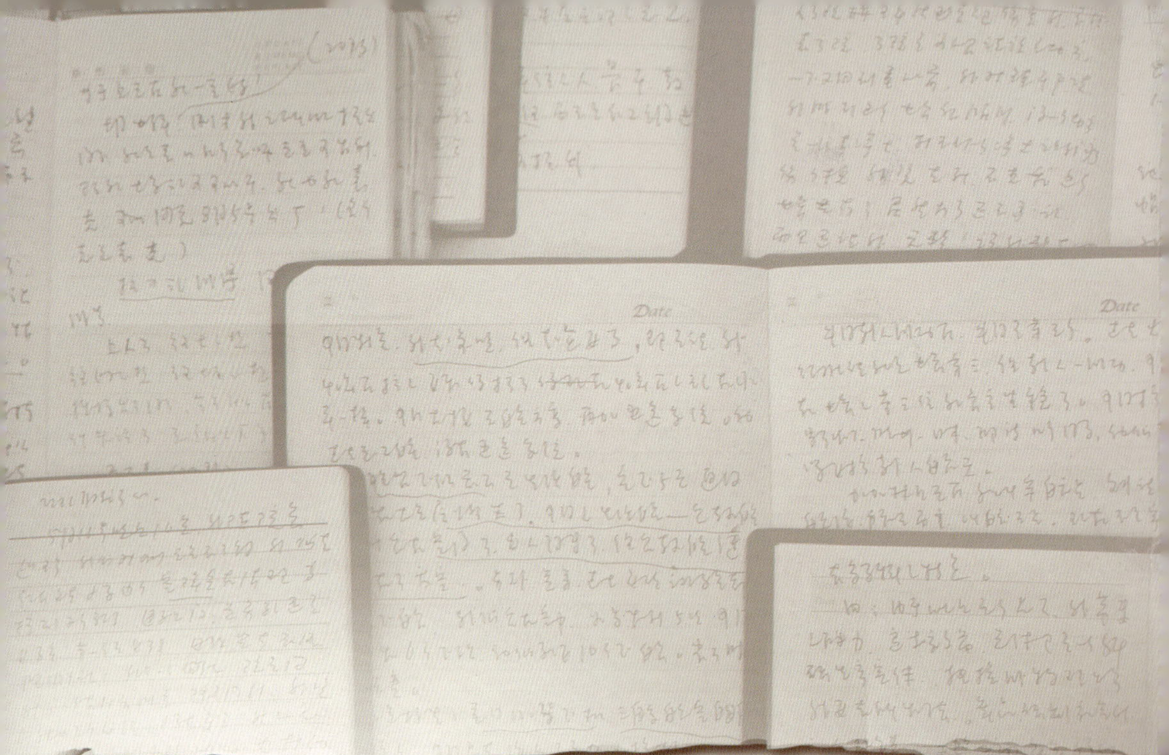

作者采访手迹

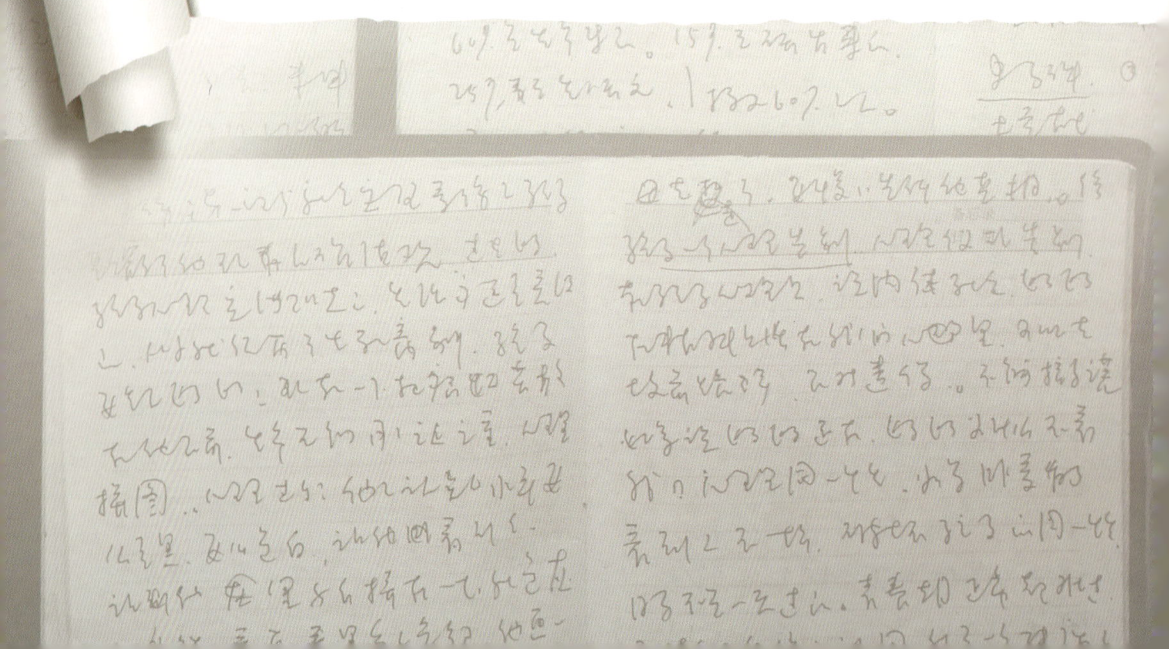

李鸣生文集

澳星风险发射

天地出版社

图书在版编目（CIP）数据

澳星风险发射/李鸣生著.—成都：天地出版社，2017.2
（李鸣生文集）
ISBN 978-7-5455-2152-8

Ⅰ.①澳… Ⅱ.①李… Ⅲ.①报告文学-中国-当代
Ⅳ.①I25

中国版本图书馆 CIP 数据核字（2016）第 179821 号

AOXING FENGXIAN FASHE

澳星风险发射 李鸣生 著

出品人 罗文琦

选题策划 张 京
选题组稿 谭清洁 漆秋香
责任编辑 谭清洁 漆秋香等（本书责任编辑：李婷婷 李镕宸）
装帧设计 冠腾文化
电脑制作 四川胜翔数码印务设计有限公司
责任印制 田东洋

出版发行 天地出版社
（成都市青羊区槐树街 2 号 邮政编码：610031）
网 址 http://www.tiandiph.com
http://www.天地出版社.com
电子邮箱 tiandicbs@vip.163.com

印 刷 四川经纬印务有限公司
版 次 2017 年 2 月第一版
印 次 2017 年 2 月第一次印刷
规 格 168mm×240mm 1/16
总 印 张 330（本书印张：18.75）
总 字 数 4700 千(本书字数：260 千)
总 定 价 698.00 元
书 号 ISBN 978-7-5455-2152-8

美国大诗人惠特曼说，当失败不可避免时，失败也是伟大的。

——题　记

序

有思想的非虚构：李鸣生报告文学论

丁晓原

尽管我们有《左传》《史记》这样久远的文学纪实的传统，但具有特指性的报告文学还只是一种只有百余年历史的后起文体。建构晚近三十年中国报告文学史的优秀作家有许多，其中特别重要的是一批穿越上世纪70年代末至新世纪的资深报告文学家，我们称之为跨世纪报告文学作家。但真正具有文体史意义的，或其创作参与了文体建设的报告文学作家，并不是很多。李鸣生是其中不可或缺的一位，他的写作对报告文学文体具有典型意义。这位写作了《飞向太空港》《澳星风险发射》《走出地球村》《中国“长征号”》《远征三万六》《千古一梦》《发射将军》“航天七部曲”的“太史令”，以其独特的创作，为我们书写了新中国航天的悲壮历史。它们既是航天的壮美诗史，也是国志，是文学。作家的地位是由作品的品位决定的，作家的个人史由其创作史建构。李鸣生以其高水准、大规模的航天作品，铸就了他在文坛作为中国航天首席报告文学家、中国航天文学领军者的地位，即使在世界航天文学的书写中也可作如是观。此外，《走出地球村》《中国863》和《震中在人心》三部作品分别获得第一届、第二届和第五届鲁迅文学奖。获得三届鲁迅文学奖的作家很少，尽管获奖不是评价作家创作的唯一尺度，但李鸣生的这些作品摄取独特，叙事宏阔，思考深广，语言表达颇具个性意味，是完全配得上鲁迅文学奖这一荣誉的。

我们对作家的创作进行价值评估，需要超越作品某种应时而生的新闻性，获得必要的时间间距和空间背景。时间是最有信度的批评家，空间也为批评提供了更多的参数。基于这样的认知，我们将李鸣生个人的报告文学创作史，推置于晚近三十多年中国报告文学史中加以观照考察，解析作家创作的特质，探索其何以并在多大程度上实现了对报告文学文体的有效诠释，这应该是很有意义的。

一

我以为，报告文学是一种个人化的社会写作。从作者主体角色的存在视之，这是一种典型的知识分子写作方式。对此，李鸣生也是认同的。他在鲁迅文学院第二十届中青年作家高级研讨班的研讨会上，就明确地告诉他的青年同道："我认为，真正的报告文学作家是典型的知识分子。"①

知识分子的范畴具有多种义项。这里所说的知识分子不是"知识"的知识分子或者是"专业"的知识分子，而是公共知识分子。这种知识分子的基本特点是介入社会；作为社会良知，基于独立思想而向社会发言。因此，报告文学的写字间是整个社会，它拒绝一厢情愿的私人写作。并且从根本上说，作家的思想品位决定着报告文学作品的品质，而有品位的思想需要作家秉持独立的人格。在李鸣生看来，"知识分子最大的特点就是他的人格的独立，这点，作为一名优秀的报告文学作家必须具备"。由此李鸣生给出"报告文学作家和新闻记者的区别"的关键之处在于，"新闻记者是要在现场报道，要在第一时间内把最有价值的信息传达出去（**深度报道另当别论**）；报告文学作家是要在这些新闻事件的基础上作出自己的独立思考，最终传递和表达的是你对这个世界的思考，而你的思考要与众不同。所以，在所有的社会问

---

① 李鸣生：《报告文学作家要人格独立》，中国作家网 2013 年 7 月 2 日。

题上，作为报告文学作家必须建立起自己独立的思想体系，进行与众不同的思考，最终发出与众不同的声音”。① 由此可见，思考、思想之于报告文学作家李鸣生所具有的特别意义。“一个民族光有空间的高度是不够的，还必须要有思想的高度。唯有拥有了思想的高度，其眼光、胸襟、境界才大不一样，甚至说话的气派、分量也大不相同；而天天看到、想到的，就不仅仅是秦砖汉瓦、巍峨长城，滔滔黄河、滚滚长江，还有五洲四海、辽阔世界，万里长空、茫茫宇宙！”（**《千古一梦·尾声》**）这是李鸣生长篇报告文学《千古一梦》中一段具有主题性意义的表述。根据这一表述，结合体现作者追寻思想自觉的创作实践，我们可以获得观照、读取李鸣生报告文学特质与价值的一个优选的视角。在我看来，李鸣生的报告文学体现为一种有思想的非虚构写作范式。

思想为美是报告文学写作美学中的一条重要原则，这是这一文体作为知识分子写作方式的一种内在规定。著有《西部在移民》的麦天枢曾经说过：“当思想的深度构成读者对报告文学的普遍要求的时候，思想性就表现为一种美；思想性通过文学手段来承载，思想性就变成了文学性。”② 优秀的报告文学是作家卓异思想的产物，同时它又如思想的“发生器”，能够激活读者的关联思考与叩问。《哥德巴赫猜想》在新的历史时期首次正面叙写讴歌科学工作者的业绩和科学精神，在拨乱反正之初具有显然的思想先锋意义。《人妖之间》直击现实严重的腐败，开创了新时期以批判为价值取向的“问题报告文学”的先河。作者感于世相而提出的“人们啊，要警惕”的告诫，危言醒世，启人深思！李鸣生初入文坛，就浸润着新时期报告文学的文学精神。在其后的写作中，他奉持“独立人格、独立立场、独立思想、独立写作”的原则。这一原则来自他长期写作实践的真切体悟，也视为他对报告文学理想写作的一种诉求。出版文集时，这一原则被赫然印在文集的

① 李鸣生：《报告文学作家要人格独立》，中国作家网2013年7月2日。

② 参见《太行夜话——报告文学五人谈》，《光明日报》1988年9月23日。

封面上，这充分说明作者对这诸多“独立”的特别看重。

我以为，四个“独立”的核心在于“独立思想”。“独立思想”是我们解读李鸣生报告文学的“文眼”。李鸣生是一位对思想有着执着认知的作家。他以为：“一个作家的思想非常重要，无论你是写什么的。思想决定作品的高度，决定作品的品质，甚至说思想决定一切。而这种思想，必须属于自己。”① “思想”在李鸣生报告文学写作中是一种整体性的存在，它涉及选题与格局、价值取向和叙事设置、思想表达和语言策略，等等。特别与众不同的是，思想于报告文学家李鸣生而言，更可贵的是体现为思考的方法、思维的智慧。我们读李鸣生的作品，很容易获得一种直观的感觉，就是大题材、大视野、大构架、大叙事、大主题、大气场。同样是科技题材的报告文学，徐迟的《地质之光》《哥德巴赫猜想》《生命之树长绿》等可谓是精致的诗，而李鸣生的《飞向太空港》《千古一梦》等作品是一种史诗的创制，即便是《发射将军》这样的人物报告文学，也注意将个人史与国史的叙事有机融合，体现出别有意味的史性。我以为李鸣生写作中显示出的种种大观，从根本上说是来自作家的大思维。其中具有李鸣生原创性新思维的，是其关于“星际文明”“宇宙文明”的发明与阐释。这是李鸣生卓然有成、自立于文坛的思想前提。

二

航天书写于李鸣生而言是一种宿命，一种天作之合的情缘，是个体生命史的建构，也是作者贡献天地文明的事业！“十五年的发射场生活，使我比一般人更有条件看到天空，也更有机会随着火箭卫星的一次次升腾，对我们居住的这个星球以及顽强地活在这个星球上的同类

① 参见杨鸥：《李鸣生：中国航天史诗的书写者》，《人民日报·海外版》2010年8月6日。

进行立体的思索，从而改变了我跪着看待人生的姿势，获得了一个与众不同的审视世界的角度。”（《飞向太空港·后记〈天空让人想起使命〉》）这位结缘于航天伟业的作家，是以航天人的姿态入轨报告文学天地的。从李鸣生的话中，我们可以获知作者不仅具有得天独厚的熟稔题材的条件，而且更重要的是由此衍生出的心理优势和写作智慧。“发射场成了我的精神牧场”（《千古一梦》）。在对象主体化的领悟之中，李鸣生开启了辽阔宽广的思维空间。这种思维空间早在写作《飞向太空港》时就已形成了。《飞向太空港》叙写的是中国“长征三号”火箭发射美国“亚洲一号”卫星的故事。这样的题材在当时极易写成高度意识形态化的主题，但李鸣生显然并没有为思维定式所囿。有作品“题记”可证：“谨以此书，献给创造空间文明、寻找人类新家园的航天勇士们!”这里所说的“空间文明”为李鸣生首先提出，在作品后记《天空让人想起使命》中，作者对此有具体的阐释。这篇后记中，作者从容地挥洒着沛然的才情，演绎着飞天想象的迷人：在宇宙文明的时代，“也许，宇宙公民们还会从各自的星球走来，手牵着手，肩并着肩，欢聚一堂，嬉笑打闹，谈天说地。而地球人回忆的话题一定是：在很久很久以前，我们如何艰难、痛苦地挣扎在地球上”。这不只是凌虚的想象，更有对科学逻辑的预知。李鸣生认为：“从区域文明到地球文明，从地球文明到星际文明，从星际文明再到地球文明，应该是一个无法抗拒的自然规律。航天时代带来的宇宙意识，导致了人类认识的飞跃，从而把人类的思想与情感引升到一个辽远而广阔的大境界。”这一表述中所包含的卓异的宏大思维，表明了作者思维的开阔与大气。而正是这样的思维建构，促成了《飞向太空港》得以大起高开，使李鸣生此后能以高水准的创作在充满竞争的报告文学领域中步履稳健地登堂入室。

《飞向太空港》的主题不只是此类题材通常会有的爱国主义精神。它的主题是复调式的。作者将中外航天合作置于中国改革开放的大背景之中，《周游列国的中国专家们》等章节极其真实地反映了开放之初始，人们在观念、能力、文化以及适应国际规则等方面所面临的种种问题。从这一点而言，这部作品可以说是为中国的开放史留存了一段生动而珍贵的侧影。而更富创意的是作者基于空间文明的思想，将不同文明的交流设置为一个叙写重点，以开放、包容的姿态，使作品超越政治叙事，建构起一个更为宏大的文明叙事。作品共六章，其中第四章《火箭，另一个伟大的文明》、第五章《我们都是地球人》和第六章《跨越国界的飞行》都直接关联了不同文明交流的叙事。正如作品中作者在与美方技术专家交流时所说，中美火箭与卫星的合作，“不单单是一次空间技术的合作，也是两个民族、两种文化、两种感情的一次交流与沟通；不光是发射一颗卫星，也是中美两国科学家在一起共同创造空间文明。因为开发宇宙，造福人类，是全人类的共同使命”。这里给出的正是《飞向太空港》的核心价值。李鸣生在《中国“长征号”》中有一段关于“长征号”意义的表述凝练而到位：“‘长征号’其实就是中华民族的一种象征，它象征着力量，象征着智慧，象征着精神！‘长征号’从封闭走向开放、从靶场走向市场的历史，就是中华民族从传统走向现代、从国内走向世界的历史；‘长征号’与世界接轨的历史，就是中华民族与世界融合的历史。”我想，这一表述用于对《飞向太空港》多维主题的解读，也是非常合适的。

如果按照“主旋律”作品的写作制式，李鸣生的《澳星风险发射》自然无法进入“主旋律”的“轨道”；而若是按照“问题报告文学”的写作要求，则这一作品需要设置为“批判”的模式。《澳星风险发射》由作品题目就可知晓所写重心，但这里的“风险”并不是作为一种“问题”来作否定性报告的。航天是一种高风险的科技，因此，失败也是航天史的一种真实。作者将 1992 年 3 月 22 日“澳星”发射失败视作一种客观存在，以一种中性的叙事立场，在中国航天文学中第一次直面失败，并对此作全展式的报告，“本来，人们对那个春天的夜晚寄予了再大不过的希望。结果，那个春天的夜晚回报给人们的却是天大的懊丧和无尽的遗憾；中华民族的自尊心受到了空前的刺激，火箭子孙的感情遭到了莫名的戏弄”，“失败似一道无形的阴影，笼罩在发射场的上空；失败像一个看不见的幽灵，潜伏在人们的心底”。作品以真实而很有故事性的叙写，凸显了极具中国特色的失败心理和失败文化。但显然，李鸣生并不是因为“懊丧”与“遗恨”而言说失败，而是因为真正领悟了诗人惠特曼所说的“当失败不可避免时，失败也是伟大的”的深意。作者以为：“一个民族，如果不光会欢呼成功，而且还能正视失败、接受失败、超越失败，甚至达到一种欣赏失败的境界，那这个民族该是多么地伟大而不可战胜啊!”由此，作品既展示“澳星”发射失败后种种中国式的反应，也不吝笔墨实写了中国航天人艰辛负重、超越失败的壮美精神。这样颠覆常规的写作，在当代中国报告文学史上也是少数的典型个例。作品这种有意义的立异，正是建立在作者独立思想、独立写作的基础之上的。从这个角度而言，《澳星风险发射》是有思想非虚构的一个典型样本。

如果我们仅仅关注创作了航天及其他高科技题材作品的李鸣生的存在价值，是不够的，也是不完整的。我们还应当关注他的另一部作品——《震中在人心》，关注这部作品的写作怎样“避免概念化，避免传统的主流叙事”，又怎样将“传统的‘主流’叙事转化为作家个性化的作品叙事”[①]。李鸣生的这一表达实际上涉及了公共的“主流叙事”和作家个人的“作品叙事”这个重要的话题。真正的报告文学需要作家在面对重大的公共写作题材时，善于将新闻写作常设的“主流叙事”有效地转化为文学创作别异的“作品叙事”。这里的“作品叙事”，就是基于主体独特感受、独立价值判断、独立思想的具有个人色彩的非虚构的文学叙事。在这一点上，《震中在人心》尤显其意义。这部取材于汶川特大地震的作品，在第五届鲁迅文学奖终评中以名列第一胜出。有意思的是，在初评时因为作品思想的某种“异调”、主题的非主旋律而差一点遭淘汰出局。这是很值得我们思考的。我们需要反思何为地

① 《李鸣生在〈千古一梦〉研讨会上的发言》，中国作家网2009年5月22日。

震非虚构作品的终极价值。我以为钱刚的《唐山大地震》和李鸣生的《震中在人心》，在某种角度上对此作了例说。《唐山大地震》就是一部具有多功能的皇皇之作，它“是作者为今天和明天的人类学家、社会学家、地震学家、心理学家……为我们整个星球上的人们留下的一部关于大毁灭的真实记录，一部蒙受了不可抵御的灾难的人的真实记录”①。《震中在人心》不仅有通常的对抗震救灾的感人场面的描写，而且更有对人类遭遇重大创伤的生命之痛的感悟，还有对地震灾害作出的深刻反思。作品不仅观照地震的视角独异，而且在情感与思考的深度上超越了同类作品。作者曾说，“面对灾难，作家不应缺席；面对死亡，文学不该沉默”。大地震的写作有很多可能性，应该有对一方有难、八方支援，以人为本、抢救生命等主题的表现。但大地震终究是对人类的重创，因此大悲悯应该是此类写作不可或缺的元素。“我只为真相，只为实情，只为血印，只为泪痕，只为记录，只为见证。我不想把废墟变成大厦，把悲剧变成喜剧；我不想把谎言变成真理，把哭泣变成歌声；我不想把反思变成庆典……公示汶川大地震灾难的真相，传递废墟的气息，留下亡灵的心声，定格人心的表情。”正是有了这样的思考，作者不仅独异地摄取地震的镜头，而且在叙事处理、情感书写和思考深度以及批判性等方面超越了同类题材的作品。

有思想的非虚构，需要达成报告客体的本真、呈现主体自我的元真，从而实现报告文学文体有自我且真实的文体性。真实是报告文学的生命，是其文体力量生成的支点。报告文学的真实说到底需要作家独立地思考和判断，不违心，不唯上，不唯书，不唯权威名家，而能唯实，尊重并敬畏叙写对象本身的历史存在。作为一个有思想的非虚构作家，李鸣生是严格持守这样的写作原则的。其作品里有一个关于钱学森的个例可以说明这一点。钱学森是名满世界的杰出科学家，“钱学森的脑袋比一般人的大，略呈方形；尤其是额头，非常宽阔，而且

① 徐怀中：《唐山大地震·代序》，《解放军文艺》1986年第3期。

发亮。你很难说清他的脑袋具体哪点与众不同，但给你的印象就是与众不同，似乎藏有一座智慧的金山，又像装着一组成功的密码，满脑袋都长满了天才的花朵与知识的森林，甚至连每根头发丝都像是一棵智慧的大树”。（《走出地球村》）可是就是这样的科学家，当年却坚持航天飞船“五人舱”的设计主张。“钱学森解释说，这五个人的分工是：一个是指令长，一个是航天员，一个是随船工程师，一个是随船医生，再加上一个政委。”（《千古一梦》）就是“再加上一个政委”的极简叙说，意味无限地实写了当时中国航天发展的复杂的政治生态。尽管科学的“钥匙”可以开启政治的“后门”，但科技的研发需要盖上“政治的印章”。“再加上一个政委”并不是钱学森的非科学，而是政治异化下一种集体无意识的表达。这便是历史的真实，也是一个关于钱学森的真实的插曲。

三

研读李鸣生的报告文学，我以为他的最大优势，并不在于新闻性，而体现为作品思想性的整体生成和他对非虚构文学性的自觉追求。这是决定李鸣生报告文学写作能在较高水准上长期可持续发展的关键因素。而这对新常态语境中的报告文学写作，更具有切实的意义。所谓“新常态”，取自经济学界的一个热词，报告文学的“新常态”就是全媒体或融媒体的存在。全媒体时代的报告文学，它原有的“新闻性”红利大为减少，文体一般的新闻优势已不存在。这就需要报告文学基于非虚构原则，通过有深度有个性的思想表达和非虚构文学的美学建设，激发文体内在的活力，有效强化非虚构叙事的优势。

文学性不高，是制约报告文学作为审美文体而发展的一个重要因素，也是影响读者阅读的一个基本问题。尤其在全媒体时代，报告文学文体的新闻性优势已经失去，报告文学的写作并不能简单依赖新闻性，在此背景中，文学性的意义就显得特别重要。报告文学的文学性是什么？烦琐的学院派式的论证最终也许还是无解。在美国非虚构作家杰克·哈特的《故事技巧——叙事性非虚构文学写作指南》中，“叙事性非虚构文学”命题及其展开的思路，对于报告文学文学性的研究和达成，或许能给我们一些有意义的启发。

我以为作为一种叙事文学样式，将报告文学定义为“叙事性非虚构文学”，是符合这一文体逻辑的。报告文学是真实的叙事，小说是虚构的叙事，它们共同的要求是叙事。叙事构成报告文学写作的本体，它既承载着作品思想情感等价值表达，同时又是写作本身的重要目的。

李鸣生的作品具有强烈的叙事意识。《中国“长征号”》是中国火箭发射美国卫星的大叙事，作品以事件演化为叙事线索。这是作品建章的目录：第一章《怪圈》、第二章《变轨》、第三章《推销》、第四章《天机》、第五章《谈判》、第六章《碰撞》、第七章《发射》、第八章《草图》、第九章《保险》、第十章《贷款》、第十一章《合同》、第十二章《失败》、第十三章《检讨》、第十四章《发愤》、第十五章《官司》、第十六章《爆炸》、第十七章《阵痛》、第十八章《反省》、第十九章《雪耻》、第二十章《代价》。由章目设置可见，作者十分重视作品的叙事构篇，贯穿其中的线索主干清晰而又跌宕曲折，故事性很强，对读者别有一种牵引力。《发射将军》是一部人物报告，作品以“发射将军”与发射相关的人生历程为叙事线索，具有某种纪传体的特征。作品从第一章《军委令》将主人公由战场奉调至发射场作为故事的发端，以人物离休生活“晚年赋”作结，突出了“故事性”人物的叙事。吸引读者的是将军的传奇和在传奇中蕴含的伟大精神。

一个叙事优化的文本，首先需要建构一个与之适配的叙事结构。李鸣生能根据客体本身内在的逻辑和主题思想表达的需要来配置这样的结构。《走出地球村》写的是“东方红一号”卫星飞天的故事。卫星的研制动议于1958年，发射成功在1970年。这是一个具有特殊的政治生态的时期。根据这样一种特殊的存在，作品设置卫星叙事和政治叙事双线叙事结构。政治叙事在《走出地球村》中是充分的，从开篇

“苏联第一颗卫星上天，艾森豪威尔总统手中桥牌落地”，到“美国人造‘小月亮’挂到天上，周恩来午夜拿起直通毛泽东的电话”，一直贯穿到收结“卫星功臣登上天安门”。而“‘小弟弟’找‘老大哥’学放卫星”“忍着饥饿的肚子，中国从八公里起飞”“‘东方红一号’人造卫星方案诞生”“马灯前钱学森坐卧不安”“火箭司令神游戈壁”等则为卫星叙事。这种双线并置反映的正是“东方红一号”卫星的一种特殊的历史真实。这样的安排一方面强化了对科学家忍辱负重、刻苦创造、献身科学光辉形象的再现，另一方面对非科学的政治对于科学的干预、对于科学家的摧残，进行了深刻的反思和批判。

一般来说，李鸣生的报告文学叙事构架是宏大的，这是因为叙事对象具有先在的宏大性。但是单纯的宏大无法抵达文学叙事所需要的细部深层的景致，宏大叙事需要有具体叙事作坚实的支撑。李鸣生也有作品如《发射将军》，表面看不是宏大题材，书写的只是某个人物。但对于这样的作品作者并不就小写微，而是注意将人物推置时代与历史的宏大背景中加以表现。在历时演进的纵轴上融合将军的个人叙事、导弹部队的集体叙事和共和国历史的大叙事。作为文学的非虚构叙事，在李鸣生报告文学中大叙事与小叙事是相生的，而小叙事的核心则是具体的人物叙事。“叙事需要三大支柱：人物、动作和场景。排在第一位的是人物，因为人物能够推动动作和场景的发展。”[①] 对于人物叙事的意义，李鸣生是充分认知的。他说自己的作品“希望通过人物把我们的历史，一个非同寻常的历史写出来”[②]。李鸣生把人物作为历史叙事的要素，而在我看来人物就是历史的本身，作者笔下的许多人物，航天人、科学家等，正是他们创造了作者叙写的历史。不仅如此，作者再现的人物，许多是中国脊梁式的人物而又具有常人情怀。作品的感染力来自于这些走近读者的真实而感人的人物。

---

① 杰克·哈特：《故事技巧——叙事性非虚构文学写作指南》，第74页，叶青、曾轶峰译，中国人民大学出版社，2012年。

② 《李鸣生在〈千古一梦〉研讨会上的发言》，中国作家网2009年5月22日。

李鸣生报告文学的人物叙事，颇多性格叙事、精神叙事。《中国863》是一部题材重大的长篇，作品首章《悄悄发生的革命》格局甚大，由美国“星球大战计划”、欧洲“尤里卡计划”、日本“振兴科学技术政策大纲”叙述领起，导出中国的“863 计划”。这是典型的宏大叙事。以后的全部篇幅从第二章到第七章都为具体的人物叙事，其中第二章《科委来了个“厉害的老太婆”》，是作品重点写作的一章。“厉害的老太婆”是朱丽兰。“厉害”是其作为管理者的主导性格，改革创新，敢于担当。但作品没有将她写成一个单面的概念人物，而是运用细节集成的方法，还原朱丽兰既“厉害”又和蔼；既是工作狂，又会理发、织毛衣、弹钢琴的圆形立体的本真。而李鸣生航天系列中的航天人的形象，是最烙印在心底的、难忘感人的。作者叙写这些人物，不只写他们的科学智慧、科技才能，而更重于对他们作精神性叙事。赵廉清是创建西昌发射场的指挥者，在非常年代，知其不可为而为之，积劳成疾。他留给这个世界最后的镜头是：“他手上紧紧揣着一样东西。这样东西不是别的，就是他生前一直随身携带的那个军用挎包！而护士打开挎包后，只看见两样东西：一份皱巴巴的施工图纸，一个被啃了小半的冷馒头！”（《千古一梦》）从这样的细节中我们可以看到，一个瘦小羸弱的生命里，升华出一个伟大的精神形象。

四

故事是什么？乔恩·弗兰克林在《为故事而写作》中为我们给出了“定义”之一：“当人物遇到错综复杂的情况，而他又不得不面对和解决时，行动就发生了，故事正是由一连串这样的行动所构成的。”[①] 这一表述中关键词是冲突，是矛盾。故事存在于冲突、矛盾之中，冲

① 杰克·哈特：《故事技巧——叙事性非虚构文学写作指南》，第 6 页，叶青、曾铁峰译，中国人民大学出版社，2012 年。

突、矛盾推衍出故事。非虚构的报告文学作者无法依靠想象力制造故事，但是他可以从对真实客体冲突、矛盾的存在中，选择并呈现其中的故事。李鸣生说，在他的作品中，“我希望呈现大的矛盾”[①]。《走出地球村》中有极“左”政治与卫星科技的矛盾，《中国“长征号”》中有开放与保守、体制与市场、国力基础与航天发展、中外文化等之间的矛盾，航天人存在的价值就是“面对和解决”“错综复杂”的矛盾冲突。这些形成了李鸣生叙事的基本构架和基础。这样的矛盾构篇也决定了李鸣生报告文学叙事的丰富性和复杂性。在总体的矛盾叙事基础上，作者再相宜地采用悬念式叙事方法，就更有效地强化了作品叙事的故事性。悬念不是虚拟的，而是实际发生的状况，也是航天高风险的一种表征。作品一环扣一环的悬念叙写，渲染了其时其地其情的紧张感。而报告文学所需的现场感就在这紧张感之中，特别扣人心弦，使人身临其境，强化了故事性叙事对读者的吸附力。

李鸣生报告文学的叙事方法是富有变化的，他能根据不同的报告对象运用相应的方法。在他的作品中读者可以分享到多种叙事艺术所产生的叙事之美。在《千古一梦》中，作者设计了“双声叙事”，即作者（采访者）叙事和人物（被访者）叙事的结合，特别是导入当事人的自述，以人物的亲历亲验，真实地还原出特定时空中人物和事件的现场情状。这是一份珍贵的活的航天档案。《发射将军》则注意在“实体叙事”中有机地穿插“软性叙事”。所谓“实体叙事”是指与作品主人公“发射将军”直接关联的主干内容的记写，而“软性叙事”则如对导弹部队饥饿、文艺生活极度贫乏等的叙说。《震中在人心》则是一部运用镜头观察和叙事的作品，“用镜头定格真相，让文字留下思考”，大量的照片极具视觉冲击力和情思震撼力，不只是为文字的叙述提供了直观的背景，而且照片本身也成为作品的一种独特的叙事元素，生成了超越文字的叙述力量。

---

① 《李鸣生在〈千古一梦〉研讨会上的发言》，中国作家网2009年5月22日。

五

文学是语言的艺术，报告文学也是。语言是作品思想的现实，也是叙事生成的工具，还是作为审美的报告文学的要素。报告文学创作中语言的问题，主要是缺乏主体鲜明个性的语言新闻化，另一个是小说化的语言絮叨铺张。李鸣生的报告文学大多为长篇，但语言凝练具有表现力，诚朴简约不过度藻饰，并且具有自己鲜明的个性，许多语言表达有意味、情味、趣味，有效地增强了他作品的文学美感。在这里，我不打算对李鸣生报告文学的语言艺术进行全面的解析，只就他的“智慧语言”和“软语言”运用之美作一解读。

所谓“智慧语言”，是指形象生动、意含新异别致、具有特殊表现力的语言。比如“已经点火的火箭竟然无视天下众生，老练得如同一位千岁老人，打个盘腿坐在那儿，连动都懒得动弹一下”。(《澳星风险发射》)写卫星发射的失败，作者用拟人化的手法形容，以独特的冷峻与幽默，写意地写出发射失败的状态和航天人的尴尬，用语非常新颖。作者以幽默笔法言说失败，正与作品正视失败、超越失败的主题相关。幽默的语言是典型的智慧语言。在李鸣生的作品中已不是偶尔为之，而是一种个性的语言景观。“在国际市场上，美国人早就大把大把地捞着美元，中国人为什么不能去弄点‘零花钱’？在国际空间俱乐部里，美国人可以大口大口地喝着‘咖啡’，中国人为什么就不能去喝上一杯‘清茶’？”(《中国“长征号”》)这一表达的语境是，对于中国航天进入国际市场，国内以为冒险，西方设置障碍。这里的美元与“零花钱”之喻，客观地表示中美航天科技实力和航天市场份额的差距，“清茶”之类意含走中国自己的航天发展之路。整体的表意是非常清晰的，就是中国应该进入国际航天市场进行竞争，只不过用“李式语言”表达，意味意趣就大不一样了。“已经欠着一屁股账的中国专家当然拿不出这笔钱来，他们只有一个价值连城的传家宝，这就是：自力更生！”(《中国“长征号”》）“一屁股账”与“价值连城”对举，极简地实写了中国航天发展的境况，高度凝练了中国航天的伟大精神。

李鸣生幽默的语言可分为“麻辣幽默”和“冷幽默”。“这一年，‘反右斗争’刚刚过去，‘大跃进’的旋风又骤然卷起，中国人像被灌了一桶大剂量的兴奋剂。”（《千古一梦》）“据说，两年前一所中学考试时，发生过这样一个故事——试卷问：爱因斯坦是谁？学生答：美国当代著名歌星。”（《飞向太空港》）这种幽默让我们无法轻松说笑，其间的麻辣唤起读者对非常年代的反思与批判；是对过度娱乐化，忽视科学世相的揭露和讽刺。“美国人把这条山沟称为‘神秘的峡谷’，而当地彝族老人则说：‘什么神秘不神秘，这山沟就是我们过去放羊的地方！’故此，当地人称‘赶羊沟’。”（《飞向太空港》）这样的文字可谓冷幽默，读起来会忍俊不禁。报告文学拒绝虚构，但它同样需要作家具有丰富的想象力。想象之翼可以飞扬智慧的语言。“世界各国许多中学的少男少女们，每晚相聚在迷人的星空下，像谈论童话似的，长时间不知疲倦地谈论着卫星、卫星、卫星。仿佛苏联的这颗人造卫星，成了他们嘴里一块永远嚼不够的口香糖。”（《走出地球村》）以“口香糖”喻说人类第一颗人造卫星发射后对各国学生的影响力，新颖生动，可意会，也可言说，体现了李鸣生语言表达的一种智慧。

软语可人，是我阅读李鸣生作品时的一种直觉。我这里无法给出“软语”的标准解释。所谓软语，是一种“闲语”，它不属于主干叙事，但与主干叙事有所关联；在表情表意方面偏于柔细，静安之中，可入情入心。“将军家的院门是双扇的大铁门，夕阳照在斑斑驳驳的门上，给人暖洋洋的感觉。每当这时，将军便坐在门外一张自制的小折椅上，像一位坐在长满颗粒饱满的庄稼地边的老农，静静地守候着儿孙们的归来。夕阳在他眼角的皱褶里绣着陈年旧事，时光在他花白的头上写着岁月沧桑。”（《发射将军》）将军从战场到发射场，军人形象刚硬，棱角分明。而此时进入晚景的将军没有了豪情、霸气，却有人间的亲情和慈祥。“夕阳在他眼角的皱褶里绣着陈年旧事，时光在他花白的头上写着岁月沧桑。”我们从诗一样的句子中，可以读出将军人生种种的况味。

李鸣生的报告文学有种种特点和优点，而我最为看重的是他的作品有思想，也很文学。有思想，也文学，这就是我所希望读到的报告文学。

2015 年 8 月 28 日

目　录

序　篇
1992年的中国，像在寻找什么

旋转的地球，每天都有新的故事。

人类的今天，天天都在走向昨天。

当国门开启，中国刚刚迈出门槛，便尴尬而窘迫地发现，原来自己面临的竟是一个没有路标的十字路口。

于是，古老而年轻的中国，又一次开始了新的寻找。

十年改革，为死气沉沉的中国带来了生机，为广大的庶民百姓增添了油米。人们兜里有了钱，缸里有了粮，脸上有了笑。落后开始向昨天告别，希望开始向今天招手。

然而，历史像个淘气的孩子，总不喜欢直着走路。

1989年6月，夏季突然变热，天气迅速升温。短短几天时间里，中国大地狂热的程度达到空前的高峰；接着，一夜间又陡然冷寂到了低谷。

之后，仿佛全中国都开始了认认真真的思考；再之后，好像全中国又开始了新的寻找。

思考什么？

寻找什么？

只有历史知道。

在那段时间里，整个中国都在沉默之中。然而当人们度过一段沉默的岁月后，好像又在盼望着这个世界应该来点什么。

这时，轰动全球的海湾战争爆发了！

于是，人们的目光越过高高的万里长城，投向战火熊熊的海湾战场。美国、伊拉克，布什、侯赛因；“爱国者”“飞毛腿”，还有“七千亿美元”与“沙漠盾牌”。人间天上，陆地海湾，血肉横溅，战火纷飞！

全世界都看了个饱。

全世界都上了瘾。

远在东方的中国人自然也着实兴奋了好一阵子，神经受到了某种刺激，心理得到了某种平衡，那蔫不唧的日子似乎也一下长了精神。

但，事情很快就过去了。

人们刚刚平衡的心理，又开始悄悄发生着新的倾斜。

这时，东欧又开始了摇晃动荡！

不久，苏维埃社会主义共和国联盟一夜间纷纷解体。戈尔巴乔夫下台，叶利钦就任俄罗斯总统。飘扬了六十九年的苏联国旗在冷酷的冬夜中悄然降落，列宁亲手缔造的世界第一个社会主义国家恋恋不舍而又无可奈何地走进了历史。

世界震动！

中国震惊！

震惊之余的中国，似乎又开始了更认真的思考，更急切的寻找。

思考什么？

寻找什么？

同样只有历史知道。

现在，长城之外的故事已经发生了，需要刺激的神经已经刺激了，急于平衡的心理已经平衡了，渴望打破的沉静也已经打破了。

剩下的问题是什么呢？

中国。

中国自身。

再明白不过了。地球的旋转已加快了节奏，时空的概念已有了新的界定，平衡的世界已发生了倾斜，固定不变的观念已开始了动摇，时髦的“主义”已锁进了抽屉。世界日新月异，生活五彩缤纷。人心大势所向，历史开始拐弯。“西北风”从大陆刮到了台湾，《国际歌》从地上唱到了天上。甚至，扭秧歌的屁股也撅起了迪斯科……

到了这个时候，中国哟，你难道还不该来点什么？

岁月的脚步跨进了 1992 年。

1989 年 12 月 8 日，第四十四届联合国大会正式通过提案，宣布 1992 年为国际空间年。这是人类首次在全球范围内，用整整一年的时间来庆祝未来空间时代到来的盛事。7 月 4 日的美国国庆日和 7 月 14 日的法国大革命纪念日，都将以国际空间年为主题举行大型庆祝活动。

国际空间年的宗旨是：世界各国联合起来，共同迎接空间世纪的挑战，使全人类都能从空间科学的新发现和空间技术的实际利用中取得最大效益；

国际空间年的主题是：开发，探险，教育，即进行航天技术研究，探索未知世界，普及空间科技知识；

国际空间年的中心任务是：执行“地球使命”计划，保护和改善全球生存环境。

中国作为一个航天大国，一开始便积极参与了国际空间年的有关活动，很早就加入了“国际空间年机构”，并派代表参加了该组织的历次会议。1990 年初，经国务院批准，还成立了“国际空间年中国筹备委员会”，由宋健出任名誉主任。

那么在这国际空间年里，中国除了参与正常的学术活动之外，是不是也应该再来点什么呢？

这时，新华社正式宣布：

1992 年 3 月 22 日，中国将在西昌发射“澳星”！

全国各家报纸、电视、广播，也很快对此作了报道，中央电视台还将首次向全国和世界进行现场直播！

于是，“澳星”仿佛成了人们急需狂饮的“兴奋剂”。刚刚走过冬天的中国，一下子便活跃、兴奋、青春、亮丽起来。似乎寻来找去，今天终于找到了一个可以振奋一下精神的地方。

于是，一双双充满渴望和期盼的目光投向西昌——渴望落后的中国来一次新的腾飞，期盼古老的民族来一次耀眼的辉煌！中华民族的命运似乎在此一举，十二亿中国人的希望仿佛全系在了发射“澳星”的人的身上。

而发射“澳星”的人，也自觉或不自觉地默认了这一事实，部分或全部地接受了这一厚望。于是，悲剧便从这里开始，不幸从此开始酝酿。

据有关部门统计，发射“澳星”那天晚上，至少有六亿中国观众，端着饭碗守在电视机前，盯住西昌，盯住西昌发射场，盯住发射场上的“长二捆”火箭！

或许，有人想通过观看发射，去寻找一点感官的刺激；

或许，有人想通过观看发射，去宣泄一下郁闷的心情；

或许，有人想通过观看发射，去分享一次审美的快感；

或许，有人想通过观看发射，去感受一番时空的壮美与瞬间的永恒！

总之，全中国几乎都投入了，而且是真心实意地投入了。

然而，大出所料，“长二捆”紧急关机，“澳星”没有升天。

于是，六亿双面对电视机的眼睛，一瞬间全部定格；六亿双捧着饭碗的手，颤抖着送走了那一刻。

那一刻，夸张地说，全中国好像都傻了；

那个夜晚，过分地讲，整个民族似乎都在集体失眠。

本来，人们对那个春天的夜晚寄予了再大不过的希望。结果，那个春天的夜晚回报给人们的却是天大的懊丧和无尽的遗憾；中华民族的自尊心受到了空前的刺激，火箭子孙的感情遭到了莫名的戏弄。

于是中国在一夜间又激动了，甚至还表现出了一点愤怒！

当然，几天之后，事情过去了就过去了，人们该干什么照旧干什么。时间无情地冲刷了一切，黑色的“3·22”大摇大摆地走进了昨天。人们的兴奋点开始转入淡漠，眼睛又盯住了明天。

百天之后，一枚重新研制生产的“长二捆”运载火箭，又高高挺立在了西昌卫星发射场！而且，新华社受权宣布：1992 年 8 月中旬，中国将在西昌再次发射“澳星”！国务院又一次大胆决定：照样实施现场直播！

人们刚刚平息的情绪，又被调动起来；急于寻找的目光，再次按捺不住地投向西昌。尽管这目光有些小心翼翼而又疑虑重重，却依然饱含一腔热血与希望。

那么西昌，这次你让中国和世界看到的，又将是什么呢？

第一章

火箭点火冒烟，“长二捆”紧急关机。“澳星”危险！火箭危险！发射场危险！尽管黑色的“3·22”已经过去，但人民有权知道，春天那个失败的夜晚。

一

西昌又要发射“澳星”了。

打点行装，我匆忙上路。

上路这天正是“八一”建军节，也就是说，离“澳星”再次发射的日子还有十四天。作为军人，赶上这天出发，自然别有一点悲壮的意味。

1992年3月，首次发射“澳星”时，我曾去过西昌发射场。十八年前，还是年少青春的我，就在那儿开始了既痛苦又辉煌的军旅人生。当兵本来很苦，在那蛮荒无知的大山沟当兵就更苦。如今发射塔下那个设在山洞里的“先锋指挥所”，就是当年我和我的战友们用铁镐一镐一镐地挖出来的。

我乘坐的是从北京开往成都的七次特快。一上火车，最大的感觉就是热。都说北京今年的夏天比往年热，加上在巴塞罗那举行的奥运会已经开始，而西昌将重新发射“澳星”的消息又已公布，因此，气候热、奥运热、“澳星”热，全热到一起了！

车上很拥挤。硬座车厢不用说，就连卧铺车厢有票的和没票的，有关系的和没关系的，有后门的和没后门的，也全挤在了一起。尽管如此，人们还是抽烟、喝茶、吃橘子，还是吹牛、聊天、侃大山。

话题先是巴塞罗那，接着是奥运会金牌，再接着就是西昌——西昌又要发射“澳星”；最后，再从这次“澳星”发射，谈到上次“澳星”失败！

谈到“澳星”失败，车厢里的人一下子便来了情绪、长了精神，一张张本来就兴奋的脸，瞬间更加兴奋起来——

“哎，听说上次失败后，中国赔款赔惨了！一下就赔了三十多个亿！”

“我的妈呀！这下全国人民又要少涨一级工资了。”

“听说上次失败后，航天部的部长都被撤了？”

“哼，我看都该撤！国家拿钱养着他们，关键时刻却拉稀，真是把中国人的脸都丢尽了！”

“话也不能这么讲，打屁还有闪了腰的时候呢！”

“听说这些人长年住在大山沟里，打卫星还没奖金。上次失败后，专家们都抱头痛哭，不少人好几天吃不下一口饭，也怪可怜的！”

“可怜？火箭一响，黄金万两！听说他们每打一颗卫星，就升一次官，就涨一级工资，还有奖金好几千！”

…………

人们对上次的失败发表完种种感慨后，又开始议论这次的发射。而议论的焦点是：这次发射，到底是成功还是失败？

尤其是两个年轻人，像是喝了酒，越争越来劲，越吵越厉害。

“我看这次肯定成功！”

“我看这次肯定失败！”

“敢不敢赌？”

“怎么不敢？赌什么？”

“赌钱！”

“赌多少？”

“赌十万!”

“好，一言为定!”

说着，其中一位将一叠厚厚的钞票“叭”地甩在了茶几上。

“别吵了!”旁边一位姑娘突然叫了起来，“烦死了，瞎操心!掉下来才好呢!”

“什么?掉下来!”一位退休老干部模样的人突然站起，勃然大怒，“哼!这次发射要再不成功，我看打‘澳星’的人都该集体自杀!”

这时，有人打开了录音机，车厢里顿时响起一个声嘶力竭的男人的吼叫声：

让我一次爱个够
给你我所有
让我一次爱个够
现在和以后……

歌声中，身旁的两位旅客已用牙狠狠咬开了啤酒瓶，接着撕开了鸡腿，好像刚才什么也不曾发生。

然而此刻的我，满脑子旋转的仍是“澳星”“澳星”。直到火车隆隆驶进西昌火车站，我心里还在默默祈祷：

愿上帝保佑，此次“澳星”发射成功!

二

在西昌发射场，人们议论得最多的话题，你猜是什么?

失败!

无论是在宾馆还是办公室，不管是在机房还是发射场，每当我同人们交谈时，几乎无一不谈到 3 月 22 日那个失败的夜晚。

而且，从人们的言谈中，从人们的表情上，我分明觉察到，那个夜晚在人们心灵上留下的伤口，仍在暗暗滴血、隐隐作痛。失败似一道无形的阴影，笼罩在发射场的上空；失败像一个看不见的幽灵，潜伏在人们的心底。谁都想忘掉它，但谁也无法摆脱它。如同一道横空扯响的闪电，尽管稍纵即逝，却已深深融进了夜空。

那个夜晚的真相，到底是怎么回事呢？

三

其实，那是一个与往常没有什么区别的普普通通的夜晚。

从气象情况来看，自 1991 年 12 月入冬以后，西昌发射场只是经受了几次来自北方的冷空气的袭击，人们普遍有一种“今年冬天特别冷”的感觉。也就是说，发射前，发射场区的气候有些异常：气温偏低，降水量偏大。

但是，在“澳星”发射的当天夜晚，没有雷电，没有乌云，没有狂风，没有暴雨。换言之，大自然没有向人类发出任何警示，当晚的发射要出问题。

从发射技术准备情况来看，据发射场有关人士讲，这次发射准备，比以往任何一次发射所付出的代价都要大，参试人员也比任何一次发射都更加辛苦。发射前的几次联试和综合检查，都很顺利。当天各系统设备运行情况，也很正常。而且，作为“长二捆”火箭本身的研制者们，发射前在对火箭的整个测试检查过程中，也没发现火箭本身有何问题。就在发射的前几天，我还问过“长二捆”火箭总设计师王德臣：“这次发射有把握吗？”王德臣笑了笑说：“应该没问题吧！”

再从当天的现场情况来看，秩序井然，平安无事，整个发射场区附近的山山岭岭，小道大路，同往常任何一次发射一样，围起了数千名参观的人。不同的只是，这次参观的人数大大超过了前几次。

随着夜色的降临，数千名参观者拭目以待。男男女女，老老少少，所有的眼睛都期待着“长二捆”火箭那辉煌的一瞬。由于西昌发射场已发射了九枚“长征号”火箭，每次都是一声令下，火箭大吼一声，便乖乖地上了天。所以，这次大家也理所当然地认为，肯定没有问题。

就坐在指挥大厅观礼台上的几百名中外贵宾，脸上大都呈现出疲惫之色。他们是分别乘坐三架专机当天赶到西昌的。一下飞机就吃饭，就参观，就照相，就会谈。他们的眼里除了好奇之外，同样信心满满，充满期盼。可以肯定地说，这几百名贵宾，几乎不会有人去想到失败，至少没人愿意去想失败。因为他们漂洋过海大老远跑来，不就是为了看中国火箭腾飞那一眼吗?

而远离发射场百里之外的西昌腾云楼宾馆，庆贺“澳星”发射成功的晚宴这时已经准备就绪。五粮液、健力宝、椰子汁等饮料均已摆在了桌上。两小时后将在这晚宴上祝贺“澳星”发射成功的讲演稿，也分别装进了美国休斯公司和澳大利亚卫星公司两位代表的西服兜里。

与此同时，远在北京南苑地区的中国运载火箭技术研究院，也早将鞭炮、锣鼓、标语、贺电等全部安排停当，只等西昌发射场“长二捆”火箭凌空一跃，立即庆祝欢呼，鞭炮狂响!

正忙于全国七届五次人民代表大会的党和国家领导人，百忙之中也去了位于黄寺大街的国防科工委指挥大厅，一双双热切而渴望的眼睛，也正注视着西昌发射场。

当离点火发射大约还有十分钟时，电视上出现了中央电视台播音员张宏民熟悉的面孔。这时的你，这个晚上如果也坐在电视机前，那么一定同全国六亿观众一样，随着张宏民的讲解，清楚地看到了位于大凉山峡谷中的发射场，看到了指挥控制大厅，看到了每个卫星观测站。当然，还看到了印有美国、澳大利亚和中国三面国旗的“长二捆”火箭以及稳坐于火箭顶上的“澳赛特 B”卫星。而此时你的心情，我相信也一定是希望火箭快快点火发射，腾空而起，而不会也不愿意去想其他。

然而，遗憾，当指挥员一声令下，操纵员的指头分明已经揿动了“点火”按钮，“长二捆”火箭却一动不动，连屁股都懒得抬一下!

于是片刻之后，你我看到的，仅是一股从火箭屁股下倏然蹿起的棕黄色的浓烟……

四

担任当晚“01”发射指挥员的叫徐宏亮。

徐宏亮是山东广饶县人，1972年底参军，1980年毕业于广州华南工学院自动控制系，当年曾同我一起当过“土工兵”。徐宏亮已经连续三次担任“01”发射指挥员了，事后他这样讲道：

> 担任“01”指挥员有一定的风险性，因为他的位置就在发射塔下的“先锋指挥所”。要说不怕，每次发射时都有些担心；要说怕，也不怕，因为发射“长二捆”火箭用的毕竟是常规燃料，而常规燃料的危险性要比液氢液氧燃料的危险性小得多。但上次发射前，宣传舆论搞得很厉害，每个工作阶段的情况，新闻都要报道，这样搞得我们很紧张，心理压力很大，生怕出一点差错。另外，不知道什么原因，在那段时间里我老做噩梦，每次一梦就是火箭，甚至有一次还梦见火箭刚一起飞，轰的一声就炸了！
>
> 那天我们是中午12点进入程序。进入程序后一直走得很顺，转入最后八十分钟程序后，也很顺利，直到我下达“点火”口令前，一切状态都显示正常。那天的“点火”口令我是准时下达的。操纵员徐宽听到命令后，立即准确无误地按下了点火电钮，接着我便听到了“点火好”的回音。当我刚准备下达“起飞”口令时，忽然发现有点不对头，该起飞的火箭没有起来，火箭只是动了一下。因为按程序规定，从我下达“点火”口令、启动程序，到“点火好”，应该是三点二六秒钟。火箭如果工作正常，到四秒后就应该起飞。可规定

时间分明已到，火箭就是不起来，所以我“起飞”的口令已经到了嘴边，硬是又给咽了回去。这时，我的脑子并没出现慌乱，只是一个劲地画开了问号：这火箭到底还会不会起飞？起飞出现意外怎么办？不起飞又应该怎么办？因为西昌卫星基地已发射了九颗卫星，从未遇到过这种情况。

就在这时，火箭控制系统的指挥员刘洪海发出报告：“箭上计算机程序自动关机！”因为按设计要求，火箭点火后如果出现故障，在七秒钟内不能起飞，那么火箭就会自动实行紧急关机。接着，我看见火箭的底部出现了回火。这说明火箭已经自动紧急关机。但是不是已经关死，发动机还会不会出现其他意想不到的问题，我心里没底。如果关机没关死，再过五秒钟，火箭就该拐弯，一旦拐弯，火箭上的自毁系统就会发出引爆指令，那火箭、“澳星”和整个发射场将化为一片火海。因此，就在大约八至十秒钟的时候，我一拍桌子，下达了“紧急关机”的口令。这样用人为的办法再关一次，可以做到双保险。

但紧急关机后，我发现发射塔上火焰喷得厉害，就又下了一道“启动消防”的口令。因为在发射台上事先就备有消防系统，火箭一旦发生故障，可以启动消防，自动熄灭火箭发动机喷出的余火，以达到降低发射台温度，保证其安全的目的。可当时不知什么原因，电动阀门打不开，自动消防失灵，而火焰还在一个劲地冒！我这下才紧张了，脑子好像顿时就懵了一下……

坐在徐宏亮身后的一位参谋，这样讲到当时的情景：

我那天晚上定位在“先锋指挥所”，就坐在“01”指挥员的后面。火箭点火前，程序走得很顺利。点火几秒钟后，就见火箭冒了烟。由于我们在屏幕上看到的是火箭的上部，以为成功了，就呼啦一下站起来带头鼓掌。因为每次发射我们都是这样，只要一见点火成功，就会身不由已地站起来鼓掌。可这次刚鼓了一下、两下，所有鼓掌的手就全都在空中停住了，像电影中的定格镜头。因为火箭光冒烟，就是不起来，仔细一看，才发现火箭烧着屁股了！这下全都愣了！我和身边的几位弟兄，简直都傻了！因为这实在太出乎意料了，根本没想到会出现这种情况。火箭到底是怎么回事，一点不清楚。而且，待会儿火箭会不会爆炸，爆炸了会是什么结果，不爆炸又是什么情况，下一步到底该怎么办，也一点没数。

五

火箭点火前，发射指挥长胡世祥在离发射场六公里之外的指挥控制大厅。火箭点火后，火箭就是不起飞，这是他事先没想到的，自然吃惊不小。但一旦发现险情后，用他自己的话讲："可以肯定地说，当时并没有惊慌失措！"

胡世祥在发射场摸爬滚打了三十年，各种事儿经历多了！火箭紧急关机这种情况，他自己就亲身经历过一次；何况，苏联60年代初发生的那次包括元帅在内一共百余名科学家和军人死亡的火箭大爆炸事故，一直在他脑海留下了血的印记。因此，当情况突然发生时，虽然令他震惊，但如何首先保住卫星，保住发射场，保住人员的安全，在他脑子里却是十分清楚的。于是火箭紧急关机后大约只有十秒钟，他便当机立断，下达了三个口令：

第一，切断箭上电源；

第二，按预案组织实施；

第三，记录好现场状态！

六

坐镇地下“先锋指挥所”的副指挥长佟连捷，当时两眼正紧盯在显示屏幕上。震惊是肯定的，但他毕竟是久经沙场的人了。作为基地的总师，他比一般人显得更为沉着，更为冷静。险情出现后，地下“先锋指挥所”的人，眼睛几乎全都盯在了他的脸上。他立即向“01”指挥员徐宏亮下达了命令：

“通知各系统指挥员马上到位！抢险队做好准备！”

接着，佟连捷来不及征求任何人的意见，也无需征求任何人的意见，他按照发生故障预案，果断决策，命令抢险队：

“赶到现场后，要立即切断箭上电源，将所有火工品插头进行短路，取出爆炸器和引爆器，然后合拢固定塔摆杆和平台……”

不到一分钟，佟连捷便将预案工作安排就绪。

后来，我问他当时怕不怕，他这样回答道：

说实话，从我大学毕业到控制室当操纵员那天起，就不知道什么叫害怕！问题出现后，关键是看你心里有没有底。从技术角度和安全措施来看，我们心里是有底的。当时我一看火箭没起来，紧急关机又正常，再了解各系统的电又断了，就认为不会有什么大问题。虽然碰巧的事也有，但火箭的每个系统不可能都发生故障。关键是你对火箭要有清醒的认识和了解，一旦出事后，要镇静，不能乱。指挥员一慌乱，就什么都乱套了！

七

指挥长胡世祥刚一下达完命令，便将耳机重重地扣在了桌上，然后把椅子一推，铁青着脸说：

“我去现场！”

科工委沈荣骏副主任立即对胡世祥说：

“组织人员，处理好现场，一定要确保卫星、火箭、塔架和人员的安全！”

测控系统部负责人沈椿年也忙补充道：

“不要慌，一定要沉住气，卫星是关键！”

“明白！”胡世祥拨开人群，带着计划处长唐贤明，急匆匆一路小跑，冲出了指挥控制大厅。然后，打开车门，对着司机就是一声吼：

“快！开车！”

后来我问及当时的情景，胡世祥这样说道：

> 我的车一出大门就直奔发射场。可刚冲出去半里路，身边的唐贤明说：“起飞信号已经发出！”我一听，大吃一惊！马上联想到苏联的那次事故，就是因为火箭起飞信号给出后，火箭上并没完全切断电源，才导致爆炸。我当时虽然下达了“切断箭上电源”的口令，但各系统电源是否真的切断，匆忙中我并没来得及问。于是，我又立即让司机调转车头，返身回到指挥大厅，再次与发射场“01”指挥员和佟连捷总师取得了联系，等确认箭上已经断电后，我才又下达了“三十分钟内不许靠近发射场”的口令，然后才重新朝发射场赶去。

八

中国运载火箭技术研究院院长沈辛荪、“长二捆”研制总指挥于龙淮以及“长二捆”总设计师王德臣在紧急关机后十分钟左右，就从指挥大厅匆匆赶到了发射场。当他们顶着渗有毒气的硝烟走近发射塔下，朝火箭底部仔细一看时，禁不住全都倒吸了一口冷气：火箭点火后，按顺时针方向已经转动了约一点五度，四个用来固定火箭的防风螺栓，在巨大的推力下，有三个全错了位！

也就是说，如果紧急关机再晚一秒，甚至哪怕半秒，现在的火箭和“澳星”，肯定早已化为一片火海！

三个人简单地商量了几句，便立即开始了抢险的组织工作。

九

应该说，在火箭出现险情这段时间里，最惊慌的，是早早就拥挤在发射场四周的成千上万名观众。当扩音器里传出“一分钟准备”的口令时，成千上万名观众都同时瞪大眼睛，一起盯住了“长二捆”。

随着“点火”一声令下，人们看到火箭底部忽地蹿起一股棕黄色的浓烟，接着六个发动机轰然喷火，导流槽浓烟腾起，火箭开始抖动……

于是成千上万颗心全都提了起来，急切地盼望着火箭那辉煌的一瞬！然而，一秒钟过去了，二秒钟过去了，五秒钟又过去了，七秒钟也过去了，火箭依然没有升起。人们看到的，只是笼罩在火箭四周的滚滚浓烟……

这时，一声“紧急关机”，冲口而出，石破天惊！人们还没从迷懵中反应过来到底是怎么回事，有人忽然一声惊叫：“完啦！快跑！”

于是呼啦一声，卧的卧倒，趴的趴在地上，溜的开溜，跑的开跑。一时间，惊慌失措，呼天抢地，成千上万的人一下子便漫山遍野仓惶奔逃开了！

事后得知，有的跑掉了鞋，有的刮破了裤，有的绊倒在地，有的跌进了坑，有的扭了腰，有的崴了脚；而一大群孩子，则被挤得哇哇乱叫；尤其是有的老大娘，吓得双腿发软直哆嗦，一屁股坐在地上，看见别人跑自己也想跑，可就是迈不动腿，无奈之下，只好两眼一闭，听天由命，坐地等死。

一位摄影记者告诉我，在火箭点火五分钟前，他的镜头就瞄准了

"长二捆"。火箭刚一点火，他就"咔嚓"拍了一张；接着将镜头不断升高，不断抢拍；可连拍三张之后，突然发现镜框里没有火箭的影子，慌忙放下相机一看，火箭还坐在发射塔上呢！这时他才发现，周围的人都在拼命地往外跑，他急忙也提着相机跟着大家跑，连三脚架也顾不上要了。可跑着跑着，他发现有一群人却拼命逆着人流的方向在跑，即朝着发射塔的方向在跑！他的双腿这才慢慢停了下来，仔细一看，原来这群逆流冲向发射场的人，是西昌卫星基地发射站的官兵！

这群逆流冲向发射场的官兵，有的属于勤杂人员，有的属于当晚没有定位的工作人员，有的则属于在外围工作的人员，他们当时都在四周的山坡上观看发射。他们看到发射场上火箭冒烟后，就像听到了集合的命令，在第一时间便从四面八方不约而同地全都逆着人流向发射场奔去，没有一个往外跑的！尽管这个时候"不许靠近发射场"的命令已经下达，可他们硬是不顾个人的生命安危，拼着命往里冲！

十

这时的发射场，尽管火箭已经紧急关机，但危险依然存在。

从六个发动机上喷出的余火还在继续燃烧，从火箭中泄漏的燃料仍不断腾起滚滚烟雾。很显然，无论是"澳星"还是火箭，不管是发射设施还是参试人员，随时都面临着无法预测的危险。因为箭体内贮满了四百多吨燃料，倘若稍有不慎，或者万一火箭本身发生意外，则必将引起一场大爆炸，其爆炸的威力相当于一万吨炸药！若是意外果真发生，那发射场方圆两公里半的地方，都将化为一片火海；而火箭内有毒气体的辐射所造成的危害，则更是不堪设想。

因此，指挥长胡世祥匆匆赶到发射场后，与佟连捷总师和航天部几位领导一起，经过短暂的协商与部署，一场保卫"澳星"、保卫火箭、保卫发射场的战斗便打响了！

担任抢险队队长的，是发射站地面设备营副营长丁贤俊。这是一个1978年入伍的江苏兵。这时，发射台上的消防系统由于水的压力不够，电动阀门打不开，致使自动消防失去作用。正在地下“先锋指挥所”待命的他，当即请战，要带人冲上发射台，用手动的办法打开消防阀门！但“01”指挥员考虑危险太大，硬是把他给拦住了。

而这时的发射场上，六个发动机喷出的余火正以两千摄氏度左右的高温炙烤着发射台。发射台是支撑火箭卫星的关键，倘若一旦烧焦烧塌，则火箭卫星定将全部毁灭！

几分钟后，丁贤俊带着战士王宝剑、李文刚，连防护衣和防毒面具都顾不上穿戴，便率先冲出了地下室。接着，其余二十名抢险队员和航天部的专家们，也随着消防车冲进了发射场！

当丁贤俊等人来到发射塔下时，由于发射台周围气浪太大，烟雾太重，根本无法接近。于是，三人胳膊挽着胳膊，你靠着我，我推着你，硬是强行扑进气浪中，打开了消防阀门。

然而，当抢险队员们逼近发射台前时，眼前的情景让他们目瞪口呆：用来固定火箭的四个连结螺栓，除一个还连着火箭外，其余三个螺栓全都变了形，并失去了作用；而五十米高、四百六十吨重的火箭则已经移出原有位置两厘米多！

也就是说，四百多吨重的火箭，现在只有一个防风螺栓与火箭相连，而且这个螺栓已经松动！顶着近十吨重的“澳星”的火箭，正处在摇摇晃晃、颤颤巍巍的巨大风险之中！

燃眉之急，是尽快想法稳定住火箭。

但发射台上严重缺氧，部分燃料还在渗漏，卷着烟雾的余火还在喷发，六个发动机的火口上还有一股较强的吸力存在。危险，显而易见。

第一个靠近发射台的是志愿兵王招华。他刚一靠近发射台，一股气浪迎面扑来，一下便将他冲倒在地。他一翻身，只好从地上一寸一寸地往发射台上爬！

经过两千摄氏度高温灼烤过的发射台，其酷热的程度，可想而知。

王招华的双脚踩在上面，脚底“哧哧”作响；而刚被烈火炙烤过的火箭底座的连结螺栓，更是灼烫难忍。

但此刻的王招华，什么都顾不上想什么也来不及想，他扑上去，忍着灼烫，硬是用双手将连结螺栓插入螺孔。而后，咬紧牙关，再用扳手迅速将其固定！

接着，抢险队的官兵们与航天部的专家们一起，又用钢丝绳将另外三个连结螺栓全部固定。

从开始到结束，仅用了十多分钟。

千钧一发的“长二捆”火箭与“澳星”，这才暂时摆脱了倾倒的危险。

接着，二十二名抢险队员，在队长万超的带领下，冒着风险，又将固定塔的工作平台，准确无误地合拢。

十一

火箭总算拥进了固定塔的怀抱，发动机的火势也开始逐渐减弱。但火箭上的电源插头还没拔掉，电爆管和引爆器等火工品也未取出。若是因某种原因产生静电，或者外界偶然出现干扰信号，则箭上的电源随时都有可能自动供电，使火箭再度启动程序，从而引发火箭突然起飞。

因此，拔掉箭上电源插头，取出箭上电爆管，是确保火箭卫星安全的又一关键。

可拔掉电源插头，取出电爆管，如同虎口拔牙。因为这些火工品均在火箭体内，要拔掉它们，人只有从四十厘米见方的舱口爬进去。平时，人要进去都极为不便，而此刻岌岌可危，舱内气浪滚滚，烟雾呛人，温度极高，又无照明，昏黑中操作稍有不慎，什么事故都可能发生。

但抢险队员们还是冲上去了。他们来不及搭工作梯，就一个个踩着肩膀往上爬；顾不上戴防毒面具，就用衣服和手巾把嘴堵住；没有照明灯，就在气浪涌动的黑暗中，靠平时的经验摸索着干——

有一个去年才跨出大学校门的青年军官，身体很娇弱，技术也一般，更不属于抢险队员。但险情发生后，正在山坡上观看发射的他，以最快的速度冲回了发射场。当抢险队队长以“没有防毒面具”为由，不让他参加抢险时，他竟偷偷溜进抢险队，裹着浓烟，顶着高温，冒着危险，钻进了第一级火箭发动机的尾舱。舱内的电源插头都是用绝缘胶带缠死的，为了抢时间，他心一横，竟用牙齿将烧烤得滚烫的胶带一截一截地撕咬了下来，然后再用手拔下电源插头。他的嘴和手都被烫出了一个个的血泡，但直到拔完最后一个插头，他连哼一声的时间都没有。

有一个刚入伍不久的小战士，他的外表很难给人留下什么印象，但在电梯不能启动的情况下，三十多米高的工作平台，他几十秒钟就冲上去了。他刚打开第二级火箭尾舱的舱口，一股强大的气浪便将他掀翻在地。他爬起来，让几个战友强行将他推进尾舱。尾舱里泄漏的燃料还在扩散，还在辐射，呛得他连气都喘不上来。但凭着一股毅力，他硬是憋着一口又一口的气，一连拔下了六个电源插头！当战友们将他拖出火箭尾舱时，他脸色惨白，一下便晕倒在了平台地板上。

还有一个年轻的基层指挥员，当他爬进火箭的尾舱时，有毒的气体让得他呼吸困难，四肢无力。他双手抓住电爆管插头，想尽快将它拔下来，可力不从心，就是拔不动。他急了，急得满头大汗，急得两眼喷火。因为电爆管插头若不及时拔掉，随时都会发生引爆！后来，他干脆一边用手抓住电爆管插头，一边用嘴咬住插头的导线，然后让战友抓住他的双腿，连人带插头，硬是死活往外拖！最后，电爆管插头终于拔下来了，可他刚一站起，一口鲜血便从嘴里喷涌而出。他急忙转过身去，偷偷抹了一把，稍稍喘了一口气，又朝卫星与火箭连接的高处爬去。

…………

最后，电源插头、电爆管等火工品，终于卸完了，这意味着火箭卫星的直接威胁已经排除。

然而，四百多吨燃料还在火箭的肚子里，价值上亿美元的“澳星”，还在装有燃料的火箭的脑袋上！

毫无疑问，有燃料就有危险！更何况，在这黑咕隆咚、四处混乱的夜晚，谁知道什么时候会不会突然发生点什么。

因此，剩下的问题是：

燃料怎么办？

火箭怎么办？

“澳星”又怎么办？

十二

此刻，美国休斯公司副总裁约翰逊和澳大利亚通信卫星公司首席代表戈登·派克，都在离发射场百里之外的西昌腾云楼宾馆。

两位先生都没去餐厅赴宴，彼此正焦虑不安。约翰逊先生站在窗前，望着阴沉沉的夜空，想说点什么却又一言不语；派克先生坐在沙发上，望着衣服架上今天才挂起的几十串鞭炮，心里五味俱全。

是的，两位先生对这次发射成功都深信无疑。他们同中国专家们打了好几年的交道，没有任何理由怀疑这次发射的可靠性。本来，在通常情况下，类似这样的场合，他们应该备有两份讲话稿：一份成功的，一份失败的。可他俩只准备了一份——都是成功的，没有失败的。

此刻，那份准备在成功的宴会上宣读的讲演稿，分别装在两位先生的西服兜里。如果今晚是成功而不是失败，那你会听到，这两位异国朋友在宴会上的声音是何等洪亮！

休斯公司副总裁约翰逊先生兜里的讲话稿是这样写的：

这次发射，是我们休斯公司历史上最重要的一页！……

我们为这颗“澳星”的发射成功，感到非常地高兴！我们为使今晚发射成功的高度专业化的国际试验队伍，感到无比骄傲！……

澳大利亚卫星公司代表派克先生兜里的讲话稿则这样写道：

今天，不仅对中国人，而且对我们澳大利亚通信卫星公司来说，也同样是非常重要的！此时此刻，我十分地激动。我该向休斯公司的全体工作人员表示感谢！向那些参与“澳星”项目并为此作出了牺牲和贡献的人们，以及他们的父母、丈夫、妻子、儿女致以深切地谢意！并请接受我最美好的祝愿！……

然而，遗憾，历史老人在这个春天的夜晚，无情地扼杀了这两位异国朋友的声音。

此时此刻，站在窗前沉默不语的约翰逊先生和坐在沙发上望着鞭炮发愣的派克先生，深深忧虑的都是同一问题：那颗现在还悬坐在中国火箭上的价值上亿美元的“澳星”，下一步到底怎样才能确保其安全？

所以，国防科工委作试部部长李宝铭在宴会上刚一结束讲话，碗筷还没来得及碰一下，就被休斯公司首席科学家斯坦豪尔匆匆请到了约翰逊和派克两位先生的房间；接着，长城公司副总经理陈寿椿、“长二捆”火箭总师王德臣等专家，也随后赶到。

于是，中、美、澳三方，就下一步采用何种方案确保“澳星”安全的问题，在腾云楼宾馆一间小小的卧室里紧张地展开了讨论。而讨论的焦点是：到底是先卸燃料，还是先卸“澳星”？

中方意见：现在最重要的是确保“澳星”的绝对安全。虽然现在发射场方面大的问题已经解决，但不安全的因素仍然存在。由于燃料还在箭体内，有燃料“澳星”就有危险。因此，希望休斯方面要尽快从火箭上先卸走“澳星”。

美方意见：几百吨燃料还在箭上，如果现在就上发射塔去卸“澳星”，人员和“澳星”都极不安全。希望中方先卸下燃料后，他们再卸“澳星”。

三方正商讨着，电话响了，是远在发射场的胡世祥打来的。胡世祥的意见急切而明确：希望休斯方面尽快考虑先卸“澳星”！

但休斯方面对人员的安全问题，看得极为重要，还是希望中方先卸下燃料后，他们再卸“澳星”。

胡世祥的声音在电话里一下显得洪亮起来：“如果你们认为有危险，卫星由我们帮你们卸，你们只需为我们提供卸卫星的工具就行！”

但休斯方面仍有自己的考虑：“澳星”除美方工作人员外，中方人员绝对不许接触！虽不说中方在卸“澳星”过程中会趁机窃取“澳星”的技术，但这毕竟是个原则！

最后，美方的意见，还是先卸燃料，后卸“澳星”。

中方只好勉强同意。然后，准备天亮时展开行动。

然而，时至凌晨 2 点 30 分，发射场值班人员打电话，急切报告道：发射塔上冒烟冒得厉害！

连眼皮还没合一下的火箭研究院院长沈辛荪、“长二捆”研制总指挥于龙淮和火箭总师王德臣接到报告后，不忍心叫醒刚刚躺下的司机，竟顶着寒风，一路小跑到几里外的发射场！

为防止意外事故发生，中方指挥部当即召开紧急会议，对情况再次做了分析后，决定连夜先卸“澳星”，并给休斯公司主任海伦打去电话，要求美方尽快派人卸走“澳星”！

海伦在懵懂中拿起电话，很是不解：“刚才不是说好了先卸燃料吗？怎么现在又要先卸‘澳星’了？”

中方只得如实相告：“火箭底部的防风固定螺栓现在只有一个在位，四百多吨的火箭与卫星全靠这一个螺栓支撑。火箭的燃料重达四百多吨，卫星的重量近十吨，如果先卸燃料，就会形成头重脚轻。火箭一旦倾倒，‘澳星’卫星就会彻底完蛋!”

海伦听后大惊，这才同意先卸“澳星”。

但燃料还在箭上，先卸“澳星”必然存在危险，故美方还是有些犹豫不定。

中方干脆表示：“你们如果考虑有危险，卸‘澳星’的工作由我们来干！我们可以保证，把‘澳星’安全送回厂房!”

事已至此，美方终于同意，并很快为中方提供了工具；但有个条件：必须在塔架上接通监视器，以便他们对中方卸“澳星”的全过程做全方位的监视!

中方爽快答应。

此时，已是凌晨 4 点了。

凌晨 5 点，身着红色服装的中方吊装战士，在队长万超的带领下，出现在了发射塔上。他们顶着随时可能出现的危险，经两个多小时的艰苦努力，终于把处于危险之中的“澳星”稳稳当当地从火箭头上卸了下来，并平平安安地送回了由美国人看管的厂房。

但是，火箭里的燃料还未卸除。

十三

本来，要将几百吨燃料一点不漏地“喂”到火箭的肚子里，就够危险、够艰难的了。现在，又要按照相反的工作程序，让几百吨燃料再从火箭的嘴里“吐”出来，其危险和艰难，可想而知。

“长二捆”火箭采用的是偏二甲肼和四氧化二氮作为推进剂燃料。偏二甲肼是一种剧毒液体，且易燃易爆，若有百分之四十左右的偏二甲肼渗于空气之中，一旦遇上静电，即刻便会燃烧；而四氧化二氮则是一种强氧化物，一旦通过呼吸道进入人体内脏，人会马上窒息。

由于“长二捆”火箭是两级组成，燃料分别装在两级火箭里。为了降低火箭的重心，避免头重脚轻，必须先卸第二级，然后才能卸第一级。

但四百多吨重的燃料又分别装在火箭的十二个储存箱里，要卸除，就需五百根几米长的气管来将管路连通；而每个管路上形状相似的阀门多达二十多个，稍有不慎，就有扳错阀门的可能；加之管路与火箭的连结处很难保证不出现一点缝隙，因此渗出的燃料一旦与空气接触，臭味刺鼻的黄烟便会“哧哧”爆响！

如果按正常程序给火箭加注燃料，尽管有危险，但对加注中队的官兵来讲，轻车熟路；但现在要按相反的程序卸除燃料，不但加注中队的官兵们没干过，就连已经参加过九次加注任务的指挥员，也是第一次。

但险情就是命令，军人就是服从；没危险要上，有危险更要上！

加注中队有个战士，因长年接触火箭燃料，他的左胸肿大已经一年了。本来，他已经住进了医院，完全可以不参加这次发射，但他还是偷着跑出了医院，一回连队就参加了连续几天几夜的加注任务。发射那天晚上当他看见火箭没有起飞时，捂着疼痛的胸脯，望着大山偷偷流泪；当火箭需要卸除燃料时，一声令下，他又像没病一样，立即捂住胸脯，投入了卸除燃料的战斗！

还有一个加注中队的战士，他负责燃料管路的连接工作。这项工作非常重要，因为管路万一没有连接好，出现泄漏，火箭中的燃料就会引爆！本来他的加注技术是相当出色的，但当他把几十根管路和气管连接器连接完了后，他的手头却没有检测设备去检测连接好的管路到底是漏气还是不漏气。最后，他只好被迫采取了这个世界上最简单、最方便、也最可靠的检测工具——用自己的鼻子去闻！在用鼻子闻的过程中，他俯下脸，尽量让自己的鼻子贴近管路，然后再顺着管路往前闻！当他闻到一个管路与火箭阀门的连接处有一股浓烈的臭鸡蛋味时，他马上就作出判断：此处有泄漏！于是顶着毒气将松动的螺栓迅速拧紧。

就这样，这位战士依靠自己的鼻子的嗅觉，拧紧了松动的螺栓，止住了泄漏的燃料。但泄漏的燃料止住了，这位战士却因燃料中毒而倒在了发射台上！战友们看见后，很想扑过去扶他一把，但当时别的管路还未接好，现场万分危急，若是一旦停下，大量空气便会钻进管路，导致燃料引爆，“澳星”瞬间毁灭！于是，面对战友的生命和美国的卫星，战友们最终流着眼泪选择了后者！直至最后一根加注管路连接、检测完毕，战友们才将他匆匆送进医院。可惜晚了，经医生检查，他的呼吸道和肺部已严重烧伤……

…………

经二十多个小时的紧张战斗，四百多吨燃料终于全部安全卸除。

“澳星”保住了。火箭保住了。发射场保住了。所有参加发射的专家和工作人员，也全部脱离了危险。

黑色的“3·22”，终于过去。

第二章

三十年前，苏联火箭大爆炸，元帅、将军、士兵和科学家等百余人全部丧生！三十年后，中国发射场烈火熊熊，黄烟滚滚。历史，难道总是惊人地相似？

一

发射“澳星”那个夜晚，我不在发射场。

我在北京一个地下室里。

我是发射前一个星期从西昌匆匆赶回北京的。我没去国防科工委指挥所，而有意选择了一个普通地下招待所——全国各地旅客出差住宿的地方。

地下室空气很不好，沉闷，压抑，有一股想躲也躲不开的腐臭味。但为了看发射“澳星”，我还是一手抓着馒头，一手端着饭盒，提前半小时就守在了当天必须守住的岗位上——一个破破烂烂的电视机前。

没有文件，也没有通知，更没有命令，但各个房间的旅客几乎都在同一时刻围在了电视机前。男的，女的，老的，少的；坐着的，站着的，趴着的，蹲着的；东北的，四川的，南京的，广东的；打工的，求学的，搞推销的，做生意的。天南海北，形形色色，呼呼啦啦，围了一大圈。

我站在电视机前，像个领导。尽管就我一个人傻乎乎地离电视机最近，但我还是一手拿着饭勺，一手坚持把住频道，怕别人靠近，也不准别人靠近，所有显示表情的地方，都显示出一种绝对的独裁！

现场直播的画面一切入，我的心就紧张起来；“五分钟准备!”口令一下达，我的额头就开始冒汗；当印有“中国航天”四个大字的“长二捆”火箭的特写镜头刚一推出，不知什么原因，我忽然有了一种不祥的预感：今晚可能要出事!

当“牵动!”“点火!”的口令一下达，我的心就不是紧张而简直就是一种恐惧了！这时的我，同全国坐在电视机前观看发射的亿万观众一样，希望今晚火箭顺利起飞，尽快看到大凉山峡谷那辉煌的一瞬!

但是，几秒钟过去了，火箭原地不动，只轻轻颤了一下，接着就冒出一股滚滚浓烟；浓烟旋即弥漫开来，很快便将发射塔紧紧包裹了……

熟悉发射程序的我，急忙抬腕看表，一看火箭起飞时间已过，竟情不自禁，冲着电视机就是一声大吼：

“快，紧急关机!”

我的吼声同发射场指挥员的声音几乎同时响起。我周围的人，都被我这突然爆发的吼声吓了一大跳！而我自己，也急出了一身热汗。

这时，电视屏幕一片空白。

接着，一位满脸悲壮的黑脸汉子出现在屏幕上，用极其沉痛的声音宣告道：今晚“澳星”发射失败!

我和在场的观众，一瞬间几乎全傻了。

两位中年女性，掏出手巾，悄悄抹开了眼泪。

这时，中央电视台播音员张宏民在电视屏幕上出现了。张宏民一脸严峻，郑重宣告：今晚发射直播，到此结束。再见!

地下室一片哗然。

“火箭到底怎么了?”

“‘澳星’会不会炸呀?”

“怎么不转播了？怕什么嘛？失败就失败，有什么见不得人的!”

“听说今晚是向全世界直播，这下完了，中国人的脸丢尽了!”

“脸有什么用？关键是钱！听说推迟一天发射，就罚款十万美元！”

“算了，洗洗睡觉去吧，没劲！”

这时，有人乘机将频道转到了中央二台。中央二台播放的节目恰好是电视剧《长征号今夜起飞》；而剧中的镜头又恰好是一个中国的发射指挥员站在飞机上，指着飞机上的一群外国人大讲特讲中国的发射如何百分之百的成功！

这是我根据本人的中篇小说《火箭今晚起飞》改编的电视剧。由于导演领会不了原著的精神，所以硬是私自将一个好端端的剧本搞得如此肤浅！

于是有人在骂：“瞎他妈吹牛！”

我脸上一阵发烧，“叭”地关掉电视机，几步冲出地下室。

二

我打开办公室的门，第一件事就是给发射场打电话！

可电话打不通。我急得在屋里来回踱步。

我抓起电话又打，不通；再打，还是不通。

无奈，我只好扣掉电话，将自己重重放倒在沙发上……

不知什么时候，我来到了天安门前。我不知道自己为什么要来，也不知道是怎么来的。只恍惚记得，我骑着自行车，穿过西四，越过西单，而后再一拐弯，便到了天安门。

此刻，天安门依旧。金水桥依旧。长安街依旧。头顶的夜空和天安门城楼前毛泽东的画像，同样依旧。

我推着自行车，沿着长安街由西向东缓缓行走。路灯、车队、人流，宾馆、酒吧、公园……眼前所有的一切，仿佛全都不理会我的存在。尽管今晚发射失败了，对发射场内和发射场外所有的航天人都是一个沉重的打击，对我的心灵也是一个不小的重创，但此时此刻，天上的星星依然独自闪烁，地上的过客照常匆匆行走。而且不难想象，画家们依然在色彩中浸泡，诗人们照常在浪漫中徜徉；政客们依然在会议桌上制造阴谋，军事家们照常在沙盘中运筹战争；商人们依然在算计着钞票如何从别人的口袋滚进自己的腰包，卖冰棍的老太太照常在八瓦的电灯泡下数点着今天到底赚了几十几元几角几分。

我当然无暇去理会那个世界，一心只管想着西昌发射场，想着发射场的火箭卫星。火箭现在虽然已经紧急关机，但关机后的火箭怎样？“澳星”怎样？发射塔怎样？尤其是我那些在发射场的战友们又会怎样？

我很自然地便想到了 60 年代初苏联那次震惊世界的火箭大爆炸——

那是 1960 年 10 月，在位于苏联哈萨克加盟共和国境内的拜科努尔发射场上，著名的“火箭狂人”科罗廖夫正积极组织准备发射金星探测器。但由于“金星号”运载火箭出现故障，科罗廖夫只好临时决定改变发射日期。

而恰在这时，即原定发射日的头天下午，苏联国防部副部长、导弹部队司令涅杰林元帅率领着几十名将校、导弹专家兴冲冲地来到了发射场，准备观看发射。当科罗廖夫向涅杰林元帅如实报告了火箭出现故障、发射将推迟几天时，涅杰林元帅极为不快，几乎是训斥道：“故障？为什么会有故障？不行，现在所有观看发射的官员都已到齐。我们已向全世界宣布，明天苏联的金星探测器就要上天，所有的船只和飞机不能靠近夏威夷以南一千公里的目标区。今天无论如何要排除故障，保证明天按时发射！”

科罗廖夫坚持说：“不行，这是科学，科学不允许有半点虚假。若是匆忙上阵，等待我们的很可能就是失败！”

“什么，失败？”涅杰林元帅顿时大为恼火，“你怎么总是想到失败、失败，却不去多想想成功、成功？明天莫斯科在等着我们，全世界社会主义兄弟国家也在等着我们，这个时候我们怎么能去想到失败呢？一切按原计划进行，请执行命令吧！”

无奈，10 月 23 日这天上午，科罗廖夫只好执行原计划，按时发射。发射前，科罗廖夫考虑到安全，请涅杰林元帅等人到地下隐蔽室去观看，可涅杰林却拍着胸脯说：“我是军人，军人不是怕死鬼！我就在这里，哪儿也不去。今天我要亲眼看看，苏维埃社会主义共和国的火箭怎样从地上飞到天上！”

科罗廖夫只好一声长叹，转身回到地下控制室。

发射按时进行。但当指挥员“点火”口令下达后，火箭却并未按程序点火；载有金星探测器的火箭老练地坐在发射塔上，一动不动。

几十名火箭专家和工程人员急忙奔上塔架，查找故障。

但由于火箭上的电源并未完全切断，而火箭的起飞信号又已发出，因此当火箭专家们正埋头查找故障时，火箭竟忽然腾空而起！

但火箭刚刚升起，就被发射平台和梯子挡住，随着一声巨响，火箭横空爆炸！

结果，涅杰林元帅、武装部队副参谋长巴甫洛夫斯基将军和杰出的原子科学家叶夫连莫夫等百余名军人和科学家，全部葬身火海！

这便是世界航天史上，人员伤亡最多的一次发射大事故。

那么，中国的这次发射，造成失败的原因是什么呢？

今晚的西昌发射场，会重演当年苏联的悲剧吗？

这次发射，又有没有长官意志？有没有违背科学的地方呢？

我的思绪很快飞向西昌发射场，突然就想念起发射场的战友来——那些过去曾经在那儿生活、工作过的战友，那些至今还在那儿生活、工作的战友，特别是那些此时此刻正在发射场上被浓烟包裹、被烈火烘烤、被毒气熏呛、被死亡追杀的战友！

我继而又想到我们这个民族，想到我们这个民族近百年来苦苦挣扎的历史，想到在这苦苦挣扎的百年历史中跌跌撞撞走过来的中国科技知识分子。他们身心疲惫，满目尘土，一生都在采炼着五色石，以补缀这残破的世纪；甚至他们宁肯以生命作代价，也要为自己的民族创造哪怕一瞬的辉煌！他们一代接一代，一辈随一辈，梦想着，奋斗着，拼搏着，追寻着。然而“六代悲歌六代人”，苦难的心路历程总是同处一个沉闷压抑的精神空间；伤痕与痛苦，挫折与失败，总是与他们终身相伴，形影相随；到后来，他们也只能以悲剧的形式无可奈何地消失在历史的尘埃之中。

这次呢？

企图用中国的火箭把美国的卫星送上太空而又没有成功的航天人，其结局会是怎样？乘兴而来扫兴而归的亿万观看发射的中国民众，又将怎样对待他们？

我忽然想起刘心武的《五一九长镜头》，想起理由的《倾斜的足球场》。有记忆的中国人大概不会忘记，那是何等惨烈的一幕啊！当中国足球队从香港足球队的手上败下阵来时，观众席上一片沸腾，一片喧闹，一片起哄，一片嚣叫！汽水瓶、啤酒瓶、香蕉皮、橘子皮，还有冰棍、瓜子、烟头、纸团以及裹着臭袜子的高跟鞋，全都纷纷朝运动员的身上砸去！

何之罪？

谁之错？

我进而又想到1988年的汉城奥运会。在那次奥运会上，中国本来雄心勃勃，有备而去；但遗憾，汉城不是洛杉矶，堂堂中华大国只凑合着拿了五块金牌！在世界面前，中国毫无办法地“丢了脸面”；而已被捧为“国宝”的女排，输得更惨！

本来，竞技场上，有赢就有输，有输就有赢。无论是输是赢，均属正常。但几千年来“成者王，败者寇”的传统观念，似乎早已渗进民族的骨髓。

于是，女排还没回国，“奥运热线电话”上便有了这样的记录：

“请问中国女排什么时候到北京？”

“明天。”

“那好，请转告她们，让她们从机场直接来我们这儿报到，我们全为她们准备好了。”

"请问你们是哪个单位?"

"火葬场!"

有人还这样打去电话：

"李宁和足球队什么时候回来？我要去机场揍他们!"

甚至一些无处发泄的军人，也打去电话：

"告诉中国体育代表队，我们军人在战场上打了败仗，是要杀头的!"

…………

这是一种什么现象？为什么会有这种现象？

是失败者错了吗？是骂娘的人不爱国吗？还是"以成败论英雄"已成为社会的一种习惯，一种难以更改的约定俗成，一种颠扑不破的冒牌真理？

若果真如此，谁不怕输？谁不怕失败？谁又输得起？谁又失败得起？

那么，今晚发射失败，面临的又将是一种怎样的现实呢？

历史，难道总是惊人地相似？

天无语。地无语。人无语。只有我依然推着破旧的自行车在长安街漫步独行。我不知道我之外的人们此刻都在想些什么，我只知道我的胸口在隐隐作痛，有一股黏稠的东西在眼里涌来涌去；而且我分明感到，此时此刻的我仿佛已经随着火箭那棕黄色的滚滚浓烟，升腾到时间之外去了……

三

从天安门回到宿舍，已是零点。我倒在床上，打开收音机，想听听关于"澳星"的消息。

但没有，一句也没有。

我叹息一声，闭上眼睛，在似醒犹睡中回忆，在清醒与沉睡间幻想。渐渐地，我坠入梦境。我梦见在滚滚烟雾中，火箭忽然冲天而起，接着一声巨响，又凌空爆炸！发射场顿时烈火四溅，血肉横飞！滚滚浓烟中，什么也看不见，什么也看不清，只有中国、美国和澳大利亚的三面国旗，在烟雾弥漫的发射塔上空缓缓飘荡……飘荡……

噩梦醒来，一身冷汗。抬腕看表，已近6点。

我照常下楼跑步。

跑着跑着，便身不由己地停了下来。我抬头一看，矗立于我眼前的，竟是一座教堂！

这座教堂叫“西什库教堂”，位于北京厂桥附近，距我的住处仅一站之遥。半年前一个偶然之机，我曾经来过这里；今天，不知是上帝的牵引，还是我潜意识的使然，无意间又故地重返。

我信步走进教堂。教堂清洁肃静，安详淡然，每一寸空气，仿佛都比外面真实。这里没有争斗，没有喧闹；没有团聚的欢乐，没有别离的惆怅；没有成功的喜悦，没有失败的懊丧。有的只是几百名教徒跪在木制的长条椅上，随着台上的牧师和唱诗班的修女们，齐声唱颂着《圣经》里的诗行。这里仿佛什么也不曾发生，什么也不会发生，即使外面的世界曾经发生过什么或正在发生什么或将要发生什么，也永远与此毫无关系。

霎时间，我的灵魂仿佛飞升到了另一个世界，禁不住在心里问自己：

上帝与科学，到底谁更可信？

四

我回到办公室，现实的世界又变得面目全非。人们上班的第一件事，就是纷纷议论“澳星”！

走廊里，过道上，办公室，会议厅，三人一伙，四人一群，你说这，他说那，中心话题，全都是关于“澳星”的失败和失败的“澳星”！

仅仅一个白天，从北京和广州、南京、四川、郑州等地打给我的询问“澳星”情况的电话，就有十四个之多。

而且，在那两天里，我不管走到哪里，朋友们问到的问题，都是关于“澳星”；而我听到的话题，也大都是关于“澳星”；据说在全国七届五次人民代表大会上，会员们早上刚一见面，第一句话也是“澳星”！

于是，“澳星”失败，成了中国的焦点；“澳星”失败，成了十二亿中国人生活中的一个热门话题。

——有人说，发射火箭是高科技，哪有那么容易的！过年放鞭炮还有不响的时候呢！

——有人说，中国人就这德性，听惯了捷报频传，见惯了大喜大庆，一碰上点失败，就大惊小怪！

——有人说，根本问题是穷。听说打卫星的人都没奖金；没奖金，哪有干劲打卫星？

——有人说，失败了好！失败了好让一些人的头脑清醒清醒，省得瞎吹牛！

——有人说，关键问题是太急躁，太急于求成。一急，哪有不出事的？

——也有人说，管它呢，成功了又不给我涨工资，失败了也不扣我的奖金，操那份闲心干啥？

——甚至还有人怒发冲冠，破口大骂：“丢人现眼，一群饭桶！”

当然，也有这样一类人，当你问他：“看发射‘澳星’了吗？”他反而问你：“什么‘澳星’？”

总之，有理解，有支持；有惋惜，有同情；有宽容，有责骂；有冷漠，有怨愤。人们高谈阔论，莫衷一是。但稍加注意，我便发现，人们之所以如此活跃兴奋，其实并非“澳星”本身，而都是因为两个字：失败！

中国曾经成功地发射了几十颗国内卫星，也成功地发射过美国制造的“亚洲一号”卫星，但人们从来没有如此活跃兴奋过。而这次，发射失败了——突然出乎意料地失败了，整个民族仿佛一下触动了某根敏感的神经，甚至，就像被打了一支大剂量的兴奋剂！

这种现象，说明了什么呢？

当然，短短几天过去后，“澳星热”也就随之消退了。有人在谈论“澳星”失败时，心理已得到了某种平衡；有人在谈论“澳星”失败时，精神已获得了某种满足；有人在谈论“澳星”失败时，似乎已尽到了一个公民的义务和责任；而有人在谈论“澳星”失败时，好像狠狠地过了一把瘾！

总之，旧的日子已经过去，新的生活正在开始。人们昨天上班的路怎么走，今天上班的路还是怎么走；昨天的孩子怎么喂奶，今天的孩子还是怎么喂奶；昨天的酱油瓶在哪儿放下，今天的酱油瓶照样从那儿拎起；遛鸟的老头照样遛鸟，练香功的老太太照样练香功；卖糖的照样喊糖甜，卖醋的照样叫醋酸。

不过，这时的我并不知道，就在“澳星”发射失败的当晚，全国各地几千封电报和信件已经开始频频发往西昌。因发射失败而在全国激起的热潮，远比我的想象要丰富多得，也复杂得多。

第三章

如果这个世界无论发生了什么事情，一个民族始终装聋作哑，不吭不哈，甚至连脾气都懒得发一下，那么，你对这个民族还会抱有什么希望吗？

一

这是西昌发射场一个平静的夜晚，离“澳星”再次发射还有五天。

我在发射塔下的一间屋里独自看信。

这是“澳星”发射失败后，从当天晚上起，全国各地发往西昌卫星发射基地的信。信太多，多得难以统计，多得我不知该从哪一封信看起。

说实话，有生以来我还是第一次看这么多的信。当然，我也没想到全国关注“澳星”发射的人竟有如此之多！四川的，北京的，上海的，山西的，青海的，内蒙古的，湖北的，云南的……除台湾和香港外（或许台湾和香港也有，但我未见着），全国各地应有尽有，大约有两千多封，同时还有几百封电报。

我最先看到的，是发射失败的当晚，几封发往西昌卫星基地的加急电报——

胡世祥：“长二捆”怎么了？

——**哈尔滨**

亲人：澳星失败痛中自信，精神不溃冲冲冲！

——周正坤全家

王永德政委：请转告全军将士，我们千千万万个军人的妻子，相信你们一定会成功！

——马鞍山市吴玉兰

不要忘记十一亿双眼睛！

——太湖

长城奇耻！国人心寒！

——陕西工学院石西平

接下来，我翻开了第一封信。一看，写信的人大概是一位刚上初一的小女孩，年纪估计也就十一二岁吧。

伯伯、叔叔、阿姨：你们好！

昨晚18点40分，我在电视上看到我国为澳大利亚发射的通信卫星没有成功。我难过的（地）落下了眼泪，爸爸也没吃下饭。听说是要培（赔）偿的，我把自己积存的压岁钱一百元寄给你们，培（赔）偿外国人用，请你们收下。希望你们鼓起勇气，细心找出失败原因，争取下次发射成功！

山东大学附属中学　胡玉静

1992.3.23

我接着又翻开了第二封信。

敬爱的首长：

我在3月22日听说了“澳星”发射之事，遗憾的是我没能目睹。听说这次为了“澳星”发射，牺牲了九位军人，六人负伤，不知是否如此？如果真是这样，我有一个冒昧的请求：请求首长将负伤的军人（**坐轮椅的**）赐给我一位，我甘心情愿与他共度人生。我愿尽全力使他生活得每天都快乐幸福。

我自从懂事起，就热爱、理解军人。这次，当听说九人牺牲、六人负伤，首长抱住他们痛哭时，我的眼泪直往下掉——希望首长不要使我失望！我高中毕业，二十二岁，自修法律，身高一百六十一厘米，爱好文、体。

四川攀枝花市某乡 ×××

第三封信刚一打开，我便愣住了。信封上是手写体，里边信的内容却是打印的字体。写信人为什么不寄亲笔信而寄打印信呢？

中国长城（西昌）**卫星发射基地：**

你改悔吧！

我是个中国人，但我现在只能算个人，没有中国可言了，在看到你们发射失败以后。

我希望你们尽快帮我找回丢失的中国。

我不责备你们的失败。

我也不听任何解释。

我痛恨务实精神的不在。

不知道是谁的错。

但不管是谁的错，都必须先直起龙的脊梁重整身躯。

科学允许失败，但决不允许骄傲的失败。

面对荧屏，我觉得那是失败与耻辱；离开荧屏，我更觉得那是中国科技事业的严重危机。

对这种危机，决不能忽视，得尽快消除。

中国人决不会希望重复如此的过失。

否则，汝何以教我?! 何以教天下炎黄子孙?!!

最后，我们要求尽快将卫星发射升空。

成功之际，我们会再把那杯早已盛满的啤酒喝下。

记住，不要冷了我们的心，中国人的心。

我，我们，中国人都在期待着……

此致，祝成功!

敬礼

一个无颜的炎黄子孙伤痛泣泪书于月夜下

我继续读着一封封的来信，忘了月色，记了时间，也忘了睡觉。时而激动不已，时而感慨万端，时而陷入沉思，时而痛惜悲叹，甚至并不轻易流泪的我，也忍不住流下了热泪。

于是，从头天晚上 7 点，至翌日清晨，我看了整整一个通宵。

然后，我才重重地倒在了床上。

但我无法入睡，总觉得有话想说，想对全中国说，想对全世界说。但我又不知该说什么不该说什么，因为这些来信的内容本身，已足以说明了一切，远比我要讲的有分量得多。

于是，我决定从这数千封来信和来电中，择出部分，大致分为几类，如实照录。让你、我、他，都来一起阅读——

二

A类

西昌的叔叔、阿姨们：你们好！你们辛苦了！

22日的“澳星”发射我看了转播，你们花了那么多精力，付出了那么大代价，卫星还是没能上天。我想你们一定很伤心，我也是，全中国人都伤心。叔叔阿姨们，你们别难过，有十几亿人支持你们。这一次失败了，但还有无数次任务在等着你们。你们的压力一定很大吧？叔叔阿姨们，这就跟我们学生考试一样，思想压力大，一定会考不好的。真的，我就经历过的。所以你们真的千万不要伤心，不要背“包袱”，跌倒了再爬起来干才是好汉。我想这次失误一定给咱中国造成了不少损失，虽然二十元钱连火箭上的一个小零件也许都买不到，但这是我的一颗心，一片情。真的！你们一定要收下。

一个中国女孩：常明霞

发射中心的领导和同志们：

你们好！

盼望已久的“澳星”发射没能成功，我全家和全体炎黄子孙一样，非常难过，我上一年级的孙子难过地哭了。

孩子恳求我说：“爷爷，给发射火箭的爷爷奶奶叔叔阿姨写封信吧，一定要让火箭飞上天，叫全世界的人都看看我们中国……还要告诉爷爷奶奶叔叔阿姨们，不要哭，好好吃饭，身体好，才有劲。”这是孩子的心声，也是十二亿中国人的心声。

山东　陈光荣及全家敬启

亲爱的前辈们，与“澳星”发射有联系（哪怕一点点）**的所有同志们：**

你们好！

我认为，今天的发射还是较成功的，但遗憾的是在中央电视台转播结束之际，那位负责人的结束语不令人满意，他怎么能阴沉着脸讲话，为什么不笑一笑呢？根本就没有什么令大家无法理解的事，我以为这是件最平常不过的事，美国的“挑战者”能在空中开花，难道就不允许我中国的“长征”火箭开个小小的玩笑吗？岂有此理。

我们国家的新闻媒介的“作风”应该改一改，因为新闻媒介问题给我们的卫星发射工作带来许多不必要的压力……成功固然是美好的，但干成一件事成功只有一次，其余的全是失败，尤其是像这样高尖端的科学，失败更不可少，因此，我主张：成功了，请流点泪；失败了，请露点笑。

青海西宁市十三中　一学生

西昌基地的领导：

你们好！

尽管“澳星”发射已经过去快两天了，但我的脑海里仍时时浮现着当时的情景……在整流罩乳白色壳体上喷印着的三面国旗中，我们的五星红旗是那样鲜艳，那样醒目。作为中国人，国旗还在，我们就没有理由失去信心。我们脚下的这一片古老的土地，是火箭的故乡，是闯天人的故土，还有你们这样一大批为祖国航天事业呕心沥血的专家，我相信，这“澳星”一定能打上去，一定能的！

我知道，欧洲航天局的“阿里亚娜”，美国的“三角翼”“大力神”等火箭发射时都曾有过失败的记录。我们这还不成熟的“长二捆”自然也难免。但人家是大老板，赔得起，而我们的国家还不富裕，所以我在信中夹了一块钱给你们寄去。这是我的稿费花剩下的，是我自己的钱，虽不多，但它是我的心意，就算是对“长二捆”的一点点贡献吧。就把它变成“长二捆”的一颗小小的螺丝钉，一滴小小的液氢，让“长二捆”带上它，也带上我的心愿和祝福，飞向太空。到重新发射“澳星”那一天，我还会坐在电视机前等着你们的好消息。

广西河池市　亚平

作者按：不承认失败者的伟大，却能伟大地理解失败者，或许这就是我们民族伟大的另一面。在几千封来信中，这类信件最多。上至年逾古稀的老人，下至乳臭未干的小孩，都纷纷投来一腔善良、纯朴、真诚而又火辣辣的情怀。

但由于信件太多，我无法一一照登，只能将其部分摘录于后——

重庆一位叫王勇的学生来信说：“卫星发射失败，我认为不单是你们的责任，而是我们每个有血性的中国公民都该承担的责任。我、我的同学、我的老师以及所有的中国人都会分担这一责任。我们不能做什么，唯一能做的就是告诉你们：你们不是孤立的！”

浙江三位中学生来信说：“现在你们一定在努力寻找原因，寻找补救措施，一定很辛苦！我们特寄上一小撮茶叶，望你们在劳累之时休息休息，喝上一口清茶，提提精神，注意不要累坏了身子。”

山西某中学集体签名写信，其中有这样几段话：“即使第一百次跌倒，也要第一百〇一次爬起！”“不要为打翻的牛奶而永远哭泣。”“同志，记住‘龙头’永远是高昂着的！”“别为逝去的朝阳哭泣而错过今晚的星空！”“跌倒了，再爬起来，才是中国人！”

江苏仪征市陈集中学高二（三）班来信说：“我们班的同学们都哭了。我们不责怪你们，你们没有错，你们辛辛苦苦、夜以继日地工作，还要遭受来自各方面的压力，真是太不公平了！我们班许多同学立志：

考上大学，与你们一起研究中国的航天技术!”

人们不仅来信，而且还纷纷捐款寄物，以表安慰与同情。

——四川峨眉小学二年级学生李丹，将平时妈妈给她买早餐节省下来的五块五毛八寄给了卫星基地。

——河北保康县的李公平，从“自己每月只有七十六元的工资”中抽出五十元寄来，并附言说：“它虽如沧海一粟，但却代表了我一颗滚滚赤热的心。”

——江苏泗洪县一群中学生，每人从自己伙食费里抠出几元钱凑齐寄给西昌卫星基地。

——成都一位大学生，把自己一月的零花钱全部寄来，并附言说：“让它擦去‘长二捆’火箭上的第一颗泪珠!”

贵州一小学生寄来一角钱，并附言说：“这一毛钱虽然不能起多大作用，但每个中国人要是都捐一毛钱，那就什么事情都能办成!”

吉林东丰县一学生寄来三元钱，并附言说：“我没有钱，只能寄来三元，就给放卫星的叔叔阿姨们买点花生米吃吧。”

南京军区后勤战士戴建华寄来四十元，并附言说：“这是一位普通战士一个月的津贴，献给祖国的航天事业!”

湖南永州市二年级学生付丽娜寄来二十元压岁钱，并附言说：“叔叔，为我国航天事业的发展，请收下我的一点小心意!”

四川广元剑阁县妇联寄来二十双刚刚赶制出来的鞋垫，并附言说：“‘澳星’上天是中华儿女的光荣。剑门山区的姐妹们跟全国人民一样完全相信：你们发射‘澳星’所付出的心血和汗水是绝不会白流的!‘长二捆’火箭喷着如血的烈焰和拔地腾飞直奔长空的雄姿不久将会展现在中华儿女的面前，这是一定能够的!”

此外，在“澳星”发射失败的当晚，成都一青年将一千元人民币送到四川省科委办公室，让转交给西昌卫星发射基地。当省科委的同志问他姓名时，他笑了，说：“请转告他们，就说是一个普通的中国青年!”

三

B类

贵站领导及所有工作人员：

你们好！

作为一名中国人，我对这次为澳大利亚发射卫星未能成功表示遗憾。全国人民对你们的希望也在3月22日18点40分那一瞬间破灭了。我相信你们的心里也不好受。不过，我还是要说一句，“你们丢了中国人的脸！”

作为中国人，我们当然希望这次发射成功。没想到，希望越大，失望越大。连看《妈妈，再爱我一次》都没有哭的我，此时，眼睛却湿润了。未能发射成功，对全中国人来说都是一个耻辱，一个莫大的耻辱！仅用“出了一点故障”这句话，就能补偿的吗？该公司难道作为负责公司，你们没有料到该发生的事件吗？首次为别人发射这种卫星，给予别人的回答只是两个字：“失败”，你们又有何感觉？你们要对中国人民的荣誉负责，对全国希望你们成功的中国人民负责！……

荆州地区卫校　一学生

卫星基地负责同志：

您好！

我不敢说我有先见之明，可我预料到了3月22日的发射大概要失败。原因何在？因为你们（或者干脆说是我们大家）存在着盲目的自满情绪。此说从3月21日、22日两天的《人民日报》上可以看到。什么“发射前的特殊战斗”；工作做得那样细，那样准确、精密，发射手按电钮动作练得那么好。（用得着吗?）一句话，一切准备就绪，发射“万无一失”。结果如何？出了个大洋相。事后，电视屏幕上出现的那位领导讲话也不够虚心：什么“科学实验允许失败……”好大的道理！不！你们不是在搞试验，而是在搞商业性发射，在做买卖！当然，做买卖也不总是成功，输了要认账，要总结经验，下次再干。如果不认输，把责任推到“允许”二字上去的话，下次再干难免还要失败。

骄军必败，自负也不是好事，尤其在上次发射那颗卫星没有进入预定轨道的原因还没有找出来（也可能找出来了，对外保密）的情况下，更不能把“中国卫星发射的成功率为百分之百”这一神话当作现实。试问美、苏和欧洲的“阿里亚娜”公司什么时候把话说得那样绝对过？……

要虚心地对待群众，对待自己，包括卫星工作者的流血流汗，无私奉献，该记什么功，只能让人民去评说，自己不用事先表白。如能这样，即使失败了一百次，群众也会原谅。反之，百次成功，一次失手，群众也会气愤。……

辽宁锦西市　一个老兵

所有发射“澳星”的科技叔叔们、阿姨们：

今天是3月22日，真可以算得上一国耻日。

我的心很难过，很悲痛。

你们为发射“澳星”付出了艰辛的劳动，是难免出错误的。但是，这已不是第一次。前一次卫星发射中也出故障，全国人的心情或许和我一样，认为你们工作太繁重，难免出错误。可是这次，实在令我们很失望。我们班的一女同学一听到消息，不顾在上晚自习，便啜泣了，我们整个班都默默地沉默着。心中责怪道：我们发射的卫星为什么总是有这有那毛病？这不禁使我想起中国的老前辈科学家们，他们没有计算机，没有面包，没有牛奶，只有简陋工作室和手摇计算机，然而他们却创造了世界上最伟大的光辉事迹！我国第一个原子弹爆炸成功，第一个氢弹爆炸成功，第一颗人造地球卫星上天，使我国成为一个强大的国家。现在，我认为你们的条件总不至于比老前辈们差吧，可是为什么接二连三地出问题、出故障？我是一个晚辈，本不该说这些话，可是作为一个中国人，家事、国事、天下事，事事关心，因此我又不能不说。我希望科技叔叔、阿姨、伯伯们，不要忘记中国被玷辱的历史？不要忘记了十一亿中国人对你们的殷切希望，不要忘记你们所肩负的责任。

江西抚州一中　光勋

西昌基地负责同志：

你们拿着国家的钱，丢着国家的脸。你们的领导应该让更能干更能争气的不听上级瞎指挥的人来干吧！

西昌发射中心：臭！臭！臭！

西安　一群众

作者按：写此类信件者，约占总信件的四分之一。或许有人会怪罪他们不通情达理，或许有人会埋怨他们不心平气和，但如果我们认真想想，我们又有什么理由去怪罪他们、埋怨他们呢？

古代的中国曾有“四大发明”可以在世人面前光耀祖宗，近代的中国呢？现代的中国呢？不就只有“长征”系列火箭等少许科技成果能在世界占有一席之地吗？可现在，被捧为“国宝”的“长二捆”火箭也“丢了中国人的脸”，作为火箭的子孙，龙的传人，他们的民族自尊心能不受到刺激吗？他们的脸面能不发烧吗？他们憋了一肚子、甚至憋了一辈子的火气，不冲着打“澳星”的人发，又找谁去发呢？

当然，按理说，无论是失败了还是成功了，都是一码事情，都该一样对待，既不存在大惊大喜，也无所谓大痛大悲，用一位小学生安慰西昌发射基地指挥长胡世祥的话来说：“其实没什么大不了的，不就是火箭点火没点着吗?”

那么，一次失败，长城内外，举国上下，为何又会如此大惊小怪、沸沸扬扬呢?

是因近百年来我们民族经受屈辱与失败的历史太久太久，还是我们这个民族太习惯沉醉于成功的杯酒？是我们这个民族一贯缺乏失败的心理准备，还是我们这个民族承受失败的能力太差太弱?

然而，从这类来信中，我们又不难看出，这些人的内心燃烧着的又是怎样一种真情！在这到处充满虚假的世界上，做人难，说真话更难！尽管他们的话可能直率了一点，甚至说尖刻了一点，但这种对航天事业别样的爱心，对自己祖国的另一种忠诚，在我们今天这个时代，又是何其的难能可贵啊！

四

C 类

西昌基地负责人，您好：

刚才我看了电视直播，心里很难过，觉得丢人。

我十分怀疑是美国人搞鬼，因为前些时我看的报道说卫星由美国人检查！而不是中国人。我想如果他们在卫星里安上什么东西对火箭的工作程序进行破坏的话，中国人是不可能知道的，或者是美国人利用天上的卫星对火箭进行干扰使之不能正常升空。

我十分不愿意中国火箭上有毛病，而毛病在美国的卫星上。

山西榆次　一学生

总指挥同志，您好：

你们辛苦了，全国人民理解你们，相信你们，感谢你们！

我是上海的一位年俞（逾）古稀的退休工人……虽然我不懂科技，但为此事，我也没有少动心思，我想：这次的失败，是不是美方作了手脚？如用电子干扰，或在澳星里装有干扰仪器，等等。因为西方势力最怕我们在科技领域取得优势。他们与我们打交道，目的就是为了盗窃我们的科技情报，破坏我们的科技成果。他们绝不会真心实意地与我们搞科技合作，就像狼绝不会改变吃羊的本性一个道理。

同志：万万提高警惕！

上海杨浦区　一退休工人

指挥长同志：您好！

……最后一点我要提醒你，在发射场中的工作人员中，可能有人被外国势力所利用，进行间谍工作，他可以利用工作之便，把某些零件弄得不合规范。什么时间发射，请通知我一声，我一定要亲自看！

某中学　一学生

作者按：此类信件不多，也不算少。写信者大都是一些老工人、老党员和中小学生，也有老干部和军人，甚至还有幼儿园的孩子！

众所周知，中国由于极“左”思想的影响，几十年来政治运动连绵不断。震惊世界的“无产阶级文化大革命”长达十年，“以阶级斗争为纲”的口号则喊了数十年！长期“左”的政治教化的结果，使相当一部分人形成了一种“阶级斗争”型的思维模式。因此，一部分老同志用“阶级斗争”的观点来看“澳星”失败问题，我想便不难理解了。

但，令人惊奇的是，从不少来信中看出，有相当一部分中小学生甚至幼儿园的孩子，也认为“澳星”的发射失败是因为“美国人在搞破坏”！我可爱的小儿子李星就是一例：“澳星”失败的当晚，他一边拽着他妈妈痛哭流涕，一边跺着脚丫指天大骂：“就是那些美国王八蛋搞的鬼！”当万分震惊而又百思不得其解的我事后问他为什么这样想时，儿子的回答理直气壮：“上次我们把‘亚星’打成功了，美国人不服气，所以这次就搞破坏。”

由此我想到我们一些中小学和幼儿园的课本，想到一些小学和幼儿园的教育，想到过去意识形态领域里某些“左”得可爱的宣传，想到渗透在我们这个国度里的一种看不见摸不着的“左”得可怕的政治文化！如果这些问题得不到很好的解决，如果这种“阶级斗争”型的思维模式如此遗传下去，岂不比“澳星”发射失败本身更为可怕!?

历史早已告别了一个陈旧的世纪，高科技的发展已将世界联成一个整体。各国联合起来，共同开发宇宙空间，造福于全人类，这是全世界人民的共同使命！因此，有必要说明的是，尤其有必要向那些来信谈到“怀疑是美国人搞破坏”的人说明的是，中国发射“澳星”，完全是中、美、澳三方进行的一次纯商业性的高科技合作。虽然相互间在技术上要绝对保密，尽管彼此出自不同的利益，但都是绑在一辆战车上的卒子，双方的愿望绝对一致：只求成功，不愿失败！所以压根儿就不存在“破坏”不“破坏”的问题，它与传统狭隘的政治偏见完全风马牛不相及。

五

D 类

“澳星”发射指挥部领导：您好！

我向首长提供一个情况。

我于 1992 年 3 月 18 日晚做一梦，大致情况如下：有一位穿海军制服的军官突然向我提起“澳星”第十七（具体十七什么我回忆不清了）有个什么部位焊接质量有问题，造成“澳星”发射失败！而且他让我到我们住地的镇上邮电局去发电报告知你们，越快越好。慌忙中我跑到镇上去了，竟四处寻不到邮局（模糊中有人说邮局撤了，事实上梦醒后邮局根本没有撤）……一场惊吓后，我梦醒了。待第二天早上，我给我的同事讲起了做梦之情节（有二人为证），他们笑笑，未置可否。待上午下班后，我去我们副矿长办公室后又谈起了做梦之事。因事关重大，且没啥依据，也就不了了之。万万没有想到3月22日晚上我和我们副矿长在延安万化执行所开一个油田专业会时，在看“新闻联播”节目时，“澳星”发射竟应了本月18日夜的梦。当时我向副矿长谈及19日上午在他办公室所讲做梦之事。他也颇感惊奇，并说可以将此情况写信告知你们。

因此事重大，我几经犹豫（因毕竟是梦啊）还是从大局和参考角度出发将此前后经过给你们写信讲一下。不怕一万，只怕万一啊！如确从有关“澳星”涉及十七（十七数字!）和焊接方面的牵连之部位查到问题的话，岂不是不幸中之万幸！

我写此信，绝非编造（有三人为证），也没有其他任何意图，只是出于一种责任心和使命感。万望查一下发射中与数字十七和焊接方面有关的因素，以利再次发射确保万无一失。

写信人：陕西省延安油矿管理局　杨向东

（男。三十四岁。文化程度：大专。政治面貌：共产党员。职务：地质科长。）

负责人：您好!

这次发射卫星没有成功，好多人感到难过。我想在技术测试的基础上，再用气功来遥测是否可以？气功是中国古老的文化遗产之一，当前气功事业发展很快，北京、石家庄、上海等地多有高功夫的人。因有功夫的人多讲功德、多做好事，如果您提出我想他们多愿意接受，把航天高技术领域推向高潮。当前美国、日本、苏联多把气功应用在军事、高科技上，如果我们现在不干下去，那太对不起黄帝子孙。这是做中国人的一点心。

浙江　叶××

西昌卫星发射基地负责同志：

您好！

你们的工作，牵动着全体中华儿女的心。昨天我全家都看了中央电视台的现场直播，在发射前几分钟我和我女儿就有预感，觉得这次“澳星”发射会出麻烦，但我没有讲出口。我女儿当时就说，你该打电话去告诉他们，我说咱哪来的电话，再说就是有也不一定听咱的。

我文化不高，主要是爱看《易经》之类的书籍，我认为《易经》最重要的思想就是扶阳抑阴。我看到你们发射的日期是阳历的22号，阴历十九号也不吉利，再加上卫星上印着二号的符号也属阴，又是在傍晚发射，发射场又是在盆地里，所以对于阳，负担过重。敬请你们把以上所讲作为参考，可能是迷信。

在什么情况下，火箭发射容易得天所助呢？我想应该在单月的1、3、5……这些天晴天的上午发射最好。并且最好是阳历、阴历俱阳。另外最好把“长征二号”改为“长征一号”。

当然，卫星技术参数良好是前提，日期再好也不能将钢棍发射到天上。

以上拙见，让您见笑了。

山东　陈××

作者按：此类信件虽然看起来并不十分在理，或者说并不在理，甚至有的近似荒唐可笑，但冷静下来一想，这些信纸的背后，不同样跳动着一颗颗爱国的炽热之心吗？

在这类来信中，还有一部分是直接帮助分析发射故障的。这些人都有一定的科技水平和理论根据。比如：中国计量学院郑建光来电说：“从尾部喷出火焰情况看估计失败原因可能出在燃料输送管路上（包括管路本身和其控制部分）。”内蒙古巴林右旗关国人来电说：“是否为燃料加注后时间长，使其中水等下沉或结冰所致。希明察。”青海湟川中学初二的王龙同学来信说：“失败原因应该是出在火箭的燃料供应系统、四个助推器、火箭中的两个发动机及点火装置。”上海港口机械制造厂、新疆塔城供电等工程技术人员，还将自己设计的改进方案寄来，并画上草图，详细谈了自己的设计思想。而西安铁路局凤州工务段党委，鉴于他们单位一位技术人员对“澳星”失败的故障原因的分析，与后来报纸上公布的基本吻合，还专门给了这位技术人员一个奖励。

此外，还有一些来信也很奇特。比如：

陕西高陵一位自称是什么“火箭大队”的人来信说，“澳星”失败，这是中国的耻辱！会给中国带来黑暗，而不是光明。他要求西昌科研军事负责同志必须于 1992 年 5 月 12 点 30 分，乘坐直升机到陕西高陵火箭大队降落，由他亲自口授成功的秘诀。而且还在信中绘制了一张飞机降落陕西的地理位置图，将方向、线路、地点等，全都标得详详细细。

河北一位铁路工人来信说，他用阴阳八卦分析了失败的原因，提供了选择下次发射日期的方法，并郑重提出，愿意为西昌卫星基地选择下一次“澳星”发射的最佳时辰。

辽宁一位师范学校的教师来信说，在“澳星”发射五分钟前，他用《易经》的方法起了一卦，结论是成功的把握只有百分之四十；并通过一系列的论证后认为，发射那天由于大宇宙与地球的气场不合，故导致失败。

上海一个叫张××的来信说，“澳星”失败，是因为有人用遥控的办法在电路上施放了“金粉”。并指出这个施放“金粉”的人，就是上海北京东路的×××。

甚至还有一位精神病患者（从来信中可以作此判断），写了一封长达一万字左右的长信，先说了他看了“澳星”发射失败后的心情，然后又用“意识流”的“手法”，叙述了他痛苦与不幸的一生；同时还附上一篇他分析“澳星”发射失败原因的几千字的“学术论文”。

…………

六

还说什么呢？

一颗小小的“澳星”，便牵动了这么多人的情怀，拨响了如此众多的心弦，从而引发出了一部调子不同、声音有别、感觉各异但又旋律一致的“民族大合唱”，这本身不就相当说明问题吗？

封闭的时代毕竟已经过去，人民毕竟有了说话的权利。国家是人民的国家，人民是国家的主人。当人民的国家一旦发生了什么事情，国家的人民站出来，讲讲话，发发言，或者生点气，甚至骂骂娘，哪怕话讲错了，气生错了，骂得也不对了，我想这总是一件好事情。要是都不讲了，也不气了，更不骂了，反倒是一个问题，一个大问题！

当然，如果我们从问题的另一面来看，一个拥有十二亿人口的泱泱大国，仅有这样一部分人来关心中国的科技事业（没写信的人并不等于不关心），并且还存在着一部分冷眼人、局外人，甚至幸灾乐祸者，这不能不说是一件让人多少感到有点遗憾和忧心的事情。

不过，支持也罢，反对也罢；理解也罢，埋怨也罢；同情也罢，怒骂也罢；说东也罢，道西也罢；评头也罢，论足也罢；指责也罢，发泄也罢……总之在我看来，一个民族有声音总比没有声音强，多几种声音总比只有一种声音好。

如果这个世界无论发生了什么事情，一个民族始终装聋作哑，不吭不哈，甚至连脾气都懒得发一下，那么，你对这个民族还会抱有什么希望吗？

第四章

历史吻别了失败，却留下了航天人心酸的故事：发射场上“最后的晚餐”；不好意思进西昌；火箭总师中断阅读武侠小说；总指挥病倒专列上；还有大红枣、小孩子、司令员。

“澳星”发射失败，万众悲痛，举国哀叹！想说的已经说了，想讲的也都讲了；该理解的已理解了，该关心的也关心了；要埋怨的已埋怨了，要臭骂的也臭骂了。总之一句话，大家心里都不好受。

那么，航天人的心里又是怎样一种滋味呢？

采访期间，许许多多的航天人都与我有过坦诚的交流，他们回忆起那段难堪而又悲痛的日子时，仿佛刚刚大病一场；失败在他们内心留下的伤痛与酸苦，文字几乎无法表述。

那就讲几段有关的小故事吧——

故事一：发射场上“最后的晚餐”

中国的发射场，几十年来有一条不成文的规矩：每次发射前，总要准备一顿丰盛的庆功宴。发射一旦成功，便高高兴兴地喝上几盅，痛痛快快地吃上一顿，然后再美美地睡上一觉。仿佛航天人最大的幸福，全在这顿饭和这一觉里了。

但，“澳星”发射失败之夜，在每个单位的庆功晚宴上，却几乎没人动一下筷子。

其实，这一天绝大多数参试人员从上午就开始进入工作岗位了，中午只在机房或发射场随便吃了一顿便餐；加上近一时期来一直没有睡好、吃好，所以发射结束（失败）后，谁的肚子都需要好好“加注加注”。可“澳星”发射失败了，悲痛的泪水似乎已把每个人的肚子都填了个饱。尽管有的早就饿了，却没有一点食欲，连筷子都懒得动一下；甚至连芳香四溢的“五粮液”就摆在桌上，大家也视而不见。

在航天部试验队的宿舍里，悲痛的气氛相当浓烈。大多数屋里的灯光都悄悄灭了，没人说话，没人交流，一切语言好像都显得多余，只有黑夜在悄悄注视着刚刚发生的一切。而人们也无心吃饭，无心抽烟，更无心喝酒，连食堂的门也懒得迈一下。甚至有几位专家还躲进一间小屋，紧紧关上房门，相互抱头痛哭……

西昌腾云楼宾馆专为贵宾和中外高级专家们准备的上等宴席，早就凉透了，依然无人入席。

而此时此刻，离发射场不远处的协作大楼里，一个上层人物的紧急会议正在进行。国防科工委副主任沈荣骏在屋里来回踱着步子，脸色严峻；航空航天部部长林宗棠和副部长刘纪原坐在床沿上，一声不吭；卫星测控系统部部长李宝铭刚从发射场上赶回来，站在窗前，风尘仆仆，一脸花黑，身上还散发着刺鼻的燃料气味。

紧急会议的中心内容是：下一步如何确保“澳星”、火箭和发射场的安全。

会议结束前，在议论到当晚的宴会是否举行时，几位头头都感到很为难。因为宾馆的宴会已经准备就绪，来自世界各地的几百名外宾全留在宾馆里。宴会是继续举行，还是干脆宣布散伙？举行，情调不对，场面也很尴尬；不举行，事已至此，岂不更加丢人！

“我觉得这宴会无论如何，今晚还得举行。”沉默片刻之后，李宝铭部长首先打破沉默。

沈荣骏副主任想了想，终于表了态：“对，没有别的选择了！今晚的宴会不管怎样，我们都得去。这次请了这么多的外宾，现在他们都在看着我们，我们应该拿出一个应有的姿态，才好有个交代。”

“是啊，大幕既然已经拉开，这台戏我们就得唱到底。”林宗棠和刘纪原两位部长，点头表示同意。

沈荣骏赶紧系了系领带，催促说：“那就快走！”

“不行，等一等。”李宝铭指了指自己花黑的脸说，“我好歹也得先把脸洗干净。”

“对，我们得先洗把脸，再换上一套西装！”沈荣骏说，“受挫可以，但精神不能垮！待会儿在宴会上一定要把精神提起来。没什么了不起的，这个世界从来就没有常胜将军！”

洗了把脸，换了件衣服，沈荣骏和李宝铭这才驱车前往西昌腾云楼宾馆赴宴。

宴会原定是 9 点 30 分开始。等沈荣骏和李宝铭赶到腾云楼宾馆时，已是 10 点了。

这时，人们开始礼节性地入座。

宴会气氛一点也不热烈。没有音乐，没有舞蹈，没有话语，更没有欢笑，甚至连每个人走路的脚步，好像也有意迈得很轻很轻；相互间一见面，只是礼节性地点点头，微微地弯弯腰，仅此而已。

宴会四周的环境是事先布置好了的，当然是按成功的审美设想布置的。比如，彩灯、红幅、鲜花、鞭炮什么的，原来是个什么样，现在还是什么样。因此，当几百名宾客落座后，脸上那伤感而凝重的表情，马上就被四周喜气洋洋的环境衬托得非常地尴尬、非常地难堪。

宴会开始后，李宝铭部长先讲话。他站起来，欠了欠身子，环视了一眼几百名阴冷着脸的贵宾和专家，心里马上便涌起一种难言的酸楚。李宝铭是北京人。1958 年他考入北京航空学院发动机专业，两年后被哈尔滨军工大学挑选去主攻运载火箭的总体。1964 年他去了酒泉卫星发射基地，先搞靶场建设，后去发射团，一干便是十四年，1978 年才从戈壁滩调回北京。李宝铭年纪并不大，可头发已经花白，并明显出现了秃顶。为了这颗“澳星”，从游说谈判、签订合同，到组织协调、准备发射，足足用了五年。而五年来他为此付出的精力和心血，可谓一言难尽。

本来，此时此刻，站在这里的他，应该高举酒杯，高声祝贺，可现在，他只能强咽泪水，作个简短的礼节性发言：

> 女士们！先生们！大家不远万里从世界各地来到西昌观看“澳星”发射，不顾旅途疲劳，一到西昌便参观了我们的发射场。但遗憾的是，我们的运载火箭一、三助推器发动机工作不正常，导致发动机紧急关机。目前，现场正在做两件工作：一件是保护好“澳星”，保护好现场；另一件是组织专家尽快查找故障原因和制定新的措施。由于今晚没有发射成功，我们深感……深感对不起大家……

李宝铭讲到这里，突然讲不下去了。

今晚失败，是他没有想到的；失败得如此窝囊，更是出乎他的意料。失败是可以的，但他总觉得不应该是这么个失败法。两年前，“长二捆”火箭首次试发，只用了十八个月时间就造出了火箭，十四个月就新建起了发射场。发射时，尽管又是夏天又是雨季，并且发射时间一连推迟了三次——在那样大的困难下，“长二捆”都发射上天了。可这次，经过了一年多的充分准备，发射反而失败了。而这次特意邀请的港澳各界朋友，比任何一次都多。

此刻，澳门集团有限公司董事长吴福先生就坐在李宝铭的面前。望着吴福先生那双溢满泪水的眼睛，李宝铭心里更感到一种负疚的沉痛。吴福先生这次刚到发射场时便对他说：“我到中国来，有两件事最令我深受鼓舞：一个是故宫，它使我看到中国曾有一个辉煌的过去；另一个就是中国的火箭发射外国的卫星，它使我看到中国又有一个辉煌的现代！”失败后，吴先生还拉着他的手说：“这次没有成功，下一次我一定还要来！”

想到这些，李宝铭有些激动起来。他强咽了咽泪水，又继续往下讲。虽然声音有些沙哑，却显得悲中有壮：

> 但是，现在“澳星”完好无损，火箭也没受到多大损害，发射场和设备、人员均处于安全状态。我们不会灰心，我们不会气馁！我们有信心有决心，在最短时间内找出故障的原因，继续组织再次发射！到那时，我们、我们一定……一定还请大家来！

有掌声响起，却是稀稀疏疏，既不响亮，也不热烈。

几位外宾已经把桌上的叉子握在了手里，又轻轻放了回去；另外几位女同胞则掏出手巾掩住嘴唇，发出了压抑的抽泣声；而宾馆的几位小姐，也在旁边偷偷抹开了眼泪。

接着，美国驻华大使发言：

> 今晚，我们见证了中国技术人员高超的技术及果敢的决断，他们挽救了一场大的灾难。火箭及卫星仍然完好，我相信经他们小心查探后，“澳星”会再次升空。在此，我感谢工作人员的合作！

随后，长城公司的总经理唐津安也讲了话。唐津安就是“澳星”实况转播时，最后出现在电视屏幕上用极其悲痛的声音宣布“澳星”发射失败的那个人。作为“澳星”承包商的中国长城公司，最根本最直接的利益就是钱。“澳星”是商业性发射，双方均有合同在先，失败了就得赔款；何况对今晚的发射下一步到底作出什么裁决，一切尚不明了。所以唐津安此刻的心情有多难受，可想而知。

唐津安讲话结束后，晚宴这才在极其压抑的哽咽声中开始。

李宝铭部长刚一落座，美国休斯公司首席科学家斯坦豪尔便来到身旁，小声说道：“李先生，有急事相商！”

李宝铭、唐津安和陈寿椿等中方首脑人物，马上随着斯坦豪尔匆匆离开了宴席。这时，有人发现，美国休斯公司和澳大利亚通信卫星公司两位代表，均未到场赴宴。

这顿刚刚有点热气的“最后的晚餐”，又马上凉了下来。

故事二：火箭总师中断阅读武侠小说

王德臣，“长二捆”运载火箭的总设计师。

这位长得相当粗壮的黑脸汉子，在“澳星”发射失败的那个晚上以及之后相当长的一段时间里，他的脸上绝对看不到一丝笑容。

有人说，“澳星”失败的那个晚上，王德臣像瘦了一圈。

这话并不夸张。

你想啊，一个火箭的总设计师，当亿万中国人以及无数外国朋友坐在电视机前，一心一意等着你设计的火箭升天，而你设计的火箭不但没有升天，反而戳在那里一动不动，心里会是什么滋味？虽说责任不完全归你，但无论哪个系统出了问题，不管该由谁负直接责任，你是这枚火箭的总师，无论如何也是“在劫难逃”！

因此，在那个失败的夜晚，心灵上受打击最重的，或许就是王德臣了。尽管作为总师的王德臣，的确有一派大将风度；但在火箭愣是不起飞的那一刻，什么风度恐怕也都是靠硬撑了。

其实，据王德臣的秘书说，王总在发射“澳星”那天，临出发前的时候，精神状态是最好的一次。

的确，对“澳星”的发射，王德臣是充满自信的，而这自信绝不是靠硬撑出来的。王德臣 1957 年从北京航空学院毕业后，便去了国防部第五研究院，接着就跟苏联专家学导弹。他虽是飞机设计专业，却一直搞导弹设计，从“东风”系列到“长征二号”系列。“长二捆”火箭在中国虽是第一次正式发射，但首次试验发射时，它毕竟写下过成功的历史，这就证明火箭在设计思想和设计方案上，原则上是没有问题的；何况，火箭在地面做过三百多次试验，到发射场之后，直到临发射前也没发现任何问题。

但世界上的事情往往就是这样，必然中总是潜伏着偶然，都认为能成的事情，有时恰恰就是不成。况且，失败又失败得如此地大出所料——火箭原封不动，连发射塔都没离开一分一寸！

可以肯定地说，作为火箭总师的王德臣，对每一次发射，都必然会考虑到失败的可能性，都必然会产生种种隐忧。这次同样如此。比如，火箭上天后，能否按时拐弯？一级、二级能否按时分离？分离后的火箭能否准确入轨？入轨后的火箭能否与“澳星”安全分离？诸如此类的问题，都必然在他的考虑和忧虑之中。

但是，已经点火的火箭竟然无视天下众生，老练得如同一位千岁老人，打个盘腿坐在那儿，连动都懒得动弹一下。这一点不仅王德臣自己没有想到，许许多多的专家也都没有想到，或者说没有足够的理由去想到。

那晚，王德臣所在的位置，是在离发射塔三公里左右的指挥大厅。当他从大屏幕上看见点火失败后，很快带着秘书，驱车赶到发射场。他的秘书后来说，因晚上山里天气冷，王总身上只穿着一件薄薄的单衣，我特意塞给他一件毛衣。可后来我才发现，毛衣被扔在车上，他竟忘了穿了！

王德臣到发射场察看了现场后，很快便组织人员研究如何走反程序，即如何按相反的程序来处理现状。因为过去从未出现过这种情况，所以没有预案。直到很晚，他才回到宿舍。

他一回到宿舍，一声未吭，便仰身躺倒在床上。秘书说，他住在一楼，进门后，没有关门，没有脱衣，没有脱鞋，就那么重重地躺下了，闭着眼，一动不动，甚至连灯也忘了关。

其实，他并没有睡。

他无法入睡，也不可能入睡。

在中国的航天界里，年仅五十七岁的王德臣若与钱学森、任新民、屠守锷等一批老专家相比，只能算小字辈。火箭捆绑技术在国外很普遍，但在中国没有先例。没有先例的事就得有人干，要干就意味着要接受艰难、承担风险！何况，缺少钞票，没有经验；何况，人言可畏，"枪打出头鸟"；何况，在中国，任何人在任何地方要干成任何一件像样的事情，总是有那么多想摆也摆不脱的磕磕碰碰坡坡坎坎，总是有那么多想躲也躲不开的一些莫名其妙的是是非非纠纠缠缠！

但，王德臣和他的同事们，还是以对国家、对人民、对历史、对未来负责的大无畏精神，勇敢地挑起了研制新型的"长二捆"运载火箭的重担！

尽管时间紧迫，条件有限；尽管呕心沥血，几经周旋；尽管风险重重，步履维艰。但经十八个月的苦战，终于取得了"长二捆"首次试验发射的成功。

不料，当这次真枪实弹干的时候，当全世界的目光都紧紧盯着的时候，当一心盼着"长二捆"为中国争口气的时候，"长二捆"却偏偏趴下了！

我们无法知道那个夜晚躺在床上的王德臣究竟都想了些什么，也不清楚那个夜晚他心灵上的痛苦到底大到了何种程度，但由此可以肯定的另一个问题是，伍子胥一夜白了头的典故，绝非历史的虚构。因为第二天有人发现，壮壮实实的王德臣不仅瘦了一圈，而且本已斑白的头发，又白了一片。

失败后的几天几夜里，他一直忙于分析查找故障，始终沉默着；除了开会研究问题，几乎听不到他的声音。

其实，凡熟悉王德臣的人都知道，他能说会道，善讲善辩。一般场合，他寡于言谈，一旦侃起来，口若悬河，滔滔不绝，可是一把好手！早在二十年前，当他还在一家工厂工作时，工人师傅们便都叫他"王铁嘴！"

你想，围绕"澳星"的若干问题，中美双方先后共进行了十次技术协调会，而每一次会上，都是唇枪舌剑，你来我往。美方曾先后提出大小几百个难题，主讲者都是王德臣。尤其是“长二捆”火箭首次试验发射时，单就发射角度讲，是成功的。但起飞后的火箭并未完全达到要求——从这一点来讲，又可以说还不完全成功。而按照中美双方签订的合同规定，在正式发射“澳星”前，“长二捆”火箭必须要有一次成功的飞行试验，否则不能直接发射“澳星”。王德臣带领中国技术代表团到美国后，在专门为休斯公司举行的故障评审会上，休斯公司一下就对中国的火箭提了一百多个问题，要求中方一一解释清楚。王德臣思维敏捷，谈锋雄健，从容作答。结果，休斯公司的同行被折服了，同意“长二捆”火箭不用再做试验发射，下次直接发射“澳星”。要是嘴皮子上没点功夫，行吗？

但“澳星”失败后的王德臣，的确沉默了；即便是在会上，话也少多了；甚至他多年养成的一个习惯，竟也在百般紧张的工作中稀里糊涂就被改变了。

这个多年养成的习惯，就是看武侠小说！

王德臣没什么业余爱好，兴奋点几乎全都被火箭这位“恋人”勾去了。这位黑土地上长大的东北汉子，年轻时最大的业余爱好就是体育。打球、溜冰、赛跑，样样都行。还在齐齐哈尔念高中时，他听说“美国佬”在朝鲜战场凭着先进的飞机，拥有了整个制空权，因而耀武扬威，不可一世，就立志要报考航空学院，将来好为国家设计飞机。为了练就一副强壮的体魄，他顶着严寒，每日冬晨，坚持在雪地里长跑。高中毕业后，他如愿以偿，考上了清华大学航空系（后改为北京航空学院）。

进大学后，他的业余爱好还是体育，而且担任了足球队的队长。体育场上的拼拼杀杀，输输赢赢，以及跌倒与爬起，挫败与伤痛，不仅历练了他的体魄，更强健了他的心智。

但，随着年华的流逝，生命的削减，随着繁忙的工作愈加繁忙，沉重的日子愈加沉重，当中国的火箭一天天强壮起来时，他个人的身体却一天天衰弱下去。

他的秘书曾专门查过他的病历：1957 年至 1990 年这三十三年中，他只在 1958 年因为拉肚子住过一次医院。这一方面说明他过去的身体的确很棒；另一方面也说明他的确没时间住院。

但近几年来，他的身体每况愈下。尤其是在 1990 年“长二捆”火箭首次试验发射时，他因燃料中毒住进了医院，之后身体便急转直下。本来，无论是航天部还是研究院的领导都让他自选地方，去疗养疗养，而且疗养的地方有的是，但他就是没时间去疗养。至于体育活动，他早就顾不上参加也无力参加了。

不过他对体育的兴趣依然不减。只要有重大的体育比赛尤其是足球，只要工作离得开，他每场必看。他的秘书说，要是一有比赛，王总总是提前告诉别人：注意啊，别忘了，今晚有比赛！

比赛开始后，他一人独自坐在电视机前，看得如痴如醉，津津有味。有时，看完一场比赛，已到夜半。可正处高度亢奋的他，也顾不上别人是在睡觉还是没有睡觉，马上跑出去，迫不及待地敲开别人的房门，先告诉对方比赛结果，然后再对这场比赛评头论足大侃一通，直到侃兴已尽，方才回屋睡觉。

但足球比赛毕竟有限，不能保证每天都能一饱眼福；再说他长年奔波在外，电视机又不能随身背在背上。于是，不知从何年何月何日起，他又有了一个业余爱好：看武侠小说。

王德臣爱看武侠小说，远近有名。无论是金庸的《鹿鼎记》，还是古龙的《绝代双娇》，他都爱不释手。出门时，他的工作包里，总要塞进一两本武侠小说。坐火车，乘飞机，住旅馆，途中总免不了要看上几章。平时工作之余，只要一有空闲，他也会抓紧捧读。午休和晚睡前，翻上几页才睡觉，更是成了他多年的习惯。甚至蹲厕所的时候，他也照看不误。

要是出差在外，晚饭散步遛弯时，他不逛商场，不进舞厅，专逛街头小书摊；一旦发现好的武侠小说，即便囊中再羞涩，他也会毫不犹豫地买将下来。比如在西昌发射场工作期间，有时一旦有了点空闲，他会带上秘书，专程跑到五六十公里外的西昌，在地摊上淘购武侠小说。

而且，真本伪本，他一看便知；好坏优劣，他一目了然。若是你陪他一起逛书摊，他会告诉你，谁谁谁的书最有看头，谁谁谁的书写得精彩；什么样的版本是真本，什么样的版本是盗版；哪位作者的书不错，哪位作者的书唬人；哪些没意思，哪些值得买。若是碰上他兴致好，他还会讲上一段武林中的传奇故事，然后再把金庸的封笔之作——《鹿鼎记》——向你大侃一番。

回到火箭研究院，他还会把在外面获得的有关最新的武侠小说的信息传递给同伴，并向其他专家和师傅推荐一些好的武侠小说。他说，搞科技的人生活太单调。看看这些，不费神，还可以换换脑子。

因此，他除了继续享有“王铁嘴”的绰号外，近些年又荣获一个新的荣誉称号：武侠高手！

于是有人很是不解：一个火箭总师，怎么会喜欢武侠小说呢？

这就不得不从他的女儿说起。

王德臣的女儿是个武侠迷。有一次，王德臣在家和女儿聊天，聊着聊着，女儿便聊到了武侠小说上。

王德臣问女儿，你为什么迷恋武侠小说？

女儿笑了，说，“不读金、梁、古，纯属二百五！”

王德臣问，什么叫“金、梁、古”？

女儿说，“金”，就是金庸；“梁”，就是梁羽生；“古”，就是古龙。女儿说完，又笑了。

大概是王德臣被女儿的“笑”刺激了，第二天，他便去找来几本港台武侠小说，随便翻了翻。没想到，这一翻不打紧，一翻便翻上了瘾；而且越翻越有兴趣，越翻越上瘾，从此一发而不可收。

那么，王德臣好看武侠小说，仅是出于一种兴趣吗？

是，也不全是。

武侠小说最大的特点是什么？强烈的悲剧性。明枪暗箭，刀光剑影，杀机四伏，险象环生。它向读者展示的，是鲜血淋淋的人生。尤其是金庸的小说，写人生悲剧美的境界，可以说已达到了登峰造极的地步。

而人类为进军宇宙所从事的航天发射，其最大的特点恰恰同样是强烈的悲剧性，或曰风险性。发射场虽不是战场，却胜似战场，同样充满了血与火、生与死，同样潜伏着光明中的阴影、壮美下的陷阱。一点微弱的火星，可以引起燃料爆炸；一颗小小的螺丝，可以导致发射中止；一截细小的导线，可以造成电路短路；一段小小的程序，可以致使火箭坠毁；甚至一个小小手指头的失误，可以瞬间将发射场化为一片废墟！

因此，航天发射这一事业本身，就决定了它的风险性和悲剧性。它除了向人们展示辉煌壮美的一面，同时也潜藏着另一面——血淋淋的人生！航天发射与武侠小说中所揭示的这一悲剧的同构性，或许正是王德臣喜欢上武侠小说的真正内因。

几十年，王德臣在发射场、研究院、试验室，风风雨雨，沉沉浮浮。燃料与毒气，风沙与烈火，挫折与失败，曲折与艰难，使他对人类与自然有了更深层的感悟。所以，王德臣看武侠小说，除了娱乐消遣，他总能从中体味到常人无法体味到的东西。这个东西就是，人类生命中最深层的悲剧意味！甚至有时候他读起武侠小说来，当他潜意识中的悲剧意识与小说中的某一点相触时，竟能读出泪来！

但，“澳星”失败后，王德臣中断了武侠小说的阅读。

瞬间的偶然，改变了他多年养成的习惯；失败的阴影，笼罩着他那颗沉痛的灵魂。

或许，他的确没时间；或许，他怕武侠小说中的某个情节触动他某根敏感的神经；或许，他不愿让小说中血淋淋的故事再牵引出世界航天史上那血淋淋的一幕幕。

总之，武侠小说是无法再看了。

从西昌发射场回到北京的王德臣，在一个阴郁的上午，默默走进了航天部刘纪原副部长的办公室。他屁股还未落座，便冷不丁甩出一句话来：

“刘副部长，罚吧！我全认了！”

刘纪原莫名其妙：

“罚什么?”

原来，此前王德臣听秘书讲过，航天部在“澳星”发射前有规定：如果“澳星”发射成功，奖励火箭总师人民币一千元；若是发射失败，扣罚火箭总师三个月工资，外加半年奖金！

因此，他今天是专门找上门来，接受处罚的。

王德臣见刘纪原没明白自己的意思，又补充道：

“部里不是定了奖罚制度吗？既然定了，就得执行。扣吧，没关系，应该的。只是老于是快离休的人了（老于即指总指挥于龙淮），他的就别扣了，都从我一个人的工资中扣吧。不过，我有一个小小的要求。”

刘纪原问：“什么要求?”

王德臣说：“请组织分期扣款，不要把我一个月工资全扣完了。不然，我就该饿肚子了!”

说完，王德臣一脸认真地望着刘纪原。

刘纪原也很认真地望着王德臣，一脸苦笑，不知该说什么是好。

故事三：“卫星打不上天，还吃菜！？”

“澳星”发射失败第二天，她去一个小镇上买菜。

她是西昌卫星基地的一名工程师。大学一毕业就分到了西昌发射场，整整十四年了。学生变成了军人，姑娘变成了母亲。一直默默无闻，至今依然不肯透露姓名。

十四年是怎么过来的，在这之前，她似乎并没怎么想过。但在“澳星”发射失败的那个晚上，她才猛然想起，在大山沟里的这十四年，原来是那样地漫长、曲折、艰辛和不易。

“澳星”失败那天晚上，她同其他女同志一样，一见火箭没起来，当时就忍不住落下了眼泪。

本来，累了一天，等了一天，也盼了一天，肚子早就饿了。可当天晚上，她一点没吃，一点也不想吃。好像发射失败了，反而被什么东西一下把肚子给填饱了，又像是被什么东西一下把心给堵住了。

她回到家里已是深夜了。丈夫还在发射场，是死是活，她一点不知道；小儿子歪倒在沙发上，已经睡着了；一本画报掉在地上，上面有一张“长二捆”火箭第一次腾飞的彩色照片，这是儿子百看不厌的玩具。

儿子五岁了，很聪明，就是爱生病。一病就是拉肚子，一拉就是好几天。都说这沟里的水质不好，吃了就得“西昌病”。她刚来这儿时也拉肚子，拉了好多年。直到近几年才感到，拉和不拉，就是那么回事了。

可孩子不行。她为此很伤心，但又想不出别的好办法。特别是这几天，孩子又莫名其妙地拉开了肚子。她本想好好照料一下孩子，比如给孩子弄点好吃的什么的，可“澳星”发射迫在眉睫，她实在忙不过来。

她轻轻抱起儿子，放在床上，然后在儿子的额头吻了吻，感到儿子好像有点发烧。可她太累了，还是躺下了，却睡不着。

她满脑子天翻地转，想入非非。一会儿子，一会“澳星”，一会“澳星”，一会儿子，当然还有那仍在发射场上不知生死的丈夫。

想起丈夫，她又想到儿子，想到儿子，她又想起发射。丈夫喜欢发射，儿子爱看发射。儿子大约才一岁，就开始看发射卫星了。每次看罢，都很激动，都很兴奋，都有一种莫名其妙的自豪和冲动。

可今晚，儿子一下失去了惯有的“风度”，刚从山上下来，就给她挂去电话：“妈妈，发射失……失败了。”电话里，她听到了儿子压抑的哭泣声。

她心里本来就难过，听到儿子的哭声，就更不好受了。她想在电话里安慰儿子几句，又不知讲什么是好；她想陪同儿子一块回家，但工作又离不开。后来，她只好托人先把儿子领回家去。

现在，儿子就在她身边。尽管睡了，眼角还挂有泪痕。她伸手替儿子轻轻抹去泪痕，心头便涌出一种负疚感来。作为母亲，作为打卫星的人，卫星没打上去，她感到最对不起的，就是儿子。她后来告诉我说，从小就在发射场长大的儿子，太爱看发射卫星了，太爱看火箭升起时那幅画面了！每次看完发射回家，儿子都会画上一幅画，画面上就是腾空而起的火箭！

整整一个晚上，她就这么乱七八糟地想着，几乎没有睡觉。早上醒来，昨晚发射失败的事，她几乎都快忘了；可儿子一睁眼，抓住她的手就说："妈妈，发射失、失败了。"

她默默地点了点头，眼泪一下便忍不住涌了出来。她一把搂过儿子，很想安慰儿子几句，却不知说什么是好。等想好了，话到嘴边，又变成了一句天天都在问的大实话：

"儿子，想吃点什么?"

儿子想了想，说：

"小白菜煮丸子。"

她知道，儿子最喜欢吃的，就是小白菜煮丸子。于是，她决定去小镇上赶集，买点菜，买点肉，再买点辣椒、小葱和酱油，好好给儿子做顿饭，好好给儿子做份小白菜煮丸子。再说了，发射结束了，丈夫晚上或许就该回来了，紧紧张张、提心吊胆了好几个月的日子也该轻松一下了。

赶集的路上她走得很急，却不累，早就习惯了。小镇离住地十来里，是方圆几十里唯一的生活市场。平常只要是星期天，人们便都涌到镇上去购买各种生活食品。她刚到山沟时，见人们一到星期天就背着背篓，挎着篮子，提着袋子，兴高采烈地去赶集，去买小葱、蒜苗、茄子、辣椒、鸡蛋、猪肉、盐巴、酱油，感到很不习惯，很不理解，甚至觉得有些莫名其妙——生活怎么会是这样的呢？发射卫星的人的日子，怎么是这种过法呢？

但到后来，她恋爱了，结婚了，做母亲了，才渐渐开始懂得，发射卫星的人的日子，还就得这么过，也只能这么过。

赶集的人并不多，尤其是卫星基地的人，几乎见不着。她绕过一条小巷，来到卖菜的地方。卖菜的人还是那些人，菜还是那些品种，除了旁边新添了几堆高大的牛粪，菜并未增加什么新鲜的内容。

不过，还好，有小白菜。而且今天的小白菜，像是刚从地里拔出来的，非常鲜嫩。

“大娘，小白菜多少钱一斤?”她在一堆小白菜前停了下来，指了指问。

卖小白菜的是一位大约六十岁的老太太。她虽然不知道老太太姓什么叫什么，但由于常来小镇买菜，彼此都认识。她知道，这老太太热情、厚道，卖菜从来不耍秤杆子，不仅菜的分量只多不少，而且态度也非常好。

可今天她感到有些异样，她问过之后，老太太只斜了她一眼，便只顾给别人过秤，却并不理睬她。

她以为老太太耳朵不好，没有听见，又重复地问了一句：

“大娘，今天的小白菜多少钱一斤?”

可老太太还是不理她。她有点急了，一弯腰拿起一捆小白菜，提高嗓门，又问了一句：

“大娘，小白菜怎么卖?”

老太太这才慢悠悠地吐出一句话来：

“这小白菜，今天不卖。”

她一下愣了：

“啊……您刚才不是卖了吗，怎么？……”

老太太白了她一眼，突然甩出一句话来：

“卫星打不上天，还吃菜!?”

她猛一听这话，并没反应过来是怎么回事；等她恍然大悟，简直就有点气急败坏了。她万万没想到，平时看起来那么善良的一位老太太，今天居然说出了这么刻薄的话。但转念一想，老太太说这话又有什么错呢？千错万错，不都错在昨晚没把“澳星”打上去吗？

她脸颊顿时一阵发烧，慌忙放下手里的小白菜，像做了贼被人突然抓住似的，急忙转身离去。

她刚走出去几步，泪水便忍不住流了出来。

故事四： 不好意思去西昌

“澳星”发射失败后，平常热热闹闹的西昌发射基地，一下便坠入了无边无际的寂静中。人群沉默了，山谷沉默了，甚至连路边的石头和野草仿佛也失去了往日的鲜活。

作为一支专门从事火箭发射的部队，西昌基地的官兵们在几乎与世隔绝的大山沟里一待就是几十年，牺牲了青春，牺牲了爱情，牺牲了家庭，牺牲了人生应该享有的方方面面，甚至还牺牲了他们生命中唯一的精神寄托——孩子！

本来，好不容易等来了发射“澳星”的机会，他们满以为自己亲手创建并守望了多年的发射场，一夜间便可石破天惊，一鸣惊人，一夜间全世界的人肯定都会知道他们又成功地发射了一颗美国制造的卫星。可没想到，要从美国人的腰包里掏点发射费还真不容易。由于此前很多人并未真正意识到中国火箭发射外国卫星的艰难，以为上次发射美国的“亚星”都成功了，这次发射美国的“澳星”也肯定成功。所以一当发射失败，面对烟熏火燎的现实，便痛苦万分，不可思议；甚至不少干部战士好几天吃不下饭，说不出话，也睡不着觉。

不光发射基地内部一片沉闷，西昌市里也一反常态：街头巷尾，几乎见不到一个穿军装的军人！

这是怎么回事呢？

西昌卫星发射基地在西昌、四川乃至全国，都是颇有些名气的。特别是在西昌，军界排行老大，当之无愧。过去别说逢年过节，就是平常时候，基地的军人在西昌市也是举目皆是。每当他们出现在西昌市街头时，无论是军官还是战士，一般来说，都要比其他部队的军人的自我感觉要好，也就显得更神气。因为中国近十颗同步通信卫星，都是从他们手上发射上天的；而更令世人刮目相看的是，两年前即1990年4月7日，他们还将美国制造的“亚洲一号”卫星送上了三万六千公里高的赤道上空！从那以后，西昌卫星发射基地就更是卫星上挂喇叭——名满天下了。卫星基地的人别说出现在西昌市里，就是出现在全国其他场所，只要一说他们是发射美国卫星的，人们即刻便会肃然起敬。而且除了尊敬、信任、热情，还有求必应。

比如，若有西昌卫星发射基地的军官或士兵坐在火车上，开始不会有人理睬他的存在，但一旦有人偶然问上一句：“同志，你是哪个部队的?”他只轻声回答一句：“俺是西昌卫星发射基地的。”那么问话的人就有可能掏出红塔山或者希尔顿，热情地为他送上一支，说：“兄弟，辛苦了！来，抽上一支!”然后再为他送上香蕉、苹果或者雪花梨，甚至还会把靠着窗户的位置让出来，让他坐过去。接着，人们还会纷纷围拢过去，热情地向他问寒问暖，神秘地向他打听这打听那。于是只一会儿的工夫，他就会从“傻大兵”变为上等客。如果坐在车上的是一位女技术员或女护士，那场面就更优美、更动人了。

又比如，要是有人出差没搞上火车卧铺票，临时钻进了卧铺车厢里，当列车长要将无票人员通通赶出卧铺车厢时，只要他礼貌地对车长说上一句：“车长同志，我是西昌发射基地的，能不能照顾我在这里坐一晚上?”列车长马上就会客气地说：“好吧，你们是打卫星的功臣，就照顾一次，下不为例。”要是他运气不错，遇上一位喜欢看发射的车长，不但不会被赶出车厢，而且还可能被车长叫到边上，贴着他的耳朵说：“照顾你，打卫星的兄弟，给你补一张卧铺!”

再比如，要是有人去西昌街上买肉，当师傅一刀劈下一块猪腿或者半张猪脸然后等着他交钱，而他数钱时才发现身上的钱还差三块或者五块时，卖肉的师傅就会说："你是基地打卫星的，没关系，先把肉拿走吧。想得起，下次再把钱补来；想不起，算球！"

因此，有不少干部和战士去西昌，或者出远门，当觉得需要时，总喜欢自我广告一下："我是西昌卫星发射基地的！"说这话时，一般都理直气壮，底气很足，声音洪亮，语气中带着一种情不自禁的骄傲与自豪。而外界的人们，对卫星基地和基地的官兵也的确怀有一种崇敬之情。

尤其是西昌市里的有些姑娘，过去对基地的"大兵"并不感兴趣，但随着卫星从西昌一颗又一颗地升起，随着基地的名声越来越大，牌子越来越响，姑娘们的眼里渐渐有了不一样的光芒。但基地"大兵"的身价，也开始"水涨船高"。

据说，卫星基地一个年轻的技术员，发射"澳星"之前，找对象还是个"困难户"；可"澳星"一上天，一下就变成了个"香饽饽"——主动找上门来的姑娘，居然有好几个！于是，他从中挑选了一个姑娘。姑娘第一次把他领回家时，姑娘的母亲一看未来的女婿是个"大兵"，满脸不高兴。后来一问，小伙子是卫星基地发射卫星的，很快就从厨房捧出一碗热腾腾的荷包蛋。

但，"澳星"发射失败后，情况就大不一样了。

一夜之间，卫星基地的人好像有了一种内疚的心理，不少人都不去西昌了——不是不想去，而是不好意思去；即便有人急着要去西昌城里办事，也都换成了便衣。而且就是穿着便衣走在西昌街上，浑身也觉得很不自在，仿佛四周都有无数双蔑视的眼睛在盯着似的。过去走在街上那种得意洋洋飘飘然的感觉，怎么也找不回来了。

因此，好几天时间里，西昌市里很少看见穿军装的。上街买菜的军人，像开过会似的，一律换成了便衣；而整个西昌市也绝对听不到过去常常听到的那句话："我是卫星发射基地的！"有一部分人连发的工作袋也不好意思拿出去用了，因为工作袋上印有"西昌卫星发射基地”几个字，怕老百姓一眼认出自己是基地人；甚至有的战士还担心：去了西昌城，要是被人认出来了，会不会挨揍哟？

我还听说，有几位探家的战士，当他们在火车上听到旅客们在议论“澳星”失败的事时，马上脸红发烧，一个个缩紧了脖子。后来有人问他们是哪个部队的，有的说是西藏军区的，有的说是成都军区的，支支吾吾，躲躲闪闪，就是不说“我是西昌发射基地的”。要是过去，一听有人议论发射卫星，早就胸脯一拍，骄傲地说：“我是西昌卫星发射基地的!”而有几位正在杭州参加某个会议的干部，在电视上看到“澳星”失败后，当晚连饭都咽不下去；甚至第二天就守在房间的电视机前，连会议都不好意思去参加了。

特别是发射团的干部和战士，在失败后的好几天里，不少人吃不下饭，睡不好觉。官兵们最担心的问题是，下一步这颗“澳星”到底还让不让中国发射？如果美国和澳大利亚对中国失去了信任，让“澳星”另找“婆家”，那他们就会失去一次重新证实自己的机会。就像一个运动员，第一次失败了，最担心的是怕失去下次比赛的资格!

于是，一个很奇怪的现象出现了：过去不少连队不时会收到一些假电报，内容不是母亲病危，就是父亲病故。可“澳星”发射失败后，连队一封假电报也没收到，而且电报明显减少。

发射团有个战士，母亲病危，来了加急电报，可他将电报压到枕头底下，就是不去找连队领导请假。后来指导员知道了，问他为什么不请假回家，他吭哧了半天，才吞吞吐吐地说：“‘澳星’没打成功，我回去了，要是村里的人一问起来，我、我怎么交代啊？”

更有意思的是，由于发射团的战士长期住在深山沟里，远离西昌城一百多里，平时很少有机会去，有的甚至两三年都没去过一次。所以“澳星”失败后，连队干部决定利用下次发射任务还没下达之前这点空闲时间，让没有去过西昌的战士去一趟西昌，看一看、逛一逛。可这些战士就是不去，说：“等下次把‘澳星’打上去再说吧，现在去西昌，实在不好意思!”

故事五：大红枣、小孩子、司令员

司令员胡世祥，面对一斤半大红枣，感到很是为难。

大红枣是“澳星”失败后不几天，山西太原一位叫李文文的人寄给基地的，并有这样两句附言：“一颗红枣一颗心，请亲人收下！”

“澳星”失败后，胡世祥曾经收到过一封电报：“长城奇耻，国人心寒”。当他捧着这封电报时，手都在发抖。事后他说：“当时我恨不得把电报上那八个字写下来，挂在我的办公桌前，让它时时提醒告诫我：一定要卧薪尝胆！”

可想而知，“澳星”发射失败后，胡世祥的心情，该是怎样地沉痛。但作为一名指挥员，即使天塌下来，也必须咬牙顶住。所以他白天只能强装笑脸，连眼泪也只能晚上偷偷地流。

“澳星”发射失败后，一连好几个晚上，胡世祥都无法入睡。实事求是地说，“澳星”发射失败，问题出在火箭本身的质量上，作为只负责把火箭发射上天的西昌卫星发射基地，并不负有直接责任。按理说，他可以轻松些。

但他无法轻松。因为无论是哪个部门出了问题，都是中国自己的事情。更何况，由于人们并不了解研制火箭和发射火箭完全是两个部门，几千封信件和电报全都一齐对准了西昌卫星发射基地，甚至有人直接点名兴师问罪：“胡世祥，‘长二捆’到底怎么啦?!”

他能轻松得了吗?

但是，面对全国父老乡亲的各种来信，他深深为之感动，无论是安慰还是理解，不管是责备还是臭骂。他说，有人骂我们，那是因为他们爱到了恨的地步！

所以，面对远方亲人寄来的这一斤半大红枣，他胸中翻腾着的，是一种愧对人民养育之恩的复杂感情。

这大红枣怎么办呢?

留给自已，绝对不行；送给连队的战士，又少了一点。

最后，他想到了幼儿园。

对，孩子代表着未来。中国未来的航天事业，还要靠孩子们去承担。把这发射失败后收到的大红枣放进他们的嘴里，咀嚼起来或许别有一番意味。

于是，胡世祥把这一斤半大红枣送给了基地幼儿园。

尽管这大红枣只有一斤半，可幼儿园的阿姨们捧在手上，却感到很有分量。阿姨们虽然远离发射场，没有直接参加“澳星”发射任务，但每一次发射她们都会牵挂在心；何况她们的丈夫都在基地工作，有的就在发射场第一线。她们非常清楚，自“澳星”失败那晚起，孩子们就像患了流行感冒，一个个都没了精神。别说比较老实本分的孩子少了几分天真几分活泼，就连平常十分调皮捣蛋的孩子，也一下变得乖顺听话起来，好像孩子们一夜间全都长大了似的。

还有什么比这更让阿姨们感动的呢？阿姨们知道，幼儿园的孩子们几乎全都出生在发射场，长在发射场，他们对发射场那种从娘胎里就烙下的感情，外界的人们恐怕是很难理解的。这些孩子的父母，几年、十几年甚至一辈子都待在山沟，孩子们也就只能跟着父母待在山沟。除了发射场，孩子们几乎无处可去；除了观看发射，孩子们几乎无啥可看；发射场，就是孩子们心中最迷人的童话世界。在发射场上长大的孩子，没有一个不爱看火箭、卫星和发射塔的，没有一个不爱看火箭发射时那幅最壮美的“风景”的。他们从小就看，甚至有的裤裆里还夹着尿布时，就开始手舞足蹈地看开了。

因此，看发射火箭，发射卫星，成了孩子们人生的一大乐事；看发射火箭，发射卫星，成了孩子们枯燥的夜晚里最美丽的梦幻；每看一次，就像过了一次年。

而且，他们每次看到的，都是胜利，都是成功，都是鲜花，都是笑脸，都是彩旗，都是锣鼓，都是飘香的杯酒和那噼里啪啦放不够响不完的鞭炮！

然而，这一次，美丽的梦幻消失了，童话的世界粉碎了！

孩子们无法接受失败。他们那稚嫩的心灵难以承受失败。虽然他们什么也不问，但从父母和阿姨们的眼里，早已悄悄读懂了一切。他们什么也不讲，什么也不会讲，但阿姨们最清楚，孩子们的心里其实非常难受。

幼儿园的阿姨们告诉我说，过去，孩子们整天嘻嘻哈哈，哭哭笑笑，吵吵闹闹。但奇怪的是，自从“澳星”发射失败后，孩子好像自己也犯了天大的错误似的，突然就不再嘻嘻哈哈、哭哭笑笑、吵吵闹闹了，一夜间好像都长大成人了。不仅一般的事情他们自己会抢着去做，就是吃饭、上厕所之类的事，也不再像过去那样阿姨长阿姨短地叫个不停了。甚至彼此发生了矛盾，或者某个孩子受了委屈，也会自己偷偷躲到墙角，悄悄抹掉眼泪，就啥事也没有了。

一个工程师的儿子，平时调皮得不能再调皮了，野得不能再野了，也贪玩得不能再贪玩了——有时从早上一出门，就可以在外边疯上一天。可“澳星”失败的第二天，不知怎么回事，爸爸、妈妈还有他的小伙伴叫他出去玩，他就是不出门。他坐在家里的阳台上，手上托住个玩具飞机，望着天空，不哼不哈，整整犯了一天的傻。

另一位工程师的儿子，从来就不好好吃饭，喝饮料却比谁家的孩子都自觉。用他妈妈的话说，是个“见了饮料不要命”的孩子。而且，不光在家里馋，在外面更馋——吃人家的比吃自家的香！“澳星”发射那天，为了看发射，整整一个下午在山上都没喝上一口水。发射失败后，他随一个叔叔从山上回到饭堂。叔叔见他渴得实在不行，便从摆好的宴席上拿了一听健力宝给他，他不要，叔叔就硬是塞到了他的手上。可后来他趁叔叔不注意，又踮着脚尖走过去，把健力宝偷偷放回到餐桌上。

还有一个只有五岁的小女孩，发射失败后，她刚从山上下来，就独自闯进机房，扑进妈妈的怀里，一边抹着眼泪，一边问：

“妈妈，为什么要失败呀？为什么要失败呀？”

而我的儿子李星，当见火箭没有升起时，冲回家里抱着他妈妈就哭了起来。当晚不吃饭，也不睡觉，第二天还专门从千里之外给我打来长途电话，张嘴第一句话就是："爸爸，发射失败了!"接着就是大谈"澳星"失败如何如何，失败的"澳星"怎样怎样。其情感之真切，声音之悲凉，令我也禁不住热泪盈眶。

…………

是的，失败就像一块从天而降的陨石，击碎了航天城孩子们往日天真的梦幻；失败犹如一条游动在孩子们脑海的毒蛇，给孩子们的心灵造成了极大的恐惧。

于是，面对这一斤半大红枣，阿姨们同样感到为难。

该向孩子们说些什么呢？怎样才能让孩子们懂得这一切?

最后，阿姨们把孩子们集合起来，向他们讲述了这来自千里之外的一斤半大红枣的来历。然后，每人一颗，把大红枣分别发在了孩子们的手里。

可孩子们把大红枣捧在手心，你看看我，我瞧瞧你，却谁也舍不得吃。

一位阿姨告诉我，有一个五岁的小女孩，把自己的那颗大红枣带回家里，悄悄放在自己的小枕头边上，每天偷偷看上几眼，就是不吃。几天后，等她妈妈发现时，大红枣已经蔫了。妈妈拿起大红枣，问女儿：

"孩子，你怎么不吃?"

女儿从妈妈手里接过大红枣，想了想说：

"妈妈，这是'澳星'失败后，一个阿姨从老远老远的地方寄来的。我……我舍不得吃。"

妈妈抱住女儿，除了流泪，什么也说不出来。

故事六：总指挥病倒在专列上

“澳星”发射失败的第四天，一列从西昌开往北京的专列即将起程。

专列停在距发射场三十余里的漫水湾车站。

漫水湾是当地有名的风沙湾。每年风季一到，风沙弥漫，尘土飞扬，人们行走起来都很困难。据说，那天的漫水湾车站没有风，是个阴天，但比有风还冷。

在西昌参加发射任务的部分航天部研制人员，各自怀着极其沉痛的心情，将同伤痕累累的“长二捆”一级火箭一起，随同专列返回北京。国防科工委和西昌卫星基地有关专家与领导以及发射技术人员，专程前来车站送行。

这是一次罕见的带有一种极其悲壮气氛的送行。天气阴沉，一片清冷，平时吵吵嚷嚷的火车站，静得几乎听不见任何声响。

人们相互紧紧拉着手，彼此默默注视着对方，似有千言万语要说，又一句也讲不出口。所以只有反反复复地握手——除了握手，还是握手。想说的一切的一切，仿佛全都在那紧紧的握手之中了。

本来，发射场的人们还特意准备了鞭炮，想在送行之际，为航天部的专家们放上几串，让他们高兴高兴。可当彼此泪眼相望，双手紧握时，不知怎么搞的，想高兴也高兴不起来了。为了怕再刺伤火箭研制者们的心，他们只好将鞭炮悄悄收了起来。

汽笛一声长鸣，打破了车站的沉闷。专列即将起程，航天部的专家们开始登车。“长二捆”火箭研制总指挥于龙淮返身回来，含着滚滚热泪，再一次与送行的人们一一握手。

于龙淮已是年过花甲的老人了。“澳星”失败后，一连几天里，他几乎没有合过眼。作为研制这枚火箭的总指挥，从组织、协调、指挥、生产，到火箭出厂、安全运到发射场，他不知耗去了多少心血。两个月前，当“长二捆”火箭从北京乘坐专列来到漫水湾车站时，“长二捆”是那样地威风凛凛，迎接的场面是那样地喜庆热烈！可现在，“长二捆”血迹斑斑，伤痕累累，如同一个出征的勇士，冲锋的号角刚一吹响，便躺倒在了血泊之中；而他，如同打了败仗的指挥员，现在不得不带着受伤的队伍离开前线了。

人们望着明显衰老的于龙淮，想说什么又什么也说不出口。有人只轻轻地叫了一声：“老于……”便哽咽住了。

列车徐徐启动。无论是车上的还是车下的人，都含泪挥动双臂，招手致意；车上有几位专家，还哽咽得哭不出声来。

于龙淮从车窗里探出头来，使劲挥动着紧握的双拳。冷风吹拂着他稀疏的白发，唰唰滚落的泪水很快模糊了他的视线。

这时，有人追着列车紧跑几步，忍不住冲着车上的于龙淮大喊：

“老于，我们等着你们快点回来！”

这声音于龙淮听见了，心里一阵发颤！身为总指挥的他，当然希望尽快查明故障原因，早日造出新的火箭，在最短时间重返发射场。可这火箭如同一名从战场上抬下来的伤员，拉回去后还得住院检查，治疗诊断。病根能否查出，措施是否有效，下一步作何决策，此刻的他，心里也是没底没数啊！

于龙淮悄悄抹了抹泪水，重重地倒在了卧铺上。

专列启动后，车厢里的气氛愈加沉闷。大家都不说话，各自望着窗外，个个脸色严峻；躺在车厢角落里的火箭发动机，就那么可怜巴巴地待在那儿，谁也不忍心再看上一眼。

列车穿过几个山洞，越过几座大山，于龙淮的心才开始渐渐平静下来。

但是，由于他在发射场连续苦战了一百多天，加上“澳星”失败，心情倍受打击，这位刚强的汉子终于倒下了：专列刚到成都，他便高烧三十九摄氏度，卧床不起！

昏迷中的于龙淮躺在车上，个中辛酸，苦不堪言。同事们来看他，他很想给大家说几句话，却只有说话的意识，而没有说话的力气。他就那么平平地躺在那里，内心翻江倒海，外表平平静静，好像他在这个世界闯荡了六十一年，这下总算第一次获得了休息的权利。

于龙淮 1931 年出生于东北，不久随父流亡到了北京。他的父亲与周恩来是一个学校的同期毕业生。1937 年，年仅六岁的他便跟随着身为八路军的父亲和抗日联军团长的舅舅，经一年的辗转跋涉，终于逃到了延安。1940 年，他上了延安保育院小学，从此成了一名“红小鬼”。他的哥哥和李鹏，还是同学。

1945 年，于龙淮刚入延安中学不久，又随父亲和张闻天的一支队伍北上。他们全家六口人，只分到了一匹毛驴子。他拽着驴尾巴，一路走，一路打瞌睡。从延安到张家口，整整走了三个月。他后来说，那驴尾巴留给他的印象，四十年后好像还抓在手里。

1947 年，他进了哈尔滨外国语学校学习俄语，毕业后分到沈阳第四航校担任翻译。在解放大上海的战役中，他还当过翻译。1951 年，他跨过鸭绿江，参加了抗美援朝的作战。回国后，很快又去了苏联，在著名的茹可夫斯基军事航空学院，一学就是七年。

从苏联学成回国后，他便投身于中国的航天事业之中。从 50 年代末到 90 年代初，中国各种型号火箭的研制与生产，他几乎都是参与者和组织指挥者。

有趣的是，当年这位不知道电灯为什么会亮，火车为什么能在铁轨上跑，甚至连走路都得拽着驴尾巴的“红小鬼”、小八路，四十年后却乘上波音大飞机，带着技术团队到大洋彼岸游说谈判，推销中国的运载火箭。

1988 年，他应邀参加了莫斯科航天博物馆年会。会议期间，有一次他听见宾馆的小姐在哼俄罗斯民歌《伏尔加船夫曲》，便情不自禁地也用俄语和这位苏联小姐一起唱了起来。苏联小姐惊奇地望着这位中国专家，问他为什么会唱苏联歌曲。他笑了，用俄语向那位小姐讲述了三十年前他在苏联留学的故事。苏联小姐听后很感动，当即送了他一本俄罗斯民歌集。回国后，他利用闲暇时间，把这本歌曲集全部翻译了一遍。

于龙淮性格活泼开朗，喜好文艺，任何时候给人的感觉都是一副无忧无虑的样子。即使年过花甲，依然童心不泯，所以熟悉他的人都称他为“老顽童”！

其实，早在延安时，他就参加过抗战剧团，扮演过《放下你的鞭子》和《兄妹开荒》等剧中的小角色。后来从事科技工作后，仍有广泛的业余爱好。唱歌、跳舞、拉手风琴，他样样都会。特别是在发射场，每次发射成功后，他总要赋诗一首，或者写上一首歌，再谱上曲，然后给试验队的同伴们朗诵、演唱，每次都能赢得大家热烈的掌声。以至于后来“澳星”发射成功后，钱学森在写给王德臣总师的信中还说：“对于龙淮同志我也要道歉！这么多年来，我不知道他还是一位音乐家、艺术家！而我一直在提倡科学技术工作者要有文艺修养。我想，将来他离休了，又可以在音乐领域大干一场了！”

1988年，发射“澳星”的合同签订后，他被任命为研制“长二捆”运载火箭的总指挥。但在那样紧张繁忙的日子里，闲暇时他依然忘不了要哼上几曲俄罗斯的民歌小调。尤其是这次到了发射场后，他信心百倍，一直都是一副非常乐观的态度。就在“澳星”发射前几天我采访他的时候，他还刚刚创作完成一首自己写词谱曲的歌曲。那天他心情轻松，兴致极好，我俩刚一见面，他便高高兴兴地为我哼唱了一遍。说实话，尽管他创作的词和曲在我看来离钱学森说的“家”还有一定的差距；但只要你听了他的歌，你不得不感动不得不承认，在他那六十一岁的歌声里，的确实实在在地充满着生命经久不衰的活力！

然而此时此刻，躺在车上的于龙淮似乎第一次有了年纪不饶人的感觉。研究院的同事们就在身边，茶几上，是同事们送来的香蕉和苹果。他不用睁眼，只凭感觉，便能体会到同事们一片片温乎乎的感情。可他还是睁开了眼睛，张师傅、刘师傅，还有那么多张熟悉的面孔，都在望着他。虽然谁也没讲什么，但从那一张张面孔上，他分明感到，大家伙的心里都在暗暗攥着一把劲！

不知为什么，他突然闪出一个念头：想坐起来，为这些情同手足的老哥儿们唱上一首歌，就是那首他一直唱了几十年的俄罗斯民歌——《三套车》。他后来告诉我说，不知什么原因，尽管从苏联回国已经几十年了，可每次只要一想起这首歌，那深沉优美的旋律便会伴着他刻骨铭心的记忆在心里缓缓激荡起来：

> 冰雪覆盖着伏尔加河，
> 冰河上跑着三套车。
> 有人在唱着忧郁的歌，
> 唱歌的是那赶车的人。
> …………
> 你看吧，
> 这匹可怜的老马，
> 它跟我走遍天涯。
> 可恨那财主要把它买了去，
> 今后苦难在等着它……

但他浑身没劲，很想坐起来，却怎么也坐不起来。病魔好像是故意要他躺在那儿，好好体会一下失败的滋味。

…………

3 月 30 日晚 9 点，经过五天五夜折腾的专列驶进了北京车站。北京 3 月的夜晚，寒气依然袭人。冷风中，国防科工委副主任沈荣骏、航天部部长林宗棠和副部长刘纪原、王礼恒等，早在车站迎候多时了。当专列徐徐驶进站台时，他们翘首企足，心里涌起的是一股难言的复杂滋味。

作为中国航天的挂帅人物，每次火箭运往发射场时，他们总要去车站送别这支出征的队伍；每次发射成功后，他们也要去车站迎接这支凯旋的队伍；今天，当这支“打了败仗”的队伍悄无声息地撤回北京时，他们同样以迎接胜利者的姿态站在这里，而且比任何一次都来得早，站得久。

然而，当专列停稳、车门打开时，人们首先看到的却是一个摄人心魄的悲壮场面：在伤痕累累的第一级火箭被卸下专列的同时，躺在担架上的总指挥于龙淮也被几位同事从车上抬了下来，然后缓缓地一步一步地走进站台……

整个站台，顿时一片沉寂。

人们的目光紧紧追随着躺在担架上的于龙淮，一直送出去好远、好远……

第五章

火箭冒烟，板子该打到谁的屁股上？当失败不可避免时，失败也是伟大的。但重要的是，要敢于承认失败、正视失败，并且面对世界时要能真诚地说一声："我们不当阿 Q！"

一

让我们记住这个日子：1992 年 3 月 22 日。

在中国的航天史上，这一天写下的是沉重、辛酸、悲伤与痛苦。

这一天，对 1992 年的中华民族来说，是一次震动；而对中国航天人来说，则是一次严峻的考验和沉重的打击！

关于这个日子，有很多说法，但焦点只有一个：这次"澳星"发射，到底是叫失败，还是不叫失败？

仅中国人，就有两种说法。

一种说法是，这次"澳星"发射应该叫失败。因为"点火"口令已经下达，火箭发动机已经点火，火箭应该起飞而没有起飞，当然应该算是发射失败。

另一种说法是，尽管火箭已经点火，并且"长二捆"火箭的第一级也受到了损伤；但火箭并没有离开发射台，更没造成箭毁星亡的后果。现在"澳星"完好无损，所以可以不算发射失败。

外国人又怎么看呢？

外国朋友总的反映是出乎意料。这倒并非他们想不到会失败，而是没想到会是这种失败。但他们除了深表遗憾之外，并不像有些中国人那样惊慌失措，诚惶诚恐，如临大敌！

在美国，类似这样的发射很多，多到有时一个月就是好几次，失败的事情自然时有发生。不过，一旦发射出现故障，或者失败，电视和广播马上就会播出新闻，比如：某火箭因出现某故障推迟发射；某卫星因什么原因造成发射失败；某火箭升空几秒后发生爆炸，原因待查；等等。而且，失败之后，有关部门还要组织人员进行专门的调查，然后写出详细的调查报告，向有关部门呈报，向全国人民披露失败的全过程。这样一来，本来很神秘的东西反而不神秘了；国人反而懂得了发射火箭的艰难，了解了航天人的甘苦。久而久之，习以为常，无论是发射失败还是发射成功，在国人的眼里都是一样的正常。

因此，尽管西昌发射失败的消息当晚便传到了美国洛杉矶休斯公司总部，并且“美国之音”当晚就作了报道，但美国人或许因为文化背景的不同，或许认识观念上有异，在总体表现上比中国人平静得多。他们并不觉得失败有什么不正常，也没感到有什么不可理解，更不觉得发射失败就是丢人的事情。他们更多的是从纯技术、纯商业上去考虑问题，至于什么政治影响啦、国家形象啦、民众反应啦、社会舆论啦，等等问题，他们似乎操心不多，或者说根本就不去操心。

当然，关注、担忧、焦急乃至沉痛的心情，大家都是一样的。

至于这次发射，是应该叫失败，还是不叫失败，他们似乎并不在意；而最感兴趣的，是中国发射“长二捆”火箭时出现的那个奇特的险象，即：火箭点火后，居然不起飞；火箭紧急关机后，竟又安然无恙！

在各国的航天发射史上，失败的历史有的是：或者点火不着；或者刚一起飞便坠毁；或者起飞几百米乃至几千米后横空爆炸。但像中国这种失败法，在人类航天发射史上，还是破天荒第一例。因此，外国人的兴奋点，是在对这种失败现象的探究上，而不在如何定义上。

不过，美国休斯公司首席科学家斯坦豪尔有一种说法倒是很有意思，值得注意——他说：“这是一次最理想的失败！”

当然，不管中国人还是外国人，以上均为坊间说法，民众意愿。要对这次发射作出合理合法的结论，需要重新履行国际法律手续。因为像中国这种失败，国际上尚无先例，当初双方签订合同书时，并未考虑到这种特殊情况。所以对此到底该作何处置，也就没有写进合同。而对这次发射如何定义，还关涉一个重要的问题，即中国是赔款还是不赔款以及赔多少款的问题。

于是，1992 年 5 月，中国、美国和国际保险公司三方代表，会聚美国洛杉矶，对中国这次发射“澳星”一事，在法律上作出裁决。

中方代表首先在会上对这次“澳星”发射情况作了详细的汇报，接着又放了分析故障过程及试验结果的录像，然后专家们再进行严格的分析考察。最后，经休斯公司和长城公司双方法人代表认可，作出的法律裁决是：“中国这次发射，不叫发射失败，而叫发射中止。”

法律上如此认定有其自身的理由。外国让中国发射“澳星”，购买的是中国对外发射服务能力，而不单单是中国的火箭。因此尽管火箭出了故障，并不等于发射服务能力彻底不行；更何况，事实上“澳星”始终完好无损！既然“澳星”尚好，就不是发射失败，而是发射中止；既然是发射中止而不是发射失败，赔款的问题自然也就无从谈起。就像有一幢楼房突然失火，但刚刚出现点小小的火苗，就被及时有效地扑灭了。现在这幢楼房以及楼房里原所有设备包括零零碎碎的生活用品，完好无损，你总不能硬要人家再赔你一幢楼房吧？

从休斯公司的角度来说，假定真的判定为失败，对休斯公司也十分不利。因为这种大容量的通信卫星，是休斯公司研制的新一代系列卫星，一共生产了二十四颗，全部都与其他用户签了合同。而中国发射的这颗“澳星”是这二十四颗中的第一颗。若一旦真的定位发射失败，势必会给正待发射的其他二十多家用户带来严重影响，从而使休斯公司的声誉蒙上一层想抹也抹不掉的阴影。

这次“澳星”发射，由于国际法律最后认定的不是“发射失败”而是“发射中止”，故双方合同里的所有问题，都按“发射中止”这一条款执行，中国同胞一直担心的赔款问题也就不存在。也就是说，一分钱也没赔。

并且，不但中国没有向美国赔款，美国反而还应该向中国付钱。

“澳星”发射失败后（请原谅，为了叙述的方便，我仍使用“失败”这个词），从发射塔上卸下的“澳星”作何处理，有两种选择：一种是美国休斯公司将“澳星”用飞机运回美国，等下次需要发射时再运回西昌，自家的孩子自家看管，谁也没意见；另一种是，把卫星留在西昌，委托中国人帮忙看管。

美国休斯公司和澳大利亚通信卫星公司经过反复考虑，最后决定就把这颗惊魂未定的“澳星”留在西昌，委托中国人帮忙照料看管。之所以如此决定，一方面是为了减少麻烦，一方面则出自对中国的基本信任。

中国人接管了这颗美国人本来想一“嫁”了之而又没有嫁出去的卫星后，除了要对这颗卫星承担政治和技术两方面的责任外，还必须提供最优质的服务：比如在供电、供水、供气等各个方面，都要满足卫星的要求，从而确保美国的卫星在中国存放期间不出现任何细小的问题。

中国人做到了这一点。

美国的卫星在西昌发射场存放的半年时间里，由于中国这位“保姆”的精心看管照料，卫星这个十分娇弱的“新娘”没咳嗽、没发烧，始终平平安安，健康如常。

因此，美国方面别的费用暂且不讲，至少“保姆费”是应该给的。因为中美之间进行的完全是商业性质的发射，既然是商业性质，别说价值上亿美元的卫星在厂房存放了半年，而且还提供了最优质的服务，就是一个破纸袋扔在寄存处，也得收钱啊。

于是，这次“澳星”发射失败，最后的结果是：不但中国没向美国赔款，反而美国还向中国付了钱。

二

其实，是叫失败还是叫中止，不过是一个说法而已。这个问题若是避开中美间的法律合同而言，并不重要。说它是“发射失败”也好，定它为“发射中止”也罢，反正中国人包括全世界看过发射的人都已经接受了这样一个事实：火箭点火后，只冒了烟，而没升天。

那么，到底是什么原因造成火箭未能如愿升天呢？

3 月 22 日晚，火箭紧急关机之后，有经验的中国专家们很快便作出直观的大致判断：火箭发动机的推力未能完全建立起来，致使火箭不能升天，问题很可能出在发动机身上。

当时，火箭发动机研制单位的负责人张贵田还未离开指挥大厅便意识到了问题的严重性。这位早在 50 年代就留学苏联，已将自己大半辈子都搭在了火箭发动机身上的老专家，在驱车前往发射现场的路上，竟将口袋里事先准备好的救心丸，两次稀里糊涂塞进了嘴里！

火箭的燃料刚一卸出，张贵田便带着人马迫不及待地开始检查发动机。检查结果，谢天谢地，不是发动机的问题，而是因为突然中断了正常的燃料供应，导致火箭一、三助推器停止了工作。

神经高度紧张了三十多个小时的张贵田这才一屁股坐在工具箱上，长长地出了一口气。

但负责设计和生产火箭点火控制线路的研究所和工厂，从所长、厂长到全体职工，一下又全都紧张起来。因为点火控制线路决定着燃料的供应状况。经全面检查，最后果然发现控制线路上的配电器里，有两个接点被烧。

于是，一个仅仅巴掌大的程序配电器，于 3 月 26 日当即派专人坐火车从西昌送到成都，第二天再从成都乘飞机送到北京。

护送人员一下飞机，航天部副部长刘纪原马上操起电话，让 703 所所长立即组织人马，连夜分析测查！

然后，刘纪原副部长和火箭研究院院长沈辛荪等领导和专家，便二十四小时守候在电话机旁，等待分析结果。

703所接到故障分析任务后，立即组成以所长为首的故障分析小组。他们先对配电器进行了性能测试，又用激光电镜进行了外观检查，然后又进行了一系列的解剖和鉴定。

最后，得出的结论是：在这个巴掌大的程序配电器上，出现了一个像米粒大的、重量仅为零点一五毫克的铝质多余物！这个多余物的出现，导致了电爆管的爆炸，致使火箭的第一、第三助推器发动机关机，从而中断了正常工作。

与此同时，12所的专家和技术员们又对点火电路故障进行了模拟试验。从3月27日到4月9日十一天时间里，进行了二十六次试验。在十次人为的加进“多余物”的模拟试验中，有两次复现了故障。

很快，故障结论通过了国防科工委、航空航天部和火箭技术研究院的审查；而4月14日下午，在由老专家屠守锷、梁守槃、梁思礼、谢光选等七人参加的评审会上，老专家们也同意了这一故障结论。

于是，“澳星”发射为什么会失败，便有了一个再简单不过的回答：因为有了一个像米粒大的多余物——一个该死的多余物！

现在的问题是，假如我们的人民站出来问：

“为什么会出现这个该死的多余物？”

再假如，我们的人民还要站出来问：

“火箭冒烟，板子到底该打到谁的屁股上？”

谁来回答？

又该怎样回答？

三

对世界航天发射失败的历史，我想有必要先作一点粗浅的介绍。

先说苏联。

苏联在世界航天界里是当然的老大，因为人类的第一颗人造卫星就是苏联最先扔到天上去的。但苏联的火箭在发射第一颗人造卫星上天之前，曾经连续遭受了好几次惨败。否则，它第一颗卫星上天的时间，就不会是在 1957 年下半年，而很可能是上半年甚至是头一年。

1960 年 10 月 23 日，苏联发射“金星号”运载火箭发生爆炸，成为苏联航天史上最大的悲剧；1987 年 1 月，“质子号”火箭发射一颗通信卫星时，点火失败，火箭裂为四块；1987 年 4 月，“质子号”发射三颗导航卫星时，第四级发动机提前熄火，导致失败；1990 年和 1991 年，SL－16“天顶号”火箭在两次发射中，两颗间谍卫星均在飞行中爆炸，其损失都在五千万美元以上。由于该火箭是为发射“暴风雪号”航天飞机而设计的，同时又是苏联推出的商业火箭之一，因此发射失败之后，既使苏联航天飞机计划严重受挫，又使推销商业火箭的计划泡汤。

至于从 20 世纪 60 年代到 90 年代三十年时间里，由于中苏关系中断，加之苏联在航天技术方面对外保密性强，有些失败情况根本无法知晓。如果再算上这期间的失败事例，问题恐怕还会严重一些。

再说美国。

美国早期的火箭发射，失败也相当惨烈。“雷神”火箭在 1957 年 1 月至 5 月，连续三次发射，连续三次失败：或者爆炸，或者自毁。“先锋号”火箭在 1957 年底和 1958 年初的两次发射中，也遭失败。在之后的发射中，也留下了四次失败的记录。“宇宙神”火箭，是美国主要运载工具之一，在 1957 年 6 月至 1958 年 9 月间，也有过四次失败，之后又接连创下了十次失败的记录：1959 年 4 月至 6 月，三次发射三次爆炸；1960 年上半年，三次发射三次失败；1965 年 1 月，助推级火箭爆炸；1975 年 4 月，发射失败；1975 年 2 月和 1977 年 9 月，两次发射国际通信卫星，两次失败。直到 1991 年 4 月，“宇宙神－半人马座”火箭发射一颗价值三千五百万美元的日本电视卫星时，因其中一台发动机未点燃，使火箭失控，导致在大西洋上空爆炸，造成日本四百万电视观众收看的节目产生了周期性中断。

而美国的另一种主力运载火箭“大力神”，也同样未能逃脱失败的命运。该火箭在 1958 年第一次发射时就遭失败，之后又有好几次受挫。尤其是在 1986 年继“挑战者号”航天飞机大爆炸之后的那次失败，几乎使美国的航天活动陷入瘫痪。就在近两年中，也同样出现了两次失败。至于美国“挑战者号”航天飞机那惊心动魄、震动全球的大爆炸，从而导致七名宇航员血溅天疆，则是家喻户晓、路人皆知的大悲剧！

最后说说法国。

法国的“阿里亚娜”火箭应该是相当成熟了，依然在劫难逃。1980 年 5 月首次失败；1982 年 9 月第一次投入商业发射时失败，致使两颗卫星作废，直接损失八千八百万美元；1986 年 5 月第十八次飞行时再次失败，之后连续成功发射了十七次。但 1990 年 2 月又遭惨败，致使两颗日本卫星坠毁，损失高达六亿美元！

…………

如此述说国外航天发射中的失败事例，意思绝对不是想说：“你瞧，外国都有这么多的失败，所以中国的失败也无可非议，是应该的！”而我只想说的是，航天发射是一项相当艰难复杂而又风险颇高的事业，不仅中国会失败，外国也会失败，失败并非只是中国人的专利；再说了，失败在中国的航天发射史上，也不是第一次！

60 年代初，当苏联撤走全部在华专家之后，根据聂荣臻的指示，中国的火箭专家们忍着饥饿，开始从仿制苏联导弹转向自己设计研制导弹。经过近两年的艰苦奋斗，终于搞出了中国第一枚自己设计研制的导弹——“东风一号”火箭！

然而，当这枚火箭于 1962 年 3 月竖在发射塔上，刚刚点火起飞时，由于火箭控制系统失灵和发动机起火，火箭升空后只有十秒钟，便从空中一个跟头栽落下来，掉在了离发射塔三百米处，将一个厕所炸了一个大坑。

再以中国的“长征号”系列运载火箭为例。应该说，“长征号”系列火箭不仅在中国，而且在世界火箭大家族中，发射成功率也是很高的了，但还是留下了失败的记录。从1970年4月24日发射中国第一颗人造卫星“东方红”起，到1992年3月22日发射澳大利亚卫星止，“长征”系列火箭一共发射了二十七次。其中，“长征一号”火箭发射了两次，成功两次；“长征二号”火箭发射了十三次，失败一次；“长征三号”火箭发射了八次，失败两次；“长征四号”火箭发射了两次，成功两次；“长二捆”火箭发射了两次，失败一次。其总成功率为百分之八十五。

也许有人会问：没想到中国的火箭原来还有过四次失败。怎么在这几十年里，一概不知呢？

是的，中国的高科技几十年来一直处于封闭的状态（这里不指技术保密上应有的封闭），不仅国外不了解中国科技的底细，就是本国人民也“不识庐山真面目”。由于长期以来我们形成了一种很难改变的思维定式，就是什么事情总是习惯从政治角度去考虑，或者过于从政治角度去考虑，因而往往很容易把一个简单平常的问题搞得复复杂杂神神秘秘。

其实，科学技术中的成功与失败，就本质而论，与政治并无联系，或者说与政治未必都有必然联系，因此我们无需凡事硬要生拉活扯地把它同政治拽在一起；再加上在宣传报道上，过去几十年我们采取的都是报喜不报忧的办法——成功了，大讲特讲，举国欢庆；失败了，一声不吭，谁也不知。

于是，久而久之，客观上便给国人造成这样一个错觉：中国的火箭真神，只有成功，没有失败；同时，还自觉或不自觉地给本民族培养了这样一个习惯：只会欣赏成功，不能接受失败！

这如同在温室里长大的孩子，从小接受的都是美丽的鲜花和明媚的阳光，至于温室之外的风、雨、雷、电，孩子们并不知晓，也无人告诉他们，他们自然也就稀里糊涂，不明不白。而当有一天风、雨、雷、电突然出现在面前时，他们能不大惑不解、惊慌失措吗？

一个民族亦然。

那么，发射火箭，为什么会如此艰难、充满风险呢？

原因可概括为如下几个方面：

第一，火箭本身的技术结构太复杂。一枚火箭，有几十万乃至上百万个零件（包括元件），这些零、元件组合在一起，形成一个极其复杂的串联系统，只要有一个零件或元件不可靠，便可造成发射失败，甚至箭毁星亡。美国“挑战者号”航天飞机大爆炸，“阿波罗十三号”飞船贮氧箱爆炸，导致登月失败，皆是因为一个零件不合格造成的。而要使火箭的可靠性达到99.9999%，则元件的可靠性要达到99.9999999999%。即是说，抽验一百亿个零件，不可靠者不得多于一个！可想而知，要让火箭几十万乃至上百万个零件均达到合格标准，其工作该是何等难哉！

第二，火箭的某些方面采用的是新技术、新材料和新工艺。由于新，必然就会冒出一些意想不到的新问题。比如，为了提高火箭的性能和减少污染而采用的氢氧低温燃料发动机，是一项崭新的先进技术，可用液氢液氧做推进剂。新是新，却易燃易爆！“阿里亚娜”火箭早期的发射试验，问题就大都出在氢氧发动机身上。而日本正在加紧研制的H2大型运载火箭，也是因为主发动机采用了氢氧低温燃料，导致在试验中几次因液氢泄漏而发生火灾。

第三，火箭的工作环境相当恶劣。一枚火箭在发射时，许多的零部件都是处在高温、高压和强震动等恶劣环境之中；而要求重量尽可能减轻的火箭零部件又相当娇气。因此，在天上只工作几分钟的火箭，要求它的各元件无故障工作时间，必须达到几万小时乃至几亿小时！70年代初，美国用“德尔塔”火箭为英国发射一颗卫星时，就是因为火箭中一个印刷电路板上脱落了一小块绝缘皮而引起短路，导致发射失败。特别是当低温火箭发动机和卫星进入太空后，由于发动机要在太空失重环境之中进行启动、工作和关机，因此常常会碰到一些地面上意想不到的问题。

第四，人为的因素是个复杂而重要的原因。美国喷气通用公司在一个报告中说过，“大力神”火箭的发射失败，有百分之二十至百分之五十的故障，都是人为差错造成的。还有人曾经提出，如果对火箭元件的可靠性要求是小数点后面六个“9”的话，那么对航天人在思想上的重视程度，则应该是小数点后面十六个“9”！由此可见，人的因素之重要。

然而，人是一个再复杂不过的怪物。其思想、情绪、行动，常常捉摸不透，变化无常，有些问题绝不是用“一定要加强责任心”之类的训教就能彻底解决的。所以国外才出现了“人素工程学”，即研究人的素质及其培养提高过程的学科。它是一门同人类学、生理学、心理学、工效学、行为科学、教育学等学科密切相关的应用性综合学科。它认为，凡科学技术实验出漏洞，除责任心和技术因素外，还有个重要因素，即人的素质。可长期以来，大凡出了质量和操作事故时，中国人总是习惯说是“责任心不强”，或归结为“技术不过硬”。其实，有时责任心强和技术过硬的人也很难避免不出差错。例如，美国“大力神”火箭的一个维修小组在发射并进行维修时，一名技师不慎将扳手套筒从第三层工作台上掉下去，撞坏了第一级燃料箱外壳。这个事故就不单纯是责任心强不强的问题，而有着更为复杂的人的多方面的因素。

此外，一枚火箭从设计、研制到发射上天，并非一人所为，而是成千上万的人的智慧与劳动的结晶，成千上万套工作程序反复运作的结果。火箭研制、发射的这一复杂性质，就决定了很难确保每个人、每个步骤、每个技术、每个细节绝对不出问题。

所以，因人为的因素造成事故的例子举不胜举。比如，1976 年美国进行导弹发射试验时，由于操作员对某一个螺母少拧了半圈，导致失败；1976 年 2 月，日本用 M3 型火箭发射卫星时，由于操作人员粗心，造成推力向量错位，导致失败；1980 年“阿里亚娜”火箭第二次试飞时，由于操作员不慎将一个商标碰落，堵塞了燃烧室喷嘴，使发动机燃料流量降低，导致失败；1981 年美国“德尔塔”火箭发射卫星时，由于加注人员的疏忽，少加注了二百六十磅推进剂，导致两颗卫星未能进入预定轨道；1990 年 2 月“阿里亚娜”火箭爆炸，则因工作人员离开时不慎将一块小小的擦拭布遗留在了发动机的水循环系统中，造成管道堵塞，导致发射失败；等等。

据不完全统计，自 1986 年 1 月 28 日美国“挑战者号”航天飞机失事到 1991 年底，世界各国共发生箭毁星亡或卫星完全丧失功能的重大事故，多达十五次！其中，美国六次，苏联五次，欧洲航天局两次。而这些失败大都是人为的差错，即质量控制不严所致。当然，我们不可否认的另一个事实是，美国、苏联和欧洲航天局的发射次数，乃全世界之首。而发射的次数多，失败的比例自然就高。

由此可见，航天发射这种区别于其他行业的特性，就决定了它与众不同的艰难性和风险性。难怪不少火箭专家都说，火箭事业，是一项折寿的事业！

四

接下来，对中国航天队伍的现状，我们再来作一点简单的了解。

首先，中国航天人（包括其他科技工作者）是在极其艰难的工作条件下从事航天事业的。

第二次世界大战结束后，无论是苏联还是美国，都从战败国德国手上获得了丰富的导弹技术资料、机器设备和优秀的技术人才；加之两国本身就有一定雄厚的工业基础和经济实力。因此他们从事航天事业，不仅起步的基础好，而且工作条件也相当优越。后来的法国和日本，亦是如此。

而中国的航天事业起步于 20 世纪 50 年代末。在航天技术方面，当时几乎是一片空白。必须承认，在中国航天事业刚刚起步时，苏联“老大哥”是给过很大帮助的，而且这种帮助的意义还非同小可。但后来“老大哥”生气了，走了，而作为“小弟弟”的中国也赌气不再理睬“老大哥”了。“兄弟”俩一赌气，便赌了三十多年。

三十多年里，由于中国国民经济落后，工业技术基础薄弱；加之国外技术的封锁，中国航天人就只有靠自力更生，艰苦奋斗。因此说，中国自力更生、艰苦奋斗搞航天，不是自觉自愿的，心甘情愿的，更不是兴高采烈的，而是被迫的，强逼的，别无选择的，痛苦不堪的。这对今天有些年轻人来说，或许会感到不可思议，甚至还会觉得荒唐可笑。但现实就是如此，历史不容嘲笑。如果认为中国航天人搞航天，就是喜欢自力更生，就是热爱艰苦奋斗，不是一个笑话，至少也是一个误会。

我们就说发射“澳星”这事吧。这是世界性的商业发射，要干和干好这件事情，必须具备良好的工作条件，如先进的仪器设备、靶场设施和交通运输等，否则就无法干，或者说很难干好、不容易干好。但是，要完全具备这个条件，这对人均国民生产总值排到了世界第一百二十五位左右的中国来说，目前几乎是不可能的事情。

比如，采访中我了解到，航天系统所在的许多工厂，现在所使用的仪器和设备若与国外相比，可以说是非常落后的；甚至不少工厂使用的仪器和设备，居然还是五六十年代的产品！

但事情还得照干不误，不干就没有出路。于是，许多属于高科技的东西，在中国便只能靠大量的人的繁重的苦力去完成，在近似原始的作坊里去实现。

举例一：在火箭生产过程中，火箭箱体壁板的成型，是加工中关键的一步。由于铝板每块厚二十毫米，重二十余吨，因此，要滚弯如此厚重的铝板，非大型滚床不可。但是，厂里没有这种大型滚床。怎么办呢？没有其他好办法，五十多岁的老工人只好凭着经验和个人技术，把床子的吃刀量调小，然后与十几个工人一起，拿出吃奶的力气抱着铝板，一点一点地往里送。必须要让铝板来回滚动十几次，最后铝板才能弯出规定的弧度。——工人们就这样靠人的苦力和经验，完成了四百多块铝板的成型加工。

举例二：火箭发动机上的焊接，质量要求极高。国外采用的是高级电子速焊设备，进行整体的自动焊接。但中国没有这种设备，或者说买不起这种设备，便只有全靠人，一点一点地用手工焊接。但能干得了这个活儿的，只有少数几位老师傅。而一枚火箭有几万个焊点，想想看，单单完成火箭发动机上这一项焊接任务，人要付出的代价，该是多大？

举例三：火箭上活门手动开关的加工，精度要求极高，必须达到头发丝的十分之一！一般说来，要加工六十个这样的手动开关，需要三个月的时间。可全车间能完成这种高精度加工任务的，只有一位五十二岁的老工人。但非常遗憾的是，这位老师傅偏偏又患了癌症。你说怎么办？叫这位老师傅干，领导于心不忍；不叫这位老师傅干，“长二捆”火箭又离不了。最后，在别无选择的情况下，这位老师傅尽管身患绝症，但还是带着两名助手，坚持天天上班，夜夜加班，完全靠着一种拼命的精神，最终总算按时完成了任务。

…………

可见，现代化绝不只是一句时髦的口号。要真正走向现代化，必须具备现代化的条件。如果中国能具备雄厚的经济实力，能再添置一些现代化的仪器设备，进一步改善工作条件，提高人的素质，不仅可以把人从繁重的苦力中解脱出来，而且故障率还会大大降低。

其次，中国航天人（包括其他科技工作者）是在沉重的生活重压之下从事航天事业的。

有一则笑话，说“长二捆”火箭总师王德臣，有一天听人说，如果这次“长二捆”把“澳星”发射上天了，航天部要奖励总师一千元人民币！他听后非常高兴，但马上又忧心忡忡地问了秘书一句：“你说这次咱们发射成功了，真要奖励这么多钱，到时候怎么花呀？”

这说起来是个笑话，实则是件真事。它说明什么呢？说明中国航天人穷惯了，也穷怕了。他们一生中已经习惯了贫穷，习惯了没钱；

一旦有了一点点在他人看来简直少得可怜的钱，马上就会担心这钱花不了怎么办，好像这钱一夜间就会变成废纸似的。

也许，在外界看来，这些从事人类最尖端科技的专家和工作者们，应该比一般的人更有钱，生活条件上应该比一般的人更优越。

其实不然。

航天部上万人马，除了少部分人近两年因搞民品开发挣了点钱之外，大部分专家和科技人员至今仍然处在贫困线下。尤其是不少工厂，至今还蜗居深山，一边搞航天，一边搞民品，自己挣钱养活自己。比如，有一次美国专家去考察中国的火箭发动机生产基地，当他们看见中方高级技术人员住在简易工棚里，一日三餐都是粗茶淡饭，于是压根儿就不相信这样一个基地能搞出火箭发动机；直到他们后来亲眼见到了就是那儿生产出来的火箭发动机，这才不得不深信无疑，也不得不感叹不已！

再以"长二捆"火箭总师王德臣为例。王德臣每月基本工资二百六十元，加上工龄工资和每月三十元的奖金，每月工资总共大约三百四十元！他的秘书偷偷告诉我说："王总除了工龄工资比我多一点外，我每月拿的钱和他一分不差！"因为这位年轻的秘书每月替他领工资，所以对王德臣的工资了如指掌。而王总上有父母，下有三个孩子，过去还与爱人长期两地分居。由于贫困，当年不仅一个星期才能吃上一次肉，甚至爱人从外地回北京时，还得自己背回一床被子！否则，连两口子睡觉都是个问题。

采访中，航天部的师傅还告诉我，70年代在戈壁滩参加发射任务时，每天伙食费大概只有一元钱，而实际补助只有四角八分钱。他们每天最好的营养，就是每人发上几粒花生米。由于出差在外，加上生活太苦，难免会有一些开销，有时还不得不买点吃的。所以每参加一次发射，回去就得还上好几个月的账。

王德臣作为这支队伍中的一员，自然也得还账。而他当年的工资，比现在的工资不知少了多少！即便是前两年，他的工资也比现在少得多。那么，这样的工资，这样的日子，王德臣他们是怎么过来的呢？中国火箭总师的生活景况尚且如此，其他普通科技人员和广大工人的生活状况是个什么样，便可想而知了。

生活上的另一个困难是住房。尤其是一些工厂，1964 年参加工作的，仍没有一套房子，而只能住一个单间。甚至有的老师傅造了一辈子的火箭，至今还三代同堂，共同挤在一个狭小的空间里。我听说，航天部现在正搞房改，自己可以买一套房子，但必须要交一万多元钱！而据我所知，在西昌参加“澳星”发射的航天部的技术人员，没一个人是万元户！难怪有人说，过去是想住房子没房子，现在是有了房子又没钱！

第三，中国航天人（包括科技工作者）是在特殊的社会环境下从事航天事业的。

众所周知，从 1957 年的反右斗争，到“史无前例的文化大革命”，中国航天人一直受到极“左”政治的种种干扰，始终不能在一个正常的宽松的社会环境里工作；有的甚至遭到残酷打击，把命都搭进去了。直到 1978 年十一届三中全会之后，情况才开始好转。

然而，随着新时期的到来，随着商品经济大潮的冲击，中国的航天队伍又面临着新的矛盾与困惑。

在过去几十年里，号称“百万大军”的中国航天队伍，长期以来过日子都全靠国家养着，所承担的工作也全都是指令性任务。但改革开放后，随着整个国家工作重点的转移，国防科技工业实行了军民结合、平战结合，在优先完成任务的前提下，大力开发民品生产的战略大转移。

此后，国家不再拨专款养活这支队伍。换句话说，过去吃惯了“皇粮”的中国航天人，要过日子，就只有靠自己去挣钱。

于是，为了填饱肚子，为了保住这支队伍，近几年来，中国航天人在拼命完成国家任务的同时，又不得不为了生存而去拼命挣钱！

比如，有的搞冰箱，有的产彩电；有的做灯泡，有的造轮胎；有的搞包装箱，有的造香烟机；甚至有的还去生产石油泵、胶囊机。总之，为了闯出一条活路，为了继续生存下去，该停产的停产，该转产的转产。不管是大专家，还是小技术员，都得想方设法，绞尽脑汁，自找门路，八仙过海，各显神通。一句话，靠自己的本事，自己去挣钱吃饭！

经几年的艰苦努力，惨淡经营，有的单位起死回生，总算解决了生存问题，有的部门民品搞得还不错，不管几千几万，多多少少也真的赚了几个钱。

但是，搞军品的一拨人，即搞火箭、卫星等研制任务的人，用有的人的话来说，可就惨了！因为军品属于国家指令性任务，像造火箭、发卫星什么的，想干得干，不想干也得干；有钱得干，没有钱照样得干，而且还必须干好！

于是，中国的航天人一个肩膀，便挑起了两副重担：一方面，为了国家的利益，民族的威望，必须大力发展火箭、卫星等尖端科学技术；另一方面，为了几十万人的生存，为了填饱几十万人的肚子，还得拼命挣钱，自己养活自己。

这一新的矛盾，带来的是新的困惑，而根子还是两个字：没钱！

比如，航天部的火箭总装厂，是一个八千人的大厂。该厂的中心任务，就是完成对火箭的最后组装，其作用当然举足轻重。但这个厂最大的问题，用厂长的话说，就是缺钱！

为什么呢？因为这个厂主要是搞军品，而军品的利润只有百分之十。工人们辛辛苦苦干了一个月，奖金只有三十元；若是加一个夜班，加班费只有五毛钱！厂长每月工资一百七十元，加上三十元奖金和两元钱的厂长职务辛苦费，月工资仅有二百〇二元！

厂长说，这么一个八千人的大厂，国家不给任何补贴，每个人的吃喝拉撒，生老病死，厂里都得终身包干。没房住，还得自己掏钱盖房；光医疗费，每年就得支出四百万元！

由于穷，许多人才留不住。有的想法出国，有的干脆辞职不干。

每年进来的大学生，还没有出去的多。

由于穷，厂里只有贷款，现已贷款八百万元，每年光还利息，就得上百万！（厂长悄悄告诉我说，我们能贷上款，算是不错了。不少单位和个人，想贷款，还贷不上呢！）

由于穷，该厂至今还没有一个俱乐部，甚至连看个电影的地方都没有。过去在露天电影场看，现在连露天电影场也没了；要看电影，只有跑到别的单位去看。

由于穷，火箭研制的喉舌机关——总体室，只有几间简朴的办公室，近一百多个设计人员，全都挤在一起。而一间计算机房，还不足二十五平方米，设备只有九台。若是要赶任务，只有人换班，设备不能换班。

由于穷，该厂至今使用的大多数设备，还是五六十年代的产品。不少设备已经老化，早该淘汰了，但没钱更换。所以，厂里不少复杂的技术，艰难的工作，全靠人的经验和高度的责任心在硬撑着；而这种人的经验和高度的责任心到底还能硬撑多久，谁的心里也没底。

而相比之下，国外搞航天的科技人员，无论是工作条件、生活条件还是社会环境，都要好得多。

以发射“澳星”为例。工作性质一样，工作地点一样，工作时间一样，付出心血也一样（实际上中方人员在各方面的付出，都要比美方多得多），但各自收益和待遇却相差甚远。

比如，据我了解，美方人员在西昌发射场工作期间，一天按六小时计算，超过六小时算加班；加班一个小时，加班费三十美元。此外，每天可享受生活补助三百多美元；回国后，每人还可获得国外出勤补助费几千美元！

但同样在西昌发射场工作的中方人员，情况就大不一样了。航天部的参试人员，因为是从北京到山沟工作，每天可得出差补助十五元（人民币）；若发射成功，每人可获成功奖一百元；而西昌卫星发射基地的官兵们，不但没有出差补助，就是天天加班，也没一分钱！

即便如此，为了国家的辉煌，为了民族的荣誉，无论是北京的，上海的，还是西昌的中方科技人员，依然长年累月，埋头苦干，没有什么怨言。当然，有时难免也会有些怨言。不过即便有怨言，也只怨不言，或有怨少言，绝不影响工作。

问题在于，在上述这种工作条件、生活条件和社会环境下研制火箭，发射卫星，并让中国火箭出国门，跻身世界，参与国际商业发射市场的竞争，谁敢承诺不出一点故障？谁能确保不出一点事情？

采访中，火箭总装厂厂长说的这段话，可谓感同身受，一语中的。他说：“企业如果不能从经济的桎梏中彻底解脱出来，就永远无法保证火箭产品的质量。好比一个家庭，孩子一大帮，但钱就那么多，生活上想改善也无法改善。你顾得上这个孩子，就顾不上另一个孩子，不可能从根本上保证每个孩子的身体都健康正常。”

五

如此说来，火箭冒烟，发射失败，作为研制生产“长二捆”火箭的航天人，难道就毫无责任吗？

不是的。

中国有过发射失败的历史，但像近两年这样接二连三地失败，实属罕见：1990 年 7 月 16 日，“长二捆”火箭在西昌首次试验发射，由于装在火箭第二级的某个系统发生故障，未将卫星送入预定轨道；1991 年 12 月 28 日，“长征三号”运载火箭在西昌发射国内通信卫星，由于第三级火箭的液氢液氧低温燃料发动机第二次点火后提前熄火，导致发射失败；接下来，便是 1992 年 3 月 22 日发射“澳星”，火箭冒烟，发射失败！

因此，“澳星”失败后第三天的一个深夜，国防科工委副主任沈荣骏在一个高层会议上非常严肃地说道：“中国航天，继十二次连续成功之后，接连失利！去年年底国内通信卫星没有送入预定轨道，时隔三个月，这次的‘澳星’又受挫败！这到底是什么原因？是偶然性吗？恐怕不全是。这次失败，是一个沉痛的教训！我们应该好好总结一下了，要从深层次总结！”

中国航天，是到了应该认真总结总结的时候了。

毫无疑问，航天发射作为一门新兴的科学技术，允许成功，当然也允许失败。

但失败，也是要有理由的。

公正地说，中国火箭专家们的技术水平，与世界相比，也是不差上下的；近两年的几次失利，都不是因为技术水平问题。

当然，像“长二捆”这样的运载火箭，尽管是大推力，又是捆绑式，在设计与研制上都有较大的难度，而且研制这样的火箭中国又是第一次，但不客气地说，它在世界火箭大家族中，也算不上有多牛。说穿了，不过是在一枚两级火箭上，又加了四个助推器。

所以中国专家们搞“长二捆”火箭，单就技术水平而言，可以说是十拿九稳。

但可以做到的事情，为什么偏偏又没做到呢？而且，如有的群众来信所说，在五六十年代那样艰难困苦的条件下，中国都保证了氢弹、原子弹的爆炸成功，保证了火箭很高的发射成功率，为什么现在各方面条件比原来好多了，还连连失败呢？

原因当然是多方面的，偶然出现故障也是正常的。但在这些“偶然故障”中，难道可以说，仅仅是偶然吗？

面对如此频繁的失败，我们是否应该作一点冷静的反省？在捷报频传过后，我们是否也需要来一次深刻的检查？比如：

我们在思想上是否真正重视？

我们在设计上是否无懈可击？

我们在质量上是否严格把关？

我们在岗位上是否忠于职守？

我们在管理上是否天衣无缝？

我们在体制上是否尽善尽美？

事实上，“澳星”失败后，从发射场回到北京的航空航天部部长林宗棠和副部长刘纪原，怀着极其沉痛和愧疚的心情，很快对过去的工作进行了分析总结，并作出深刻检查，认为主要问题在如下四个方面：

首先，在贯彻“军民结合，平战结合，军品优先，以民养军”十六字方针中，在指导思想、组织保证、政策的制定等几个方面的关系上没有解决好，尤其是在处理坚持军品第一和发展民品的关系上，措施无力，调控能力不强。领导精力和技术力量严重分散，周恩来总理生前提出的“严肃认真，周到细致，稳妥可靠，万无一失”方针得不到坚决贯彻执行。这些都直接影响着科研和生产质量，更谈不上精益求精。这种状态如不采取果断措施加以扭转，我们将面临更大的危机。

其次，在质量意识和质量工作指导思想上，重视事后把关，轻视事先控制，忽略设计和生产过程的质量把关等问题仍然存在。把主要精力放在检验上，满足于试验的一次成功，是不科学、不全面的。事实上，“长征三号”火箭第八次发射失利和这次失利，都说明了这个问题。因此，尽管我们在发射前做了大量工作，慎之又慎，但隐患仍没有彻底排除。

第三，在管理上，领导的精力放在微观管理上多，而对于宏观管理，一方面现代管理意识不强，一方面缺乏强有力的法规措施。很长时间以来文件多、会议多、调查研究少、落实不得力的问题始终未从根本上得到解决，这也是我们工作既忙乱又出漏洞的原因之一。

第四，缺乏对经济利益驱动的正确有力的引导，致使简化实验，质量下降，甚至影响了全局。

六

那么“澳星”失败，除去航天部，社会上其他各个方面，又有没有责任呢？

其实，“澳星”为什么失败，换句话说，就是火箭质量问题。

而质量问题是一个全社会的问题。

一枚火箭，决定其质量的因素很多，把握质量的关口也很多。比如，火箭使用什么样的原材料，对火箭的质量保证至关重要。过去造火箭，使用什么材料都是指令性的下指标；只要任务一下，不管哪个部门哪个单位，材料必须要选最好的，也肯定是最好的，而且在各项工作中，都是排居老大！

但是，近几年由于企业自负盈亏，搞经济核算，个别单位是否一定使用最好的原材料，就很难说了。因为材料越好，成本越高，成本越高，单位赚钱越少。因此据我了解，有的单位所选的材料，不是最好的，而是良好的，甚至是及格的。

再比如，发射“澳星”，中国同国外打交道，从签订合同到发射上天，完全是按照世界纯商业活动的章程和规律在办。但在中国内部，主要靠行政命令、计划指标。即是说，参与制造火箭和发射“澳星”的有关部门和单位，采用的是层层下达任务的办法。每项任务下达时，先不谈钱，更不谈给多少钱，而是一切等发射完了之后再说。于是便会出现两种结果：一种是发射失败，谁也别想拿一分钱；一种是发射成功，有关单位再分红拿钱。但中国刚刚开始做这种火箭生意，一次发射赚钱并不多，多给你，不可能，给少了，你干不干？

这样一来，一个矛盾便开始凸现：同样一笔生意，对外靠市场经济，对内按计划经济。造火箭的任务一旦下达，各个企业便陷入两难境地：同意干，没钱，或者钱少，企业极不划算；若是不干，这是国家下达的任务，不干也得干。再说，都是中华子孙，还得为国争点光，为己争点气。但是，由于金钱不能完全同企业的利益直接挂钩，而商品经济规律无法制约一枚火箭生产的全过程，那么谁能保证，每个企业、每道关口、每道工序、每个个人，每一次都能尽心尽职、保质保量地完成？而一些说不清、道不明、摸不着、看不见、查不出的责任，又该谁来负责？

还有问题的另一面，是社会舆论。

如果我们稍加回忆，便会清楚地记得，在“澳星”发射之前，全中国乃至全世界人民都知道，中国的火箭要发射美国的“澳星”了！

中央电视台要首次向全国和全世界进行现场直播，一百五十号人马浩浩荡荡，长途跋涉，昼夜兼程，奔赴西昌发射场。

全国各家报纸，为了争抢头条新闻，进行热点报道，上百名文字记者、摄影记者通过正常的或非正常的渠道，打破了脑袋，终于获准进入西昌发射场。

为了观看“长二捆”火箭腾飞的雄姿，几架专机，载着几百名贵客，从香港、北京等地飞往西昌；而西昌地区成千上万的民众和西昌地区之外的无数看客，也通过各种关系、想方设法进入西昌发射场。

于是，弹丸之地的发射场，一下涌进成千上万的人，吃、喝、住，都成了卫星基地一个突出的难题。为了搞好接待工作，卫星基地除了在岗位上的参试人员外，其他人员几乎倾巢出动；并由基地政委挂帅，组成专门的接待班子，全力以赴。搞接待工作的同志，从早到晚，里里外外，四面八方，东跑西颠，连喘口气的时间都没有。

在那段时间里，无论报纸、电台，还是广播，对西昌要发射“澳星”一事，调动各种手段，用最大篇幅，进行了全方位的报道。“澳星”被各种媒体炒得世人皆知，家喻户晓！

毫无疑问，电台、报纸、广播在宣传中国航天辉煌业绩中，起了很大的作用，新闻媒体的记者们付出了不少的心血；尤其是中央电视台要首次进行实况直播，克服重重困难，历经各种艰险，相当不易！

但是，有些宣传内容，仅就实际效果而言，未必就好。比如，对发射场上的每个工作计划，每个工作阶段，每步进展情况，甚至每项工作程序，都有较详细的专题报道。至于“中国人是善于创造奇迹的”“中国人了不起”等文字，在一些报道中随处可见；甚至有的还把“发射‘澳星’，壮我国威！”当作一种政治口号，喊得满天价响！那口气，那腔调，那气氛，那一派“革命乐观主义”的豪迈阵势，给人感觉好像“澳星”已经上天了！

如果我们现在回过头去，把“澳星”发射前全国所有有关“澳星”发射的宣传报道汇集在一起，细细品读一遍，我想一定会得出这样一个印象：这次中国火箭发射美国“澳星”，肯定成功，不会失败！

因为在那段时间的所有报道中，几乎见不到一篇对“澳星”发射有冷静思考、有理性分析、有科学含量、有专业水准、有批评意见、有不同观点的文章；而有的只是一种热情，一种假设，一种导向，一种思维模式，一种盲目的集体无意识，一种善良的一厢情愿！

但上帝偏偏给中国人开了个小小的玩笑。

想想，如果在“澳星”发射前，我们不作过多的渲染，而在鼓励成功的同时，也能冷静地考虑到失败的一面——哪怕只发出一点点警示，这既可减轻航天人心理上的压力，同时还能让国民有一个承受失败的心理准备。如此，社会效果会不会更好一点呢？因为不少航天人都对我说，看了那些铺天盖地的报道，我们简直就像被架在火上烤一样！

再者，“澳星”发射失败了，不少人都记住了失败、失败、还是失败，而且有的人记得义愤填膺，甚至咬牙切齿！但几十年来又有多少人记得，他们成功地发射了多少枚火箭，多少颗卫星？他们付出了多少代价，作出了多大牺牲？

就拿西昌发射基地的官兵们来说吧。在这不少人已经开始厌倦都市生活的时候，有多少人知道，他们几十年来一直住在荒凉的大山沟，现在依然还是住在荒凉的大山沟？繁华热闹的都市生活，对他们而言，仅是一个遥不可及的梦想。而又有多少人清楚，在这个“一万元不算富，十万元刚起步”，有的单位中秋节发月饼费一次就发四千元，有些人吃公款一顿就吃几千元、一晚上就消费上万元的社会里，他们中不少人尽管是专家、高工、工程师、技术员，但每天仍不得不为生计而发愁。他们那扛着大校、中校、少校军衔的肩膀，下班后或假日里，照样得去挑粪桶，种菜地；他们那计算火箭、卫星飞行轨道的脑袋，还得算计算计：是买二毛七一斤的西葫芦实惠，还是买二毛五一斤的大白菜划算？

是的，他们一生都在为这个国家默默奉献，至今仍在默默奉献。但有谁又肯去替他们奉献一年半年甚至一天？几十年来他们一次又一次地作出牺牲，但有谁又愿意去替他们牺牲一次半次？他们中绝大多数都是知识分子，甚至是大专家，是高级人才，他们献了青春献终生，献了终生献子孙！可二十多年来，由于地处山沟、环境偏僻，师资薄弱、教育落后；再加上长年忙于发射卫星，根本无暇顾及孩子，因此他们所有人的孩子，竟没一个考上大学！

这些事情，有多少人记得？

这些问题，又该谁来负责？

七

其实，“澳星”失败了，就失败了，在人类历史的长河中，或者说在世界的航天史上，像中国这样一次小小的失败——何况还不是完全意义上的失败，又算得了什么呢？

那位中学生说得多好啊：“不就是点火没点着吗？”

是的，细细想来，哪个人没有闪失，哪个行道没有差错，哪个民族没有失败？其实，从某种意义上说，这个世界就是由失败构成的。人类发展的历史，既是一部成功的历史，亦是一部失败的历史。它如同一枚硬币的两面，总是生死相依，同时共存。“失败是成功之母”，这是连我们的老祖宗都懂得的道理。

因此，失败了就失败了，我们无需羞羞答答，用不着做清高状，更不必躲躲闪闪，遮遮掩掩。

“澳星”发射失败不久，一家报纸在一篇文章中这样写道：

> 长征火箭发射澳大利亚卫星上天失败（火箭和卫星并未上天），但无意中向国际航天界透露了中国航天技术的一招秘方——火箭刹掣技术。这是中国火箭的一项独门技术！美国及欧洲的航天机构，已表示有兴趣购买中国的这项刹掣技术。想不到火箭发射的失败，反而因祸得福，为火箭刹掣技术作了广告，相信有大量生意可做。

如此说来，火箭的刹掣技术好像全世界只有中国才有?

其实，只要有火箭的国家，都有刹掣技术。这个道理简单得如同全世界的火车、汽车、自行车都有刹车一样。它的区别仅仅在于：这个刹车是采用 A 形式还是 B 形式；这个刹车是高级还是不高级，是优秀还是不优秀。

“澳星”发射之夜证明，中国的火箭刹掣技术，的确相当高级，相当优秀！但这并不说明，火箭刹掣技术就是中国的独门技术；也并不说明，中国的火箭刹掣技术肯定就是世界上最好的技术；至于“购买”“生意”之说，更是满纸荒唐！

类似这样的宣传，如果是想为中国的这次失败送上一点安慰，倒也可以理解；若出自其他某种心理，那是不是多少有点“阿 Q”?

美国思想家、大诗人惠特曼早就说过：“当失败不可避免时，失败也是伟大的。”

的确，失败了就失败了，失败本身，并不是一件丢人的事情。对待历史，我们应有起码的诚实。只谈成功，不讲失败，这是虚伪。巴黎公社只存活了七十二天，最终失败了；但并不因为失败，而影响其伟大！

一个民族，如果不光会欢呼成功，而且还能正视失败、接受失败、超越失败，甚至达到一种欣赏失败的境界，那这个民族该是多么地伟大而不可战胜啊！

因此，失败并不可怕，可怕的是明明已经失败，还要去掩盖失败；失败也不重要，重要的是失败之后，要敢于再次爬起，而且面对世界，能真诚地说一声：

“我们不当阿 Q!”

这，才是一个民族起码的气魄和胸怀。

第六章

为了牛奶面包，为了开拓市场，专家、教授走出国门，当起了推销火箭的“皮包商”。面对国际发射市场的风险挑战，中国要十八个月造出火箭，美国“大力神”火箭副总师说：“会不会是吃了鸦片?”

一

“澳星”发射失败，单从时间上讲，不过是几秒钟的事情。

而3月22日那天晚上，假如不是失败而是成功，单从时间上讲，同样也不过是几秒钟的事情。

但是，“澳星”的发射合同，实际上比“亚星”的发射合同签订得还早。要是从酝酿期算起，“澳星”的历史可追溯到1984年；如果从着手期算起，可追溯到1985年。

也就是说，中国发射一颗小小的“澳星”，就经历了八年的风风雨雨；而这八年所付出的心血与努力，最后换来的还是两个极其冷酷残酷的字眼：失败!

于是，了解一下“澳星”这八年所走过的曲折心酸的历史，似乎便显得很有必要：不光有助于我们进一步认识中国的航天人，同时对这次发射失败的内涵，也许还会有更深层的理解。

二

“澳星”和“亚星”能有今天，都不应该忘记一个日子：1984 年 4 月 8 日。

这个日子对中国人很重要，对中国的航天人更重要。因为就在这个日子里，中国首次成功地发射了同步通信卫星；也因为从这个日子起，中国有那么几个专家，脑子突然开始转悠起来：中国的火箭能不能打入国际商业市场?

当然，当时也还有其他一些设想，比如，搞汽车生产，搞波音 727 飞机的改造，或者生产氦气艇和农用飞机。但经过一段时间的调研和酝酿，觉得让中国的火箭走出国门，搞对外发射服务，才是中国航天工业改革开放的一条根本出路。

这一设想，当然还只是一种梦幻似的念头。这念头不仅不敢到国外去讲，就是在本国的领土上，也只能是几个人凑在一起，关起门来，悄悄聊上一通而已。其原因是：怕国人笑话。

曾有这样一个笑话：某年某月，在加拿大举行的一个大型国际贸易展览会上，中方几经努力，好不容易才使中国的火箭、卫星等航天产品取得参展资格。可到了开展那天，由中国人自己亲手布置的展厅却令人哭笑不得：中国赫赫有名的火箭、卫星等航天高技术产品被放在一个很不起眼的角落，而喝惯了美酒咖啡的西方人在最明显处看到的却是一包包散发着古色古香气味的正宗的中国茶叶!

有幸的是，对外发射这一设想，很快得到了聂荣臻、张爱萍、宋健等领导的大力支持。而且航天部副部长刘纪原很快负责组织成立了“开拓国际市场十人小组”，开始了早期的国际市场调查。中国航天工业的改革，小心翼翼地迈出了第一步。

1985 年 2 月，中国火箭技术研究院首次开始接触发射服务。时任火箭技术研究院副院长的何克让和长城公司总经理张正霖等，在美国华盛顿与某公司草签了委托其开发发射服务市场的意向书。

1985 年 5 月，一个只有四个人组成的中国代表团不露声色地出现在了日内瓦国际空间商业会议上。但这个很不起眼的中国代表团并没有引起各国代表的注意，甚至从某种意义上说，完全被人忽略。

但戏剧性的变化在不到四十八小时出现了。当轮到中国代表发言时，代表团团长陈寿椿走上讲台，抛出的讲话题目是：《中国为世界提供发射服务的可能性》。

陈寿椿讲话结束，会场先是一片惊讶，继而便是一阵骚动。当晚，中国代表团又为大会播放了展示中国航天技术成果的录像。录像播放完，中国代表团顿时令人刮目相看。

其实，这是中国航天人向世界航天界首次试放的一个“小气球”。没想到这个“小气球”刚一放出，敏感的同行很快便有了反应。法国一家报纸第二天就在头版头条的醒目位置登出一则消息：《羽毛未丰的中国火箭要参加国际竞争》。

三个月后，中国正式对外宣布：“长征号”火箭进入国际商业发射服务市场，承揽国际发射业务！

当时，中国航天人的真实设想是：用中国的低轨道运载火箭，作为对已选用航天飞机发射的用户的一个替代或补充，这样就有可能让中国的火箭挤进国际市场。而中国采用现成的成熟的火箭，便可大大减少投资。

紧接着，第二年的 1 月 22 日，中国火箭技术研究院副院长何克让带领航天部代表团，在瑞典与瑞典空间系统公司签订了中国第一份对外发射订座协议。

就在这时，美国“挑战者号”航天飞机不幸失事！

美国航天飞机失事，推辞了国际上大部分商业用户，造成欧洲“阿里亚娜”火箭独霸国际发射市场的局面，因而暂时性的世界“运载危机”也就随之出现。但卫星用户又不满足于仅有一家独占发射市场的现状，希望寻找其他发射途径，以形成一个有利于多用户的竞争局面。

这对正在急于寻找机会，让火箭挤进国际发射市场的中国来说，简直就是天赐良机。

中国很快准备了六套火箭发射服务的方案。“长二捆”运载火箭，便是其中的方案之一。而且，1986 年 3 月至 4 月，航天部还组成了一个十人代表团，赴美宣传推销“长征号”系列运载火箭。此行历时仅有两周，宣讲、推销中国火箭的报告却作了二十四场。宣讲、推销的结果，“长征三号”和“长二捆”火箭均受欢迎！

于是，1986 年底，航天部决定在美国洛杉矶设立中国对外发射服务办事处，以此作为中国开发对外发射服务市场在北美的一个窗口。

该办事处的负责人，便是黄作义。

三

黄作义这个名字，对中国绝大多数人来说，相当陌生，甚至说根本就无人知晓。但在中国的航天走向世界的先期历史中，这是一个不可忽略的人物。

1988 年，美国休斯公司发射“澳星”的方案在澳大利亚中标后，几家未中标的外国公司曾经充满妒意地说了这样一句话：“其实并不是中国的‘长征号’火箭好，而是有人把中国‘长征号’火箭的故事讲得好。”

这个把“长征”火箭故事讲得好的人，便是黄作义。

我初识黄作义，是两年前发射“亚星”的前夕，在西昌发射场一间复印机房兼办公室的屋子里。那天，当我俩的手紧紧相握时，黄作义留给我的印象是：一位温文尔雅，修养很深，习惯埋头做事，不好咋咋呼呼的人。没想这次发射“澳星”，我俩又在西昌发射场相遇了。

平常生活中的黄作义，不爱讲话，尤其不愿讲自己。采访他时，他总是说，没什么可讲的，还是多写写其他老专家们吧。他讲这话时，绝对真诚。

可一旦开了口的黄作义，简直判若两人。他先是细声细气，慢悠慢悠，可一旦讲到激动处，便会马上站起来，一边挥着手臂，一边侃侃而谈。那手势，那语气，那风度，无不透射出一种男子汉的老到与精明；让你不得不想到的是，难怪航天部派了这样一个人物站到中国对外发射的“窗口”，去抵挡国际发射市场的刀霜雪剑，风风雨雨！

黄作义是山东蓬莱人。从小喜欢画画。他上初二时，有一天在书店里偶然发现一本写飞机设计的书，可口袋里没有钱，就站在书店里一口气把书看完后才回家。从此，走火入魔，迷上了飞机设计。高中毕业时，还代表沈阳队参加了全国航空模型比赛。

1956 年，他如愿以偿，考上了北京航空学院飞机设计专业，后来改学火箭总体设计。其间，他曾担任北京航空队队长，两次参加全国航空模型比赛，先后拿过五个项目的冠军。

大学毕业时，由于他的毕业设计论文尤为出色，被学院直接推荐给了中国火箭技术研究院。结果被现任航天部副部长孙家栋一眼看中，直接将他分到了火箭总体设计部。据说，这个部门一般都要熬白了头才能进得去。

此后，他一直从事火箭的总体设计工作。从“东风”系列导弹到“长征二号”系列火箭，他干了整整二十八年。直到 1984 年，他才转向搞国际航天市场开发。而就在这一年，他还代理过“长征三号”火箭的副总设计师。

黄作义虽然离开了火箭总体设计部，却并未离开火箭和火箭设计。1984 年，“长征三号”火箭首次发射成功，黄作义和其他几位专家一样，也开始考虑中国火箭的出路问题。由于他熟悉中国的“长征号”火箭，加上又能讲一口流利的英语，所以一旦涉入世界商业发射市场领域，很快便能进入角色，并有自己的想法。

因为黄作义非常清楚，中国的“长征号”火箭虽然几个型号的可靠性都比较强，但从运载能力来讲，却只能发射中小型的卫星，即是说，只能发射一点四吨以下的卫星。而这种卫星全世界只有十几颗，还被美国的航天飞机和“大力神”火箭以及法国的“阿里亚娜”火箭所垄断。所以从 1985 年起，世界主要卫星公司开始研制二点五吨至三吨重的第二代大卫星。但中国火箭的现有发射能力，根本无力承担国际第二代通信卫星的发射任务。因此，当黄作义了解到国际上第二代大型通信卫星正在加紧研制时，为了让中国的运载火箭能及时适应国际发射市场的需要，便有了想搞大推力火箭的初步想法。

于是，1985 年底的一个夜晚，黄作义躲在一间简陋的小屋里，熬了整整一个通宵，画出了一张新型的火箭草图，即在“长征二号丙”火箭的基础上，再加几个助推器的草图。

第二天，黄作义把草图的构想，向屠守锷老总作了汇报。屠老总当即表示支持。接下来，黄作义再作进一步论证。

与此同时，中国运载火箭研究院领导人王永志、沈辛荪、于龙淮、王德臣等人在一间简朴的办公室里，也在悄悄酝酿着一个大胆的方案：为了让中国的火箭能抢占新的国际市场，要尽快研制新的大推力火箭。

因此，当黄作义拿着草图向王永志谈了自己的想法后，王永志认为黄作义的这个方案完全可行。随后，这个方案又得到航天部副部长刘纪原的支持。刘纪原说：“先走出去，作国际市场调查，再作最后决定。”

于是，1986 年 4 月，带着火箭的设想草图，陈寿椿和黄作义等人漂洋过海，到处游说，开始推销中国的“长二捆”火箭。

这是真正的“纸上谈兵”。

1987 年 7 月，中国对外发射服务办事处在洛杉矶正式成立。该办事处美其名曰“中国对外发射服务办事处”，实际上除了雇了一位美国小姐做秘书外，包括黄作义在内只有两个中国人。

黄作义身处洛杉矶，既是办事处主任，又是翻译家，还是谈判代表，同时还要兼司机兼导游兼技术协调员。他一方面要立足本国，把中国“长征”火箭的“故事”不断花样翻新地讲给外国人听，并不失时机地透露点中国火箭的小“秘密”；另一方面又要耳听四方，眼观八路，纵览国际航天发射市场的风云行情，为国内及时提供准确可靠的信息，以供上层决策。

但做火箭生意，不是摆地摊。世界三十多年航天技术的发展，使人类进入了一个新的文明境界，随着航天技术的不断发展，一个以发射通信卫星为主的国际航天商业市场早已形成。而这一市场对封闭已久的中国来说，犹如一片深浅莫测的大海。由于中国的火箭专家们刚刚开始涉足世界商业发射市场，既无关系，又没资本，靠的仅是几张火箭草图和一张嘴皮子。所以，他们在外国人眼里，充其量也就是个满世界都能碰见的“皮包商”，被人瞧不起是件很正常的事情。用他们自己的话说，无论走到哪里，心里都很不踏实，总有点个体户的感觉。

更何况，在素有“礼仪之邦”之称的中国，古老的传统文化所塑造出来的一代一代的知识分子，看重的都是“体面”二字，而“无商不奸”的观念，更是渗进骨髓。

因此，这些过去大半辈子都是靠吃皇粮、拿工资过日子的中国火箭专家，现在要让他们伸直腰杆、挺起胸脯、阔阔气气、潇潇洒洒地出入于各个公司的大门，到处推销火箭，拉抢生意，也的确够难为他们的了。

然而，从“两耳不闻窗外事，一心只读圣贤书”的传统的中国知识分子，到二三十年代的知识青年为了寻求救国之路，被迫远涉重洋，去国外勤工俭学，再到今天的火箭专家为了探寻中国科技改革的出路，不得不走出国门、充当商人、推销火箭，无疑是当代中国知识分子冲出传统樊笼的一大革命性的进步！

不过据黄作义说，在国外搞航天开发，真正的难点还不完全在“面子”和辛苦上，根本的问题在于国内诸多方面一时难以与世界同步。

因为封闭了几十年的中国，长期以来都是与国内各个单位打交道，习惯使用的也都是国内那一套做法和经验。而一旦走出国门，搞对外发射服务，接触的全都是外国公司、外国老板、外国同行。即是说，无论从语言、观念到管理制度、工作方式，全是崭新的一套。过去几十年在国内用惯了的那一套，在国外根本行不通。

刚开始时，中国航天专家们连报告都不会打，投标书也不会写，对国际发射市场的一些法律制度、门门道道，更是一窍不通。

有一次，中方将一份投标书给了法国，本希望能有个答复，结果法国人只随手翻了两页，便将投标书扔在了一旁。因为法国人一看就知道，你中国人连起码的常识都不懂，还用得着看完吗？

通常，外国公司的发射招标都要求在半月内，甚至有的在一周内，就要收到发射建议书。有些问题的答复，则要求当场解决，或者一两天内回话。但是，按国内一般工作程序，一份报告或文件，必须逐级呈送，逐级审批，多次开会，反复研究，最后才有可能审批下来。即便能审批下来，快则十天半月，慢则一月两月，甚至一年半载。当然，石沉大海，也没有什么奇怪的。由于刚开始的时候，对外发射服务工作并没有建立起一条快速反应的渠道，所以根本无法适应国外的管理机制和工作节奏。

此外，由于中国几十年来都是关起门来，自己造自己的火箭，自己研制自己的卫星，然后再用自己的火箭发射自己的卫星。所以中国的技术队伍和研制计划，就并不是以国际市场来作调节，并不是国际市场需要什么就搞什么，而是自己需要什么才搞什么。这当然就无法与国际市场那一套协调、同步起来。

最要命的还是观念。

专家们穿着西装，系着领带，拎着皮箱，带着图纸，到国外去充当“贫穷体面者”，进行自我推销，拉生意做买卖，从而让中国的火箭走向世界，外国的卫星走进中国，这事并不是每个中国人都肯接受、都能接受的。

比如，中方一旦与国外某公司有了联系，了解到该公司有让中国火箭发射其卫星的意向，并签订了某项协约，那么按生意场上的一般规矩，先看货，后说价，再邀请国外一些代表来中国观看火箭、发射场和测控系统等，让外国人熟悉了解中国航天技术的真实状况，以便最后决策，这事应该说当在情理之中。否则，你将人拒之门外，不让人家看“货”，这生意又怎么做？

但偏偏有部分中国人——绝对的“爱国人士”，对此就是不理解，说什么这样做，就泄露了中国航天技术的秘密；甚至还有人坚决反对，找到有关领导，义正词严地说：“你们要让外国人来看中国的火箭，我就是死，也要躺在门口，坚决不让进！”

由此不难想象，当乌可力、陈寿椿、黄作义、曹正邦等人在海外探索中国通向世界的航天之路时，他们背负的是怎样一种使命与包袱啊！

残酷的现实，常常使他们陷入一种难以摆脱的两难境地：一方面，在国内还没有现成的火箭和成功的先例的情况下，他们要凭着手中的几张草图和有关资料，想方设法让国外用户相信中国的火箭技术，从而促成外商下决心与中方签约；另一方面，他们又要在尚未拿到国外正式发射合同的情况下，绞尽脑汁去争取得到国内有关领导和各部的大力支持，从而促使国内提前进入火箭的研制状态以吸引外商。

因此，他们在推销中国火箭的路上，其实充满着像火箭发射本身一样的风险。这种风险正如《光明日报》一篇文章所说：“不仅是经济的，而且还是政治的！”

或许有人会问：中国的火箭就在国内发射自己的卫星不行吗？干吗非要跑到国外去招揽生意，自找苦吃，承担风险呢？

实话说了吧，这完全是没有办法的事情。

早在 1979 年，改革开放作为中国的一项基本国策，就开始在全国推行。此后，全国各行各业，轰轰烈烈，都在开放，都在改革，都在让世界向自己走来，也都在让自己走向世界。

那么航天工业怎么办？

几十年来，号称百万大军的航天人一直在国内从事研制、生产、发射等试验任务，所有人员的研制经费和生活费用全靠国家专款支撑。但改革开放后，国家经济条件有限，无力再养活这支队伍，航天工业也就面临新的选择，也必须作出新的选择。

从当时国内的火箭和卫星的现状来看，中国的第一代火箭和卫星已基本到了尾声；第二代下一步作何发展，谁也不清楚，正处在探讨之中。虽然，1984 年 4 月 8 日中国发射了自己的通信卫星，但卫星发射上天后，由于国内经济等因素所限，一时却找不到更多的用户。结果是，天上的转发器多，地上的用户少，形成一种供大于求的尴尬局面，无法产生应有的经济效益。

因此，在这种情况下，运载火箭在国内几乎没什么用武之地。而只有走出国门，与世界产生广泛的技术交流，同时承揽对外发射任务，开发国际商业市场，创造经济效益，才能解决几十万科技人员的油盐柴米问题，也才能让中国航天队伍不断发展壮大下去。

而美国航天飞机的失事，恰好为中国的火箭带来了机会。为了抓住这一大好机会，1986 年底，中国长城公司和中国卫星发射测控系统部联名起草了一份题为《建议加速发展“长二捆”运载火箭》的汇报提纲，于 1987 年 1 月 3 日向航天部党组正式作了汇报。

航天部党组扩大会议同意了这个汇报。李绪锷部长还专门作了批示：

> 三个型号：长二 E、长三 A 和长三 B，统一设计，一个半队伍，两笔经费，加强市场开发！

1987 年 1 月 9 日，国防科工委和航天部领导听取了关于研制“长二捆”的汇报后，当即决定：对外明确宣布研制“长二捆”火箭的决策，并尽快向李鹏和张爱萍汇报。

与此同时，中国又向美国休斯公司发了一份关于用“长二捆”火箭发射其卫星的建议书。休斯公司很快寄来了发射订座协议文稿，并希望尽快开始合同谈判。

于是，1987 年 2 月 5 日，中国航天部副部长刘纪原与休斯公司副总裁道夫曼，在美国分别代表中美两个高技术集团，签订了中美技术合作协议书。

同年 3 月，中国长城公司收到了休斯公司的发射招标书。

与此同时，加拿大泰勒赛特公司也向中国发出了发射招标书，随后来到中国，进行了为期一周的访问，具体商谈了用“长二捆”发射其卫星一事。

之后，中国又陆续收到了美国休斯公司、福特公司、RCA 公司和美国 BAE 公司等发射“澳星”的招标书。

中方收到这些招标书后，立即加班加点，而后在规定期限内将“长二捆”发射建议书送达各个公司的手中。这些公司对中方推出的“长二捆”火箭相当重视，纷纷派出代表前来中国，对中国运载火箭研究院和西昌卫星发射基地进行了实地考察。

1988 年 1 月 16 日，澳大利亚通信卫星公司正式公布：美国休斯公司中标！并且澳大利亚政府空间部门还对外公开宣布：澳大利亚购买的休斯公司制造的通信卫星，将由中国的“长二捆”运载火箭发射！如果美国政府不批准，澳方将重新考虑与休斯公司已经签订的总承包合同。

澳大利亚通信卫星公司成立于 1984 年。该公司成立后，便耗资三点三亿澳元建立起了包括三颗通信卫星在内的第一代国家卫星通信系统。为确保国家通信，再建第二代通信系统，公司于 1987 年 9 月在悉尼进行招标。参加这次投标的有六个宇航公司：美国休斯公司、美国通用电器公司、美国伏特公司、德国联邦集团、法国宇航公司和英国宇航公司。其中只有休斯公司在其运载方案中列入了中国的“长二捆”火箭（此时的“长二捆”火箭连影子都没有）。为了公平竞争，“澳星”公司要求六个投标公司必须同时列入中国“长二捆”火箭，然后重新进行第二轮招标。结果，中标者是休斯公司使用中国“长二捆”火箭发射两颗“澳星”的方案！

紧接着，同年9月，澳大利亚通信卫星公司与美国休斯公司组成联合代表团，由休斯公司副总裁龙尼任团长，专程来华考察。代表团对“长二捆”计划、技术和飞行试验方案进行了反复的讨论和严格的评审，并先后参观考察了航天部和国防科工委二十二个点。这二十二个点大部分都是首次对外开放。

代表团考察结果，对中国几方面的情况表示基本满意。于是，1988年10月，中国代表团前往美国洛杉矶，与美国休斯公司进行有关发射合同的谈判。

四

然而，像中国、美国和澳大利亚这种三方之间的国际大买卖，最后要真正落到实处，还有一个相当艰难的过程。

美国休斯公司选用中国的“长二捆”发射“澳星”的方案中标后，长城公司副总经理陈寿椿于1988年7月初，带着律师飞往洛杉矶休斯公司总部，就合同文本问题与休斯公司进行洽谈。但像这样的合同文本，由于双方都要维护各自的利益，所以你有你的条件，我有我的要求；你有你的计划，我有我的安排；你有你的大布局，我有我的小算盘，一时很难谈在一起。

陈寿椿与美方商讨了整整两个星期，反复较量了好几个回合，最后也没达成一致意见。及至7月中旬，休斯公司代表来到北京，又与长城公司进行了一次洽谈，双方这才草签了一个合同。

但是，尽管中方几经努力，正式合同仍然没有签成。

休斯公司迟迟不肯签订正式发射合同，自然有自己的考虑。该公司制造生产的卫星，属于公司第二代系列产品——国际大型通信卫星，一共二十四颗；而由“澳星”公司购买的让中国“长二捆”火箭发射的这两颗卫星，属于第二代系列产品中最先推出的两颗。休斯公司的心情，就像慈爱的父母，好不容易抚养大了一大帮女儿，现在两个大女儿到了该出嫁的时候了，总希望能替两个女儿找到一个好的婆家，为自己选个优秀而可靠的女婿。中国“长二捆”这位“女婿”基本条件固然理想，且前途无量，但目前毕竟尚未见到真人，更谈不上功成名就；中国这位“婆家”虽然热情诚恳，但现在家底太穷，两手空空(连起码的发射场都还没有)。如果真要“定亲”，一旦出现万一，不光两个“大女儿”身遭不幸，陷入苦命，而且还会直接影响其余几个“女儿”今后的“出嫁”。

所以，作为国际发射市场的老手，休斯公司不到条件满足或万不得已的话，是绝对不会轻易与中方签订正式发射合同的。

但中国长城公司又非常渴望尽快签订正式合同。因为“长二捆”火箭到底是应该上马还是不应该上马，是尽快上马还是干脆下马，国内的意见尚未完全统一。要是与美国先签订了正式合同，找好了买主，国内的决心就好下了，研制火箭的计划也就好安排了；但如果没有签订正式的合同，国内的决心就很难下定。原因是“长二捆”一旦决定上马，就要投入大量的经费。如果到时火箭造好了，美国的发射合同又没签成，岂不白干？

再说了，由此造成的巨大的经济损失，谁来负责啊？

因此，中国代表团决定再次前往美国，再进行一次谈判。这次谈判能否从美国人手上拿回正式发射合同，将决定“长二捆”火箭的命运。

1988年10月初，中国代表团从北京起程，先去华盛顿，再去洛杉矶。其后历经半月艰苦谈判，终于在1988年10月31日晚9点30分，由黄作义代表中方，同休斯公司草签了用“长二捆”火箭发射两颗“澳星”的发射服务合同。

第二天，即1988年11月1日上午9点，在休斯公司总部大楼第二层会议室里，长城公司与休斯公司又举行了正式的合同签字仪式。中美双方顶着巨大的风险，终于迈出了合作的第一步。

正式签字仪式结束后，美方还举行了招待会，预祝中美合作成功！

不过，当休斯公司发射服务采购部主任斯多特先生与中国长城公司副总经理乌可力举杯助兴时，还是忍不住有些担心地说了一句：

“乌先生，现在正式合同已经签订，下一步，我们就等着看你们的运载火箭和发射场了。”

乌可力双手托住酒杯，微微一笑：

“十八个月后见分晓！”

斯多特说：

“但愿如此。”

乌可力说：

“君子一言，驷马难追！”

五

长城公司敢于同美方签署合同，显示了中国人的一种气魄和眼光。休斯公司敢于同中方签署合同，同样也体现了美国人的一种气魄和眼光。

但是，中美发射合同的签订，仅是事情的开始。对中国而言，虽然是吞下了一颗“定心丸”，可随之带来的问题同样很麻烦，甚至有苦难言。

发射合同中有这样两条规定：

> 第一，美方将在 1990 年 4 月前后，对中方的运载火箭、发射场等发射服务设施进行一次严格的评审（**作者注：因为当时中国既无现成的“长二捆”火箭，又无现成的发射场**）。如果在评审中，美方若有充分的理由和根据认定中方不能发射或者不能按时发射——比如“长二捆”火箭没有造出来，发射场没有修建好，卫星厂房不符合国际标准等，美方有权

单方中止合同，并对中方罚款一百万美元！

第二，中方须在 1990 年 6 月 30 日前，保证“长二捆”火箭在西昌有一次试验发射。倘若这次试验发射失败，或者无正当理由推迟发射，美方有权终止合同，并对中方罚款一百万美元！

毫无疑问，合同就是法律。

但签了合同的中国，却承受着巨大的风险：没有火箭，没有发射场，没有与之配套的许许多多的工程设施，甚至连发射塔的设计图纸都还没有！

虽然，“长二捆”火箭有了部分设计图纸，可要真正研制成功这枚火箭，谈何容易！何况这种捆绑式火箭，中国从无先例。更为严峻的是，从签订合同之日起到火箭发射，只剩十八个月了！而要研制一枚这样的大型火箭，像美国那样好的条件，至少也得三年！

于是便有了这样一个故事——

1988 年 9 月，澳大利亚卫星通信公司和美国休斯公司组成一个联合代表团前来中国。为了对中国“长二捆”运载火箭及其发射服务能力进行一次全面确切的考察，代表团特意邀请了部分世界著名的火箭专家一同前往。美国著名的“大力神”运载火箭副总师史密斯便是其中的一位。

史密斯先生已是七十六岁的老人了，在美国航天界具有相当高的威望。为了铺平中美之间共同开发宇宙的道路，他不辞劳苦、漂洋过海来到中国。当他观看了中国有关的航天研究和生产设施后，心灵受到很大的震动。这位搞了一辈子火箭的老专家，没想到中国的火箭专家们竟然是在如此艰苦的工作条件下从事人类最伟大的航天事业的。

后来，当史密斯先生再次同王德臣总师相见时，王德臣总师向史密斯谈了中国将在十八个月完成对“长二捆”火箭的研制计划。史密斯先生很是惊讶。他对王德臣说：

"王先生，我得提醒你，像这种火箭，在美国至少也得三年!"

王德臣说：

"是啊，我们何尝不希望有更充足的时间，可我们没有那么多的时间。不过，我相信我们可以完成!"

史密斯突然朗声笑了：

"王先生，你们中国人是不是又吃了鸦片?"

王德臣当然听得出，这位老资格的美国火箭专家话中有话：你中国想在十八个月造出"长二捆"这样的大推力火箭，是吃了鸦片产生的幻觉——白日做梦，痴心妄想，根本不可能!

不过，王德臣并不生气，反而笑了，笑得很自信，说：

"不，史密斯先生，我们很清醒! 这样吧，十八个月后我请你到西昌观看发射!"

话虽这么说，但要在十八个月搞出"长二捆"火箭，不光外国人难以置信，中国人也有不同意见，而且反应非常强烈! 长城公司刚从国外拿回发射合同，国内就议论纷纷，一片哗然——

有人说，先签合同，后造火箭，绝对是一种冒险!

有人说，八字还没一撇，牛皮就吹出去了，还斗胆同外国签了合同，这是典型的"洋跃进"，新版的《天方夜谭》!

有人说，长城公司的人真能吹牛皮，在国内吹了还嫌不够，还要到外国去吹，牛皮吹破了天，到时火箭造不出来，岂不丢中国人的脸!

也有人说，什么都还没有，就签了合同，这简直是拿着国家的钱，在开国际玩笑!

甚至还有人说，他们这样干，是对国家、对人民不负责任，简直就是在胡闹，是在欺骗党中央，欺骗国务院!

但是，也有人认为，中国的科技要改革，要走向世界，就得有开拓精神，就得有竞争意识，就得敢于承担风险，而决不能迈着方步走老路。如果瞻前顾后，按部就班，束手束脚，怕这怕那，始终用国内习惯了的那一套工作方式和思维观念去参与世界竞争，而不能见机行事，快速应变，那么，即便是迎面而来的财运也会视而不见，天赐的良机也会失之交臂。

再说了，当今国际发射市场，群雄角逐，强手如林，变化莫测，机遇比什么都重要。如果等你先造好了火箭，再去谈判，再去签合同，生意早被别人抢走了。所以，能否首先抓住一个挤进国际市场的好机会，是事情成败的关键。日本的 H－2 火箭连影子都还没有，却叫喊得比谁都响亮，广告做得像真的一样！日本可以这么搞，中国为什么就不能这么干？其实，无论是先签合同后造火箭，还是先造火箭后签合同，无非都是生意场上的一种手段而已，没有什么大惊小怪的，更不是什么大逆不道违背天理的事情！

的确，航天技术既然是高投资，高效益，必然就有高风险。中国的科技要走向世界，要继续发展壮大，就得杀开一条血路，就得冒点风险，就需要一批有识之士硬着头皮、背着债务、迎着苦难、忍着泪水、冒着风险实实在在地去干！否则，大家都因循守旧、墨守成规，历史如何进步？如果众人都去玩麻将、玩股票、玩金钱、玩女人、玩老练、玩深沉、玩潇洒、玩政治，民族又怎样发展？

六

就在中美签署合同的当月，中国航天部召集各路专家，在北京郊区大兴县的一个小小宾馆里，举行了关于“长二捆”运载火箭设计方案的论证大会。

为了中国航天的命运与出路，出席这次论证大会的专家，多达七十余名，几乎囊括了中国航天界的全部精英。

据有关专家向我透露，这次会议“火药味”非常浓。专家们畅所欲言，各抒已见，甚至有些问题吵得一塌糊涂，争论相当激烈！总之支持者有之，怀疑者有之，反对者也有之。

会议期间，为了确保“长二捆”尽快上马，中国运载火箭技术研究院的领导和所有设计师们据理力争，频频发表意见。他们认为，研制大推力运载火箭不仅是当前国际发射市场的需要，也是中国航天今后自身发展的需要。针对为什么要搞“长二捆”火箭问题，长城公司副总经理陈寿椿面对七十多个专家，竟作了长达七个半小时的发言！而火箭研究院院长王永志还代表全院两万六千名职工，在会上当众立下了军令状：

> 只要部里（**作者注：指航天部**）在物资器材、经费贷款以及外协条件等方面予以保证，我们火箭研究院保证在1990年6月30日前，将“长二捆”火箭竖在发射台上！

最后，大会一致通过了“长二捆”火箭的设计方案。

接着，国家计委、国防科工委、财政部、航空航天部等部委联合向国务院、中央军委写了《关于开发“长征二号”捆绑火箭及配套工程建设为国外发射卫星有关问题的报告》。

1988年12月14日，国务院为此专门召开办公会议，经反复研究讨论，最后终于批准了用“长二捆”火箭发射“澳星”的方案。

至此，“长二捆”发射“澳星”的任务，正式列入国家重点项目。

七

现在，合同已签订了，方案也批准了，即是说，“长二捆”火箭终于可以造了！

新的问题是，造火箭需要钱。

但全中国遇到的难题都一样：没钱，或者缺钱！

而航天技术是高投资，不仅中国如此，全世界也如此。据有关数据统计，全世界至今已有五十八个国家投资发展航天技术，有一百七十多个国家和地区应用航天技术成果，总投资高达六千亿美元以上。

尤其是美国，近几年来每年的航天投资，占国民经济总产值的百分之零点五左右，为一百亿至两百亿美元！苏联更厉害，每年的航天投资占国民经济总产值的百分之一至百分之二，为一百亿至三百五十亿美元！

还有欧洲。欧洲的“阿里安”火箭，由十多个国家三十多个公司共同承担，每个公司都有自己的股份。该火箭在早期研制中，发射三次才获成功，共花经费八十亿美元，全是国家拨的专款。后来火箭进入国际商业市场后，公司才自负盈亏。中国专家出访欧洲时，曾问过“阿里安”火箭公司的朋友：“你们国家为什么大力支持你们公司发展火箭?”对方回答说：“第一，运载火箭本身代表了当今世界的高技术，通过这个高技术可以带动国家很多科技的发展；第二，能拥有‘阿里安’这样的大型运载火箭，是国家实力的一种象征，国家当然会拨款支持。”

但中国，一直是个发展中的国家，工业基础薄弱，人均收入很低，国民经济缺乏实力，过去几十年一直是在少于发达国家几十倍投资的条件下，艰难地从事和发展航天技术的。

进入改革开放后，虽然政策宽松了许多，但中国的经济毕竟曾经到了“崩溃的边缘”，钱的问题仍是一个大问题。因为全中国最需要的是钱，最缺少的也是钱。想想吧，国家如此之大，困难如此之多，各行各业都需要钱，所以各行各业都在伸手要钱。而国库里就那么点银子，给谁不给谁？谁该多给，谁该少给？就像一位贫穷瘦弱的母亲，干瘪的乳房就那么几滴奶水，每个孩子都哭着、喊着、闹着要喝上几口，挤上几滴，照顾了这个孩子不哭，另一个孩子就会饿得哇哇大叫。

因此，上级有关部门在批准“长二捆”方案的同时，明确态度：“长二捆”数亿元的研制经费由中国火箭研究院自己从银行贷款解决，国家不拨专款。至于贷款的巨额本息的偿还，等“长二捆”获奖研制、发射成功之后，从发射“澳星”的收入中扣除！

本来就一贫如洗的中国航天人，一下要去贷款几个亿的人民币，将意味着什么?

在航天部内部，曾流传着这样一段民谣：50年代勒紧裤带干，60年代戴着“帽子”干，70年代捧着“宝书”干，80年代背着债务干!这话至少说明，在中国这块土地上搞航天，的确很不容易，极其艰难!

但再难也要干，不干就没出路，不干命运更惨!物竞天择，适者生存。这是不可抗拒的自然法则。要想开拓宇宙，走向世界，造福人类，就得付出代价，甚至鲜血和生命的代价!

火箭专家们比谁都清楚，在世界航天领域里，日本的H－2大型火箭正火速研制，呼之欲出，甚至印度也勒紧裤腰带，安排了研制大型运载火箭的计划。所以中国目前只能屈居“老三”。如果中国的“长二捆”不能尽快搞出来，那中国就会落在日本甚至印度的屁股后面;中国在世界的航天地位，一下子便会从“老三”跌为“老四”甚至“老五”!

再说了，中国的火箭专家无法忘记二十年前那耻辱的一页：1970年，日本抢先于中国一个多月发射了第一颗人造卫星，致使中国成为落后于苏联、美国、法国和日本第五个发射人造卫星的国家。而现在，日本又暗中使劲，咄咄逼人，试图抢先于中国推出大型运载火箭。

在这种局势下，中国能无动于衷吗?

有的专家说：“只要我们还活着，就绝不让日本抢在中国的前面!”

有的专家说：“只要中央让搞‘长二捆’，贷款再多也干!欠下的债要是我们这一代还不清，就让我们的下一代接着还!”

甚至有的老工人还说：“我们每月的奖金就不要再发了，都拿去搞‘长二捆’吧!”

于是，航天部大胆决定：从银行贷款!

于是，中国人民银行、工商银行在国家资金相当紧缺的情况下，四处奔波，八方联系，筹措了数亿人民币的贷款。

于是，航空航天部副部长刘纪原临危请缨，出任研制“长二捆”火箭的主帅。

于是，中国运载火箭技术研究院作为总承包商，承揽了“长二捆”火箭研制任务。

然而，等这些基本条件具备时，离合同规定的第一次试验发射时间，只剩十八个月了！

八

中国过去研制一枚新型号的火箭，一般是五至六年。现在研制“长二捆”大型运载火箭，却只有十八个月时间。而且，退路已经堵死，没有一点余地，行要行，不行也得行。

因为倘若这十八个月造不出火箭，或者火箭造出来又不行，那中国的形象，民族的尊严，以及中国的火箭和中国火箭专家的信誉都将受到严重损害；好不容易才刚刚打开的发射外星的大门，就有可能因此而关闭；巨大的经济赔款以及来自国内外的各种压力，就会使中国的航天陷入被动而尴尬的境地。

而且，中国的两代航天人奋斗了三十多年才获得的这个优势和机会，也将因此而前功尽弃。用火箭专家们概括的两句话来说，就是“丢不起脸！赔不起款！”

于是，只有破釜沉舟，背水一战，除此别无选择。

于是，从1989年1月起，研制“长二捆”这一庞大的系统工程在全国迅速展开，几乎半个中国都在为“长二捆”兴师动众。它涉及国家外交、电子、铁路、民航、海关、公安、物资、电力、能源、冶金等二十个部委和总公司，联系着国内二十六个省七十四个市的三百多家企事业单位——

物资部、国家计委、国防科工委专门为“长二捆”召开了三次大型订货会议。七千四百五十项、两千多吨、五十八万多件的“长二捆”百分之九十的急需物资很快得到了落实。

机电部、化工部、冶金部、建材部、轻工部、纺织部和有色金属总公司等全国各大部委，保质、按期完成了利润低而质量要求高的“长二捆”元器件从材料的加工到配套设备的生产，为“长二捆”按时投产奠定了物质基础。

西南铝厂、有色金属总公司上海压延厂、机电部一〇一厂、上海机电局、冶金部本溪钢厂、吉林碳素厂、冶金部、天津发电厂、北京冷冻厂等工厂和协作单位，经艰苦努力，保证了“长二捆”的七千四百五十项、两千多吨金属材料、一千一百多项机电产品和五十八万件电子元器件等百分之九十八的急需物资源源不断地运到了北京。

特别值得一提的是，物资部专门组织了“‘长二捆’催料组”，派七十人分成三批人马分赴华东、华北、西北、西南和中南地区，与当地有关部门一起催物、收货、发货。“催料组”成员金宜明一人奔波于西安—乌鲁木齐—克拉玛依之间。整整一个半月，顶着狂风大雪，独自承担了大部分催货工作。等回到北京时，他手上的发货单攥了一大把，身上的肉却少了一圈。

能源部、水电部在全国性电力紧张情况下，下达指令性计划，以保证“长二捆”研制的电力和煤炭供应。

电力部在北京南苑召开会议，专门讨论了如何解决“长二捆”电力供应问题。不仅保证了南苑地区火箭研究院的供电，还保证了协作厂家的生产用电。西南地区本来缺电严重，但四川省副省长仍亲自批示：宁可牺牲四川利益，也要确保“长二捆”工程的用电。

铁道部、交通部、中国民航等系统，为保证“长二捆”元器件和参试人员、设备仪器的正点运输，不惜牺牲自己局部利益，以确保运输动脉。

各地公安武警和国家安全部门有关人员，辛勤操劳，昼夜值班，以保证“长二捆”在研制、运输以及后来发射全过程中的内外安全。

邮电部、国家气象局、海关总署等部门，在通信、气象预报、外国协作人员进出境等方面大开绿灯。

商业部、粮油总公司、烟草总公司、水产总公司等有求必应，航天人需要多少生活必需品，就按平价拨给多少，以保证发射基地的后勤供应。

…………

九

最紧迫、最繁忙、最艰难、最沉重的，当然是中国运载火箭技术研究院。

就在国务院批准研制方案当月的一个上午，在火箭研究院可容纳一千多人的礼堂里，研究院隆重召开了紧急动员大会。会上，研究院院长王永志大声说道：

“研制‘长二捆’火箭的决心，我们已经下定了！这是一场硬仗，是我院天字第一号任务，我们无论如何也要完成它！”

话音刚落，全场掌声雷动。

接着，一夜间便拉开了赶造“长二捆”火箭的序幕！

但挡在火箭研究院面前的，有五个难关：

第一，理论关。大型捆绑火箭技术目前只有美、苏、法等几个国家才能掌握，中国虽然有“长征二号”火箭为基础，但捆绑式火箭毕竟从未搞过。因此诸如箭体稳定、捆绑联接、纵向耦合振动分析以及助推火箭分离等二十多个技术理论难关，都必须首先攻克之后，设计方能下手。

第二，设计关。“长二捆”必须完成二十四套四十四万张图纸的设计。这本是两年才能完成的工作，但留给设计部、设计所的时间却只有九十天！而且设计上还必须做到绝对正确，不能出现反复。

第三，生产关。“长二捆”全箭共有八千多项生产加工任务，有几十万道工序，还有大大小小几十万个零部件需要生产，而生产每一个零部件，都必须经过工艺审查、工装设计生产等十几个质量保证环节。同时，还需重新设计生产五千多套特殊工装。这些本需两年半方能完成的生产加工和装配任务，计划安排却只允许有四百天。

第四，试验关。地面试验是对设计方案和生产质量的总检验。为确保首次试飞成功，就必须要在半年时间里完成大小近三百项地面试验。而且，由于经费紧缺，时间不许，每次试验都要确保一次成功。

第五，发射关。发射是对设计和研制出来的火箭最终的检验。火箭到底行还是不行，最终取决于是否闯过发射关。

显然，要闯过这五关，对中国的火箭专家和技术人员来说，除了智慧，还得靠苦力。

紧赶快赶，研制计划总算安排出来了。

可这研制计划刚一公布，无论是研究所的所长，还是工厂的厂长，或者是车间的老师傅，全都大惊失色，使劲摇头：

“这是个不讲理的计划!”

计划的确很不讲理。过去设计一枚火箭，至少一年半到两年，现在只给三个月；过去生产一枚火箭，至少两年半到三年，现在只给十四个月！行就行，不行也要行!

这天，王永志院长走进火箭总装厂，叫来车间主任，向他正式下达了两级振动火箭的组装任务。

车间主任领受任务后，顺便问了王永志一句：

“这活儿要求多长时间完成啊?”

王永志看了看车间主任，反问道：

“你看呢?”

车间主任想了想，又掰着指头算了半天，最后一咬牙，对王永志说：

“算了，这样吧，大家时间都紧，我这儿抢时间，拼命加班，你就只给我一个半月吧!”

王永志听后，扑哧一声，笑了：

“小兄弟，你拉倒吧，我哪有一个半月给你?”

车间主任急忙问：

“那你给我多少?”

王永志说：

“十八天!”

车间主任大惊失色：

“什么？十八天?!”

王永志一本正经：

“对，只有十八天，多一分钟也没有。行就点头，不行，我再扣你三天!”

车间主任慌忙点头：

“行、行，保证行！院长求你了，千万不能再扣了！千万不能再扣了!”

王永志刚走出工厂大门，车间主任冲着车床就是一声吼：

“院长不讲理!”

车间主任后来说，我吼完了，再一想：算了，就认了吧，总共才十八个月，院长要跟我讲理，时间就不给他讲理了。

捆绑式火箭对设计师们来说，难点在“捆绑”二字上。要在一枚大型火箭上再捆上四个助推小火箭，这种结构他们只在国外的一些画报上见过。到底该怎么弄，还得靠自己琢磨。

一天晚上，主任设计师李福昌等家里的人睡觉后，在一张刚刚搁放过稀饭、馒头、咸菜和花生米的饭桌上，用铁丝和报纸做开了捆绑火箭的小模型。他一边扎着铁丝，一边糊着报纸，一边想：如果传力不可靠，火箭在空中失衡怎么办？要是捆绑不过关，火箭在空中“开花”怎么办？四个捆绑小火箭万一有一个出现故障，火箭在空中栽倒了，又怎么办？

捆绑技术的方案终于解决了，火箭结构动力学耦合分析问题，又遇到了麻烦。这麻烦不是因为中国人笨，而是设计部门没有大型计算机。

本来，类似火箭导弹这种高科技、高精度的设计生产，不说要用世界最先进的仪器设备，起码也该具备像样的计算机。但说来难以令人置信，火箭研究院的仪器设备大多都是五六十年代的产品，甚至个别产品还是40年代的!

没有办法，只有请美国同行帮助。

美方同意帮助。但按西方人的规矩，需付费三十万美元至二百六十万美元；或者对中方人员培训一次，只教计算方法，这样可为中方节省一笔费用——只付三十万美元至六十万美元!

总师王德臣听后，先表示感谢，然后婉言谢绝，说："这样吧，让我们自己先试试看，实在不行，再请教你们。"而心里却直犯嘀咕：我现在还欠着一屁股的账呢，哪有钱给你!

后来，中方还是有了计算结果，是研究员朱礼文和高级工程师鲁昌鉴等人在走投无路的情况下，靠小容量的IBM个人微型计算机捣鼓出来的。

由于这种小型计算机无法进行大规模数字计算，朱礼文和鲁昌鉴等专家只好自己编了一万多条程序，先将整体切割成若干小部分，再进行推导、归纳、综合，整整用了五个月时间，仅演算过的稿纸，摞起来就有一米五高!

这个过程当然很苦，但计算结果，却令人欣慰，也让美国人惊叹不已：连小数点后面的尾数，都与美国的大型计算机计算结果相同!

为了攻下十二个箱体内液体晃动和弹性稳定方程，孙思礼、杨德生等四名设计员在计算机房连续苦战了两个月；但有一个问题，翻来覆去，就是解决不了。于是，为了攻克这一难题，大年初一，四人相约进了机房，打算攻下这一难题就回家过年。后来，几经折腾，反复捣鼓，难题终于解决了，四人这才高高兴兴地回家过年，可家里人说的第一句话，让四人哭笑不得，难以置信："今天都大年初四了!"

是的，设备差，经费少，时间紧，但为了搞出世界一流的设计和产品，只得靠人——靠人苦干，靠人加班!

有一位工人，为提高效率，他一人看守两台大型车床，连续二十四小时昼夜加班。他家与邻居之间有一道夹墙，因街道建房被拆除了，于是大半个家敞开在外，他妻子只好用一块塑料布暂时挡着。可好几天过去了，这位工人也不过问。妻子见他每天早出晚归，甚至有时一个晚上都不回家，便疑心他有了“情况”。于是跑到厂里，找车间主任讨说公道。车间主任见他妻子突击“查哨”，又是道歉，又是解释。可解释了半天，他妻子还是不信，也不放心，说：“过去他也加班，但从来没有这个情况。每天半夜三更，神神秘秘的，搞什么呀?”当时搞“长二捆”还处于保密阶段，对外不能多说，车间主任最后只好拿出考勤簿，指点着上面的记录，说：“嫂子，你看看，他每天的情况全记在这儿呢，你就放心吧!”他妻子这才放心地走了。

火箭上有个部件，现有设备无法完成，只有一位老师傅能干。可这位老师傅当时正在住院治病。后来，老师傅得知厂里情况特殊，当即打起精神下了病床，匆匆赶了回来。领导和同事担心他的身体吃不消，他却说行，没事，然后笑呵呵地走进车间。于是无论白天还是夜晚，同事们总是看见老师傅佝偻着腰站在工作台前，不是在用毛巾擦着头上的汗水，就是挥动着手中的榔头在一下一下地敲打着加工的部件。

…………

十八个月里，中国火箭研究院成功地采用新技术二十一项，突破技术难题二十个、新工艺难题一百二十六项，完成设计图纸二十四套、四十四万张，完成近八千项、数十万个零部件的加工生产和总装，包括五千套特殊工装的设计和生产，同时，还完成地面试验近三百项!

时间如此之短，效率如此之高，这在中国火箭技术研究院三十多年的历史上，从无先例；在世界航天史上，也是奇迹!

有必要说明的是，完成如此艰难的任务，有一半靠的是业余加班时间。十八个月里，全研究院没人过过一个节，没人休过一天假，工作日一般都上十四至十六个小时。为了抢装大型卫星整流罩，全厂每班十二小时昼夜两班倒，整整三十九天连轴转。

也许有人会问，如此加班拼命赶造火箭，拿多少奖金啊？

举个例子吧。有一个承担火箭导管加工任务的小组，第一次上阵就连续干了五天五夜，只用了十五天时间，就完成了一个月的任务。但当时车间经济非常困难，奖金只好从原来每工时三毛钱，降到每工时一毛五分，加班费从原来每小时一元钱，改为每个通宵一元钱。

也许有人还会问，待遇这么差，却如此玩命，又是为什么呢？

一个愿望：希望中国的火箭走向世界。

两个压力：怕丢人！怕赔款！

十

要把“长二捆”火箭发射上天，得有发射场。

但当时的中国，还没有可以发射“长二捆”这种大型火箭的发射场。于是，在研制“长二捆”火箭的同时，兴建大型发射场的工程也开始在西昌破土动工了。

中国兴建大规模的现代化发射场，除了设计上的难点，遇到的最大的问题，还是经费少，时间紧。

兴建这样一座同等规模的发射场，美国用了一亿一千万美元，法国用了二亿五千万美元，中国的经费却只有一亿四千万元，而且这一亿四千万元还不是美元是人民币。也就是说，中国投资建发射场的经费，只有美国的四分之一，法国的九分之一。

钱少，办事当然就难。但有什么办法呢，国家实在拿不出更多的钱。

再一个问题就是时间。如此同等规模的发射场，美国用了十九个月，法国用了二十九个月，而中国只剩下十四个月。如果在这十四个月里，发射场不能如期竣工，除了拖延发射，还会罚款！

担任发射场设计任务的，是北京特种工程设计研究院。到底采用一座什么样的发射塔，设计师们搞了八九个方案；五十多人的设计班子，在武汉熬了四十个昼夜，连春节也顾不上过，最后总算完成了五千多张设计图纸。

担任建造发射场任务的，是西北酒泉卫星发射基地的124团、科工委安装大队和西昌卫星基地工程营、汽车营等单位；同时还动用了西昌五个县几千名民工。

新的发射场坪乱石成堆，一片荒丘。破土开工时，正值冬季。寒风刺骨，大雪纷飞，几千名施工者个个冻得瑟瑟发抖。

由于没有现代化的机械设备，发射场坪的基础工作就只有靠推土机、拖拉机、大卡车、牛拉车、毛驴车和竹筐、背篓、铁锹、铁镐、钢钎以及大量人的苦力去完成。

发射卫星时，火箭底部会有强烈的火焰喷出，必须建一个深三十米、长七十米的导流槽，以防止火焰四处扩散。但由于地底下全是石头，推土机拱到四五米深，就再也无能为力了。剩下的深度，就只有靠人工解决：先用铁镐挖，再用两手刨，背篓背。

西昌的4月是雨季，为了赶在雨季到来前竣工，工地上每日灯火辉煌，昼夜苦干。短短几个月里，共挖掘、回填土石方近十五万立方米，浇铸钢筋混凝土二万五千立方米，砌各种毛石工程四万立方米，完成施工面积一万七千二百平方米。

负责兴建这个发射场的副指挥长，是西昌卫星基地原司令员曲从治。曲从治本是一位相当壮实的汉子，可到后来身体也吃不消了。为了保证他支撑下去，他老伴辞去工作，从北京赶到西昌，来给他洗衣做饭，专门伺候。行前，老伴知道他胃不好，只能吃面条之类的软食，便什么也没带，只把儿子从日本专门为他买的压面机背到了西昌。可曲从治不分白天夜晚，全泡在工地上，甚至有时十来天也见不着人影。结果，那台专门从日本背到北京、又从北京背到西昌的压面机，完全成了家里的摆设。

特别值得一提的是国防科工委特种工程技术安装大队。安装大队大家可能很陌生，但也许听说过这样一个故事：1964年，中国的原子弹在进行吊装的最后时刻，滑轮上的钢丝绳突然脱槽，原子弹一下就被夹住了！值此万分危急之际，负责吊装的王焕荣当机立断，抬腿一脚，狠踢过去，只听“哧啦”一声，钢丝绳竟又神奇般地回到了原位。最后，原子弹安然吊起，一场灾难得以幸免！

这个神话般的故事，便诞生在安装大队。

1962 年，经周恩来同意，中央军委批准，从工程兵和北京、天津、上海、武汉等各大城市六级以上的工人中挑兵选将，组成了这支中国人民解放军唯一的特种工程技术安装大队。近三十年来，无论是人民大会堂那庄严的国徽，军事博物馆那巨大的五星，还是酒泉、太原发射中心那高高的发射塔，全国二十多个省市自治区都留下了安装大队的官兵们创造的业绩。

在兴建发射场的四百二十个日日夜夜里，为了拼命争抢时间，为了贫穷的祖国不被罚款，安装大队的官兵们每天工作都在十二个小时以上，从没休息过一个星期天。他们以惊人的毅力和顽强的斗志，创下了一个个感天动地的故事：

——在只有四十五天的时间里，在只有五十七人的情况下，他们将九万一千多米的钢管搬运就位，将七万多个扣件一个一个地扣套在钢管上，将十八万套螺栓用扳手一下一下地拧紧在发射塔上。干完的结果是：五十七个人，平均体重下降一点五公斤。

——在只有九天的时间里（这九天中有七天还是雨天），他们每天工作十六个小时以上，用自己的双手一根一根地绑扎了六百吨钢筋，在发射塔上留下了一百八十万个结点！

——在只有七天的时间里，他们用一副副戴着中尉、上尉、少校甚至是中校肩章的肩膀，将一袋又一袋的水泥扛起又放下，放下又扛起，从火车站到二十公里之外的发射场，共装卸了水泥四千七百吨，创造了每天人均装卸水泥十二吨的最高纪录。

——汽车连的汽车兵，靠着四个轱辘，在一年时间里，运送钢材五千吨，木材一千九百方，水泥四万四千吨，石子三万六千四百方，砂石三万四千立方米，机砖一百二十万块，共计行程一百五十三万公里。

——支撑活动塔的一对抬车梁，是最笨重的庞然大物：长二十九米，宽二点七米，高三点三米，重一百二十吨。要把这家伙从火车上卸到月台上，再运到四百米处的安装位置，然后再翻一个身，需有一百五十吨以上的吊车和二百吨以上的拖车。但租用别人的拖车和吊车，需要租金四十万元。没有这四十万，官兵们只好土法上马，让一千五百根枕木在自己的肩膀上反复滚动并磨出血茧，最后终于完成了任务。

——导流槽挖到二十二米深时，坑底积满了七十多公分厚的烂泥浆，使浇铸混凝土无法进行。这种泥浆水泵抽不动，机械工具也无能为力。于是官兵们就挽起裤腿，用脸盆一盆一盆地往外端。整整五天五夜，他们用脸盆从二十多米深的槽底里，端出烂泥浆一千多立方米！

——发射活动塔共有七百八十九根主杆件，需要拧上二万三千套螺栓。要把这些杆件对接起来，就必须有人爬进离地面七十四米高的一个只有三十五厘米见方的“黑洞”里，而后再由里往外，一个一个地串螺栓。这个任务落在了又瘦又小的小战士甘国林身上。于是甘国林每天只身爬进这个“黑洞”里作业，先后碰掉了三颗门牙，却拧紧了二万三千套螺栓！

——四十岁刚出头的大队长彭松林，身患颈骨风湿病。在抢建发射场的四百二十个日日夜夜里，他和战士们风里雨里一起干。工程结束后，他疲惫不堪地爬上了从成都开往北京的八次特快列车。当他屁股刚一落座时，对面一位小女孩竟亲切地叫了他一声：“爷爷好！”

——浇铸导流槽时，急需上百吨的钢筋。这数以百吨的钢筋，战士们用肩膀扛了七天七夜。有一天，当副队长冯在强见战士们一边扛着钢筋，一边打着瞌睡，还一边迈着“醉步”时，实在于心不忍，便强行下令：“休息五分钟！”副队长话音刚落，五十二名战士呼啦一声全倒在了一片潮湿的水泥地上，只短短两秒钟，全都呼呼大睡。副队长一边看着手腕的手表，一边看着睡在地上的战士，眼泪忍不住唰唰地往外流。他很想让战士们多睡一会，哪怕一分钟，甚至一秒钟，可一想到七天之内必须完成的搬运上百吨钢筋的任务，五分钟刚一到，他一狠心，又使劲吹响了手中的哨子。沉睡中战士们听见哨音后，呼啦一下全都爬了起来，马上又将沉重的钢筋重新压在红肿的肩膀上。

——有六位名副其实的老兵，他们的名字是：王焕岐、侯永祥、赵锡清、任英、尹中田、杨国堂。六位老兵都是清一色的老八级工，最大的七十三岁，最小的五十五岁。在五六十年代，由于机械化设备少，施工条件差，他们干活全拼体力，所以六位老师傅都患有骨质增生、腰肌劳损等多种疾病。但为了确保发射塔的安装质量和工程进度，领导希望他们能去西昌，参建新的发射场。当大队参谋长牛三申赶回洛阳向他们讲明来意后，本已安度晚年的六位老师傅二话不说，什么条件也不讲，当即从洛阳赶到西昌。他们每天从早上 8 点干到下午 1 点，然后在工地上吃上几块饼干或者啃上一个面包，再接着干到晚上 11 点。

…………

总之，在抢建发射场的四百二十天里，安装大队的九百三十七名官兵，每天工作十二个小时以上，每人体重平均下降三公斤；此外，还有十七人亲人病故，等他们建好发射场赶回到家里时，亲人的坟头上，已经长出了嫩绿的青草。

十一

在国内赶造火箭，抢建发射场的同时，中国对外发射工作，也在紧紧张张的气氛中默默进行。

商场如战场。这句话对竞争激烈的国际航天发射市场来说，同样恰当。

随着各国航天技术的兴起与发展，国际卫星发射市场的竞争日趋激烈。中国还在签订合同之前，“长二捆”火箭的研制计划刚向世界透露，就受到来自国际某些火箭商务公司的挤压与排斥。

美国的马丁·玛丽埃塔公司、通用动力公司和麦道公司号称美国的“三大巨头”，其“大力神”“宇宙神”和“德尔塔”火箭实力相当雄厚，大有一手包揽天下的气概与趋势。所以对一心想挤进国际发射市场的中国来说，一开始便深怀戒备，加以阻挠。

苏联和日本虽然尚未跨进国际市场的大门，但各自都在暗中加紧准备，寻找时机。他们向国际卫星市场挺进的脚步很快引起西方的关注与不安，以至于“阿里亚娜”公司的总裁海登不无感慨地说：“苏联进入国际卫星商业发射市场，只是个时间问题！”

最具竞争分量的，要算以法国为首的欧洲联合企业“阿里亚娜”航天公司。该公司为了长期垄断国际发射市场，对任何一个国家出现的新型火箭，都相当敏感。所以，当中国的火箭专家们周游各国、推销火箭时，该公司派出有关人员，紧紧追随着中国代表团——几乎是中国人走到哪里，就跟到哪里，并想法搜集中国火箭的有关信息，及时掌握各种动态，还不时暗中做点手脚——比如散布中国火箭性能差、发射次数少、新造的火箭不可靠等。

与此同时，“阿里亚娜”航天公司一方面通过美国国会议员和美国某些火箭商业公司，向美国政府提呈否决美国卫星在中国发射的许可证；另一方面又不惜压低本公司的发射价格——将最初约为五千万美元的报价降至三千四百万美元，竭力充当“第三者”，采用各种办法拉拢澳大利亚卫星通信公司，企图说服“澳星”公司改变初衷，从而达到选用“阿里亚娜”火箭发射“澳星”之目的。

当然，澳大利亚卫星通信公司后来还是谢绝了“阿里亚娜”航天公司。但“阿里亚娜”航天公司的老板却对澳大利亚卫星通信公司说了这样一段意味深长的话：“如果到时中国造不出火箭，或造出火箭后发射又失败了，你们要再找我们，价格可就要比现在高三倍哟！”甚至后来中国在进行“长二捆”火箭第一次试飞时，“阿里亚娜”航天公司还暗自准备好了一份合同，想等中国的火箭一旦失败，乘虚而入。

而在此期间，西方的某些报刊，对中国发射外星一事也大加指责，说中国违反了中美政府关于中国发射商业卫星的协议，火箭靠国家补贴搞“低价倾销”“提供廉价的发射服务，使国际发射市场陷入混乱”，等等。

在国际商业发射市场上，各个国家为了拉抢生意，做成自家的买卖，而采取种种策略和手段，无可非议，也可以理解。但对本来就相当不易的中国来说，在通向国际卫星发射市场的路上，便会更加艰难。

其实，中国的火箭挤进国际商业市场，既没独霸世界的野心，也无吞并市场的胃口，只不过是为了给自己寻求一条生存的活路，或者说对国际发射市场作一点补充，为世界各国的卫星用户提供一种新的选择。比如说，在 1988 年底到 1990 年 1 月间，国际市场上有十三颗招标的卫星，结果是：美国中标三颗卫星，法国中标九颗卫星，而中国仅中标一颗卫星。这就足以说明，国际卫星发射市场上的大部分美元，滚进的都是西欧人的腰包。用有的中国人的话来说，中国不过是想出去“找几个零花钱”，何必要过意不去呢？

但商业市场，就是一个充满竞争的市场；而竞争，从来都是无情的，残酷的。

由于西欧“阿里亚娜”航天公司介入，并采取了大幅度降价的手段，致使中国长城公司在国际发射市场的竞争中，曾经损失过几百万美元！

不过，中国迈向国际发射市场的脚步，并未因竞争的激烈而退却。

为了疏通、理顺国际上有关的各种关系，取得美国政府发放的“澳星”出口许可证，从而为中国的火箭走向世界提供可靠的保障，外交部、外贸部、中国人民保险公司以及海关等对外联络部门，一直对外四处斡旋，八方调解。

由于在国际空间法中，《外空条约》第六条规定，各国应对其在外层空间的活动承担国际责任。因此，中国政府为了对中国长城工业公司从事的外空活动承担国家责任，促进外空活动的国际合作，于 1988

年 11 月 8 日，由全国人民代表大会常务委员会通过了中国加入“外空三条约”的决议；接着，1988 年 12 月 14 日，中国政府又正式完成了加入“外空三条约”的手续。这是中国在完备国际法方面采取的一个重大步骤，不仅有利于推进中国宇航技术的发展，使外空活动更加规范化，而且为中国宇航技术产品进入国际市场，实施对外发射服务，提供了重要的法律保障。

于是，经多方努力，1988 年 12 月和 1989 年 1 月，中美两国政府正式签署了《关于卫星技术安全的协议备忘录》《关于卫星发射责任的协议备忘录》和《商业发射服务的国际贸易问题协议备忘录》。这三个“备忘录”的签订，为中国的火箭发射“澳星”铺平了道路。

但发射外星，光有法律上的保障不行，还必须要有强大的经济作后盾。这就需要保险。

卫星的发射保险，是指对发射中的意外事故造成的经济损失进行补偿。由于卫星本身和发射费用昂贵，且风险集中，所以目前国际上通行的做法是：一家保险公司承保后，再以国际再保险的方式，将风险分散到多家保险公司，共同分担风险。

为了支持中国的“长二捆”火箭打入国际商业市场，中国人民保险公司按照国际惯例，在相同的保险条件下，对“澳星”发射采取了与国际市场相当的费率，为其承担了保险。这让中国火箭发射“澳星”，又有了可靠的经济后盾。

此外，为了保证美国卫星的技术安全，中国政府多次郑重声明，中国无意通过发射外国卫星谋取其任何技术秘密。外国卫星及其辅助设备运抵中国直至发射过程中的技术安全，完全受到保障；并且外国卫星及其设备在出入中国国境时，还将受到海关免检的优惠待遇。这就使外国的卫星在中国发射时，卫星的主人不再过多地担心自己的技术秘密被人窃取，在心理上有了一种安全感。

与此同时，中国的“长二捆”火箭与美国的卫星，彼此在技术上的协调工作，也在大洋两岸，来回紧张进行。

1989 年 3 月 27 日，“长二捆”总师王德臣带队，前往美国洛杉矶，与休斯公司和澳大利亚卫星公司进行了关于“澳星”的第一次技术协调。同年 5 月 15 日，澳大利亚卫星公司和美国休斯公司又来到北京，与中方进行了第二次技术协调。

当时，正值中国政治风波前夕，社会秩序十分混乱。但为不影响“澳星”发射的进展，中美澳三方的技术协调照样坚持在不安全的环境中默默进行，并想法排除各种困难和干扰，按计划保证了外宾对有关工厂和西昌发射场的参观考察。

遗憾的是，中国政治风波发生后，美国政府下令，暂时中止使用已向中国颁发的“澳星”出口许可证。

中美间火箭与卫星的技术协调工作，被迫中断。

后经中美多方共同努力，直到 1989 年 9 月 29 日，美国政府才宣布解除“澳星”许可证暂停令，中美双方可以恢复技术协调，并允许中方前往美国进行火箭与卫星的对接试验。

此后，中美双方又于 1989 年 11 月和 1990 年 5 月，在洛杉矶和北京分别进行了两次技术协调。“长二捆”火箭发射前的各种必要条件，才算基本具备。

十二

1990 年 6 月 29 日，中国第一枚“长二捆”大型运载火箭，终于竖立在了西昌发射场九十七米高的发射塔上！

离发射合同规定的时间，仅差一天！

火箭上除搭载了一颗巴基斯坦的科学试验卫星外，还有一颗模拟卫星——实际上就是一个与“澳星”重量相等的“铁疙瘩”！

毫无疑问，这是一次至关重要的商业性模拟试验发射，不仅受到国内的关注，也受到世界的关注。试验发射若是成功，“长二捆”火箭便可取得发射“澳星”的合格“通行证”；万一失败，不仅要赔款一百万美元，而且中国的火箭走向世界的道路，将因此而被自己堵死！

于是，举国上下，空前重视。

中央领导，专门作了指示。

国务院总理，有重要讲话。

航天部和西昌卫星发射基地上千名参试人员，站在高高的发射塔下，以破釜沉舟的气概，举行了隆重的集体宣誓！

然而，火箭尚未升天，一个年轻的生命便提前结束：在“长二捆”火箭转往发射场的前夕，卫星厂房一百多吨重的电动大门突然打不开了。大门打不开，“澳星”的整流罩和其他设备就无法运出。被人称为“电总师”的专业军士姜秋江当即爬上了十三米高的铁门，火速抢修电机！

电机顺利修好了。可就在姜秋江准备下到地面时，由于劳累过度，筋疲力尽，他眼前一花，从空中重重地摔了下来……

7 月 8 日，火箭按时加注。

7 月 9 日，火箭即将发射。

但发射前夕，时值中午，赤日炎炎，温度极高，而火箭体内的温度又很低，于是箭体内与箭体外便形成了很大的温差，从而引起火箭大量“出汗”！这些“汗水”顺着箭体流入仪器舱，浸湿电缆，随时都有导致短路的可能。

发射，只好推迟到第二天。

第二天，太阳依然高悬，天气照样火热，火箭照样“出汗”。

于是，指挥部一声令下，火速调来几百条毛巾，再组织官兵，立即爬上发射塔！于是，发射场上的所有参试人员都看到了一个从未有过的生动画面：高耸云端的发射塔上，十几个发射官兵，每人手拿一条毛巾，急促而又细心地在为火箭一点一点地擦“汗”！

但是，火箭表层的“汗水”刚一擦完，火箭体内又有新的“汗水”不断渗出。

现场有关专家又采取了多种急救措施，仍然不能解决火箭“出汗”

的问题。

为慎重起见，指挥部决定：暂时中止发射。

而这时的火箭，四百多吨燃料已经加注进去。

燃料加注后，由于火箭未能及时发射出去，停放时间太长，于是一个意想不到的问题又突然冒了出来：因燃料腐蚀，导致火箭四个助推器上的传感器出现燃料渗漏！

燃料渗漏，危险极大！

专家们当即决定：用胶带堵漏！

结果未能奏效。

再改用扳手拧紧传感器。

渗漏依然继续。

航天部试验队的专家们再次果断决策：立即卸出四个助推器的燃料，更换新的传感器，堵死接管嘴！

于是，火箭总装厂副厂长乔守棣带着三十名工人和技术员，立即展开排险！各级领导也亲临现场指挥。

7 月 13 日上午，魏文举、陆阿宏两位老工人戴着防毒面具，抢先钻进火箭的尾舱，开始卸除传感器。由于烟雾笼罩的舱内不足五平方米，他俩只能一人举着灯，一人排除故障。可当第一个传感器卸下后，由于贮箱内残存的气体喷流出来，造成整个舱内毒气弥漫，一片昏黑，两位老师傅只能凭经验摸索着干。

毒气很快包围了他们。陆阿宏的手当即烧伤。十几分钟后，魏文举也中毒晕倒。

守候在外的人员马上将两位老师傅拖出舱口。由于魏文举严重中毒，当即被送往医院抢救。

紧接着，第二梯队又爬进舱里继续排险。

很快，陈立忠师傅又被烧伤中毒，也送进了医院。

有人又接着爬了进去。

有人又接着中毒晕倒。

陆阿宏老师傅见状，带着毒伤，再一次冒着生命危险爬进舱内。

陆阿宏是一位年近六十的老师傅。新中国成立前，他是个做豆腐的小童工，从事航天工作几十年来，小到车间，大到全国，他总当劳动模范，挣来的奖章、证书、奖状，足以挂满一面墙。因此，很多年来，他一直有个小小的愿望，就是想买一个精致的小皮箱，把这些奖章、奖状、证书，好好珍藏起来。可他说："就是买不起这样一个小皮箱，只好将它们装在一个个的旧饼干盒里。"

凭着娴熟的技术和拼命的精神，陆阿宏师傅先后七进七出火箭尾舱。一共八个传感器，他一个人就换下七个。

而已经送进医院的陈立忠师傅，从病床上醒来后，见同事们一个接着一个地送进了医院，再也躺不住了，拔下氧气管就冲出医院，拦住一辆大卡车，又匆匆返回了百里之外的发射场。

排险工作一直进行到当晚12点，险情才终于得到控制。

然而，陆阿宏等十二位师傅，皆因中毒而被送进了医院，其中有四人下了病危通知书。魏文举师傅则由于中毒严重，经全力抢救无效，于当晚7时停止了呼吸。医生说，魏师傅的肺全被四氧化二氮烧烂了，完全失去了呼吸的功能。

噩耗传来，数千名参试者悲痛难抑。几位与魏文举一起工作了几十年的老哥们，抱头痛哭不止。

"长二捆"还未点火，两条人命已经祭天。

紧张的发射场，一片肃穆悲壮！

三天后，即1990年7月16日9点40分，凝聚了中国航天人智慧、心血、汗水乃至生命的"长二捆"大型运载火箭，终于拖着八条橘红色的火龙，飞向太空！

专家们热泪滚滚，紧紧拥抱在一起……

"长二捆"火箭首次试发成功，中国如期履行了来之不易的国际商业发射合同，既赢得了商业信誉，也引起世界瞩目。

美国的几位火箭专家，对中国的这次发射大加赞赏，他们说：

"'长二捆'火箭的发射成功，是90年代中国航天技术发展的一个新的里程碑。'长二捆'火箭的研制成功，使中国火箭的低轨道运载能力，达到了世界先进水平，标志着中国运载火箭技术又迈上了一个新的台阶。"

而那位曾经说中国人"吃了鸦片"的美国"大力神"火箭副总师史密斯先生，也应邀观看了这次发射。在当晚庆贺的宴会上，史密斯主动拉着王德臣总师的手，非常诚恳地说：

"王先生，一年前，我在中国考察时，说你们吃了鸦片，是幻想。没想到你们在如此短的时间里便研制、发射了火箭，实在了不起！看来你们中国人是善于创造奇迹的，我从心里为你们感到高兴；同时我也为我上次说的话，向您表示歉意！"

十三

"长二捆"大型火箭首次试飞成功，为中国走向世界，迈出了相当关键的一步。不过，与其说这是中国航天人的一大胜利，莫如说是对中国航天人恰如其分的一次安慰。

这次发射，将巴基斯坦搭载的一颗卫星准确地送入了预定轨道。因此，巴基斯坦贝·布托总理专门发来贺电表示祝贺；巴基斯坦邮电部专门发行了一枚纪念邮票；而中国香港和西方国家的一些新闻媒体，也好评如潮。

香港《文汇报》评论说：

> 在重型运载火箭技术方面，中国仅次于美国、苏联，与法国并列第三。这是中国顶着巨大压力完成的一个伟大壮举！

美国《基督教箴言报》发表评论说：

“长二捆”火箭首发成功，可能使中国跻身于载人太空探索的先进国家行列。

法国《世界报》评论说：

这是一枚令人生畏的火箭。中国通过7月16日的成功发射，加强了其运载火箭在国际市场的竞争。中国对美国和欧洲竞争对手的嘲笑，肯定不是最后一次。

不过，多少有些遗憾的是，这次发射，由于装在“长二捆”火箭第二级的某个系统发生故障，未能将模拟的“澳星”送入预定椭圆轨道。

澳大利亚通信卫星公司和休斯公司对此十分关注，并表示出极大的忧虑。

中国火箭研究院很快对故障系统进行了认真仔细的分析。最后确定，故障原因，是某电路中插座的一根连线出现了错误！

为此，以王德臣总师为首的中方代表团于1990年8月底专程赶到洛杉矶，向休斯公司介绍了故障原因及情况，进行了第五次技术协调。

同年11月12日，王德臣、陈寿椿又率领代表团再赴洛杉矶，与美方进行了第六次技术协调。

1991年1月18日，中美双方在洛杉矶进行了第七次技术协调，并做了“澳星B1”与“长二捆”的对接试验。

1991年7月15日，中美双方又在洛杉矶进行了第八次技术协调，并做了“澳星B2”与“长二捆”火箭的对接试验。

1991年9月19日，“澳星”公司与休斯公司联合组成了一个有十八人参加的庞大代表团来到中国，其中有八位都是德高望重的航天老专家，团长是新上任的副总裁克罗姆。代表团对中方“长二捆”火箭的总装质量以及调装定向系统修改试验情况进行了全面而严格的评审后，表示满意。

于是，中美澳三方决定：1992 年 2 月至 4 月，在西昌发射一颗真正的“澳星!”

至此，中国的火箭总算真正领到了发射“澳星”的合格证。

然而，当中国的航天人憋足干劲，计划在 3 月 22 日这个夜晚真枪实弹地大干一场时，一个该死的米粒大小的多余物，却将威力无比的“长二捆”火箭置于一动不动的尴尬境地中!

第七章

伟大的寓言从失败开始。破釜沉舟，背水一战，中国被迫在一百天内重造火箭。沉默的研究院再度陷入沉默，只有彻夜燃烧的灯光仿佛在说：告诉上帝，西绪福斯正在上山的路上。

一

“澳星”首次发射之前，西方一位预言家曾经预言：如果“澳星”这次发射失败，中国将被挤出国际卫星发射市场！

这位预言家的预言，并不过分。

3 月 22 日发射失败——幸亏还不是完全意义上的失败，它给中国航天带来的问题的严重性，至少有两个方面：

第一，中美澳三方原商定好的 3 月份发射第一颗“澳星”，8 月份发射第二颗“澳星”的计划，已被彻底打乱。即是说，原计划已无法执行。下一步“澳星”到底让不让中国发射，让中国发射又何时发射，怎么发射，等等。这些问题都必须要经过中美澳三方重新协定。

第二，“长二捆”火箭已经点火，第一级火箭已被烧得遍体鳞伤，如果还让中国继续发射，现有的这枚火箭肯定无法启用，只能再造一枚新的“长二捆”火箭！

也许有人会说，还造火箭干吗？从库房里重新拉一枚火箭到发射场，竖起来接着打，不就完事了吗？

问题是，由于此前合同规定的发射时间太紧，中国只造了一枚

"长二捆"火箭，还来不及造第二枚，发射试验便开始了。

况且，现在时间更加紧迫，即使马上能够再造一枚火箭，但谁敢保证，重新造出的火箭，就一定能过关呢？

所幸的是，发射失败后，美方和澳方都对中国表示理解，无论是美方还是澳方，均未因此而丧失信心。而国际宇航界也普遍认为，中国首次发射失利可以理解，中国在国际航天界的地位并未因此而动摇。

还在发射失败的当晚，澳大利亚通信卫星公司的代表戈登·派克就接受了美联社记者的电话采访，他在回答记者提出的"该公司是否愿意再让中国发射其卫星"时，明确表示："我没有看到不这样做的理由。今晚发生的这种事情并不少见。人人都非常失望，但你可以听到几乎人人都在说：'我们将再来一次！'"

第二天，美国休斯公司副总裁约翰逊·帕金森向中方人员表示说："我们深深地感谢为这次发射作出巨大努力的中国同事们。我理解你们此时此刻的心情。航天事业本身就是一项风险很大的事业，谁也不敢保证每次都成功。对中国的'长征号'火箭，我们仍然充满信心。我们期待着下一次的成功。到时候，我一定会再来！"

美国休斯公司首席科学家斯坦豪尔表示说："火箭发射出现故障是任何国家都难免的。中国人在这种情况下表现了自己的技术实力，保证了卫星的安全，这是不幸中的大幸。我们愿意同中国继续合作。"

亚洲卫星广播有限公司发言人也表示说："仍会慎重研究利用中国'长征号'火箭发射卫星，而不会因发射'澳星'出现故障而将其剔除考虑范围。"

第三天，澳大利亚通信卫星公司和休斯卫星公司还在悉尼发表了由澳大利卫星公司总裁曼斯菲尔德和休斯公司总裁多尔夫曼共同签署的联合声明。该声明说：

> 尽管中国的"长二捆"火箭22日晚发射"澳星"没有成功，但两家公司完全相信问题会得到解决，下一次发射将会

尽快安排。我们无意改用其他国家的火箭来发射这两颗“澳星”。

目前故障原因已初步确定，卫星也没受到损伤，并已安全移回到卫星测试厂房。估计大约在三个月后可进行另一次发射。这次发射失利，不会影响“澳星”公司继续向卫星用户提供现有的服务。

美国和澳大利亚两家卫星公司以及同行专家们的理解和信任，对心情沉痛的中国航天人来说，无疑是再好不过的安慰。

而休斯公司和“澳星”公司在国际商业卫星市场上都是很守信誉的公司，对自己的用户一向认真负责。所以发射失败后，两家公司同样十分着急；他们最关注的，是中方下一步到底采取何种方案。

发射失败后的第四天，美国休斯公司总裁道尔夫曼便从洛杉矶向刘纪原副部长发来一封电传。道尔夫曼在这封电传中除了要求中方尽快查明故障原因并积极采取有效措施外，还毫不掩饰地表露了他急不可耐的焦虑心情。电文说：

正如你所知，该星的发射对“澳星”公司和休斯公司极为重要。如不能及时发射入轨，澳大利亚的通信服务就会陷入困境。我们希望尽快再次发射，否则会给我们造成很多问题……

显然，失败已成过去。现在最重要、最根本的是，中国要排除一切非科学因素的干扰，拿出闪电般的行动，用无可争议的事实，向这个正在怀疑、观望和期待的世界，作出有力的问答。

二

“澳星”发射失败后，一位专家曾经这样对我说道：“其实，我们很幸运，‘澳星’失败后，没有受到任何追查，当然更没有受到政治迫害。这事儿要是出在‘文化大革命’中，不知有多少专家又要被打成‘特务’和‘反革命’了。而且，说不定还有人会被抓进监狱，关起来呢！”

是的，中国的航天专家包括中国其他领域的知识分子，最怕的，其实并不是科学实验失败，而是政治上的残酷迫害！

50年代初期，许多从国外漂洋过海、投身于祖国怀抱的专家、学者，后来不少都在各种政治运动中被整得死去活来；尤其是在“文化大革命”中，一次试验的失败、一根导线的差错、一颗螺丝未被拧紧、一句话没有讲对，都有可能成为“特务”、成为“阶级敌人”、成为“反革命”、成为“反党反社会主义”的怀疑对象。轻者，戴顶帽子，开会批判，再押上街头游行；重者，投进大牢，再“踏上一只脚”，让你“永世不得翻身”！

航天专家们最难忘的，是1970年发射中国第一颗人造卫星“东方红一号”的情景。当时，工厂、试验室、设计所、发射场，到处挂的都是政治标语口号，无论哪项试验，都必须“政治挂帅”，必须“以阶级斗争为纲”。卫星里的仪器上，要刻上毛主席的头像；技术说明书上，要印上毛主席语录；发射场上，上班前要“早请示”，下班时要“晚汇报”，而且不管再苦再累，每天都得跳上一段“忠字舞”，做上一节“语录操”；甚至连卫星上的一根导线，到底是要还是不要，钱学森这样的大科学家都不敢做主，还得请示中央才能最后敲定。

发射人造卫星，本是一项纯科学的试验，但“文化大革命”中有人为了捞取政治资本，硬是强行将科学的列车逼进政治的轨道，把本是科学领地的卫星发射场，变成政治的游戏场！专家和技术员们每干一项工作，每做一次试验，无不谨小慎微，如履薄冰，唯恐政治的“定时炸弹”有一天突然会在自己的头上爆响！

令人欣慰的是，整人的时代，总算过去。

发射失败后，从中央、国防科工委、航天部到研究院、试验队，无论哪一级领导，都没有责怪，没有批评，更没有层层追查责任，有的只是安慰、鼓励和支持。

发射失败后大约半小时，有国家领导人便给发射场打去电话，安慰国防科工委和航天部的领导说：要沉着冷静。失败是难免的，要认真对待，顶住各方的压力。相信下次一定会取得成功！

当晚 11 点，国防科工委副主任沈荣骏，航天部部长林宗棠、副部长刘纪原，专门看望了试验队全体参试人员。

林宗棠、刘纪原两位部长回到北京后，还主动向中央写了检查，承担了领导责任。

所以，尽管发射失败，但专家们感到有一种安全感，有一种幸运感。他们疲惫不堪的心灵，不再承受政治的风风雨雨。

难怪专家们说，我们没有理由不尽快造出火箭！

三

北京。南苑。在以紫禁城为标记的中轴延伸线上，坐落着中国最大的也是唯一的火箭技术研究院。

这里，原是清朝皇室的狩猎地；

这里，曾是与世隔绝的秘密院落。

三十多年来，它始终沉默着。沉默的人们，沉默的大院，沉默的设计所，沉默的试验室，连大院门口荷枪伫立的哨兵也日复一日、年复一年地以一个沉默者的姿态，忠实地护守着院里那一个个年年岁岁始终沉默的秘密。

三十多年来，它在沉默之中孕育了中国一枚又一枚的运载火箭——“长征一号”“长征二号”“长征三号”“长征四号”火箭都是从这里诞生的；它以秘密的方式制造了一个又一个惊天动地的辉煌——“东方红”人造卫星、第一颗同步通信卫星、第一颗返回式卫星都是由这儿研制的火箭发射上天的。

它用沉默送走了一个时代。

它的秘密属于整个民族。

近几年来，随着改革开放的到来，沉默的大院开始有了生气，有了活力，专家们的脚步开始离开这个大院，向世界走去；而世界的脚步也开始向这个大院走来。自 1985 年 10 月对外宣布“长征”系列火箭投放国际市场、承揽对外发射之后，火箭技术突飞猛进，短短六年时间里，中国发射卫星的数字超过了前十五年的总和。

于是，1992 年一个阳光明媚的秋日，这个秘密的大院门口，终于第一次斗胆挂出了一块醒目的牌子：

中国运载火箭技术研究院

这个研究院，便是“长二捆”大型运载火箭诞生的摇篮。

“澳星”发射失败后，拥有近三万人的研究院，一夜间仿佛坠入了一个无底的深渊。专家们流泪了，工人们流泪了，家属们流泪了，连几岁的孩子也跟着流泪了。刚刚热闹了一阵子的大院，又陷入了比往日更加沉默的沉默之中。

在最初的几天时间里，没有了歌声，没有了笑语。收音机不开了，录音机不响了，偶尔有人打开电视，音量也开得很小很小。甚至连每天上班时，往日人流如潮、欢声笑语的大院门口，除了沉重而缓慢的脚步声和自行车轱辘的转动声，几乎听不到一句说话的声音。

“长二捆”发射失败，无论什么原因，不管任何理由，他们作为该火箭的研制者，心里总有一种愧对祖国、愧对人民的负罪感。他们不想作任何解释，也不打算作任何说明，只想依靠自己默默的行动，让重新造出的火箭，来向全国人民交出满意的答卷。

然而，这次属于他们的时间，不再是十八个月，而只有一百天！

即是说，从3月22日失败这天起，到6月30日这天止，一百天之内无任何条件可讲，无任何价钱可谈，必须重新造出一枚“长二捆”火箭，保证6月30日火箭准时出厂！

于是，二万二千名专家和职工临危受命，火速上马，拉开了重造“长二捆”火箭的大幕！

四

新的时代，需要新的工作方式；旋风般的世界，需要旋风般的节奏。中国要跨进世界的行列，就得与世界同步，就得改变自身某些固有的惰性和不良的习气！

为了在一百天内造出火箭，中国的航天人打破了传统的工作体制，变方步为跑步，让一切非科学的东西全部靠边，让那些堂而皇之的官僚主义通通稍息！

让我们先来看看下面这本“百日工作流水账”吧。看完了，也许你就知道了什么叫“中国式造火箭”。

3月22日

晚11点，航天部试验队在发射场的一个饭堂里召开全体人员紧急大会，传达中央领导打来的电话精神，号召大家沉着冷静，振作起来，做好现场的保护工作。

3月24日

航天部试验队召开指挥和技术系统联席会议，分析了火箭中止发射的原因，研究确定了下一枚火箭的研制计划：5月配齐零部件，6月装配出厂，8月再次发射。

3月25日

航天部试验队召开领导会议，研究决定：尽快拿出下一枚火箭的研制计划；尽快制定确保下一枚火箭质量的措施；并将此计划和措施立即电传北京。

3月26日

刘纪原副部长对火箭发动机厂下达命令："不讲任何条件，不带任何质量问题，必须按计划拿出八台新的发动机!"同时，对火箭技术研究院也下了命令："必须按时完成全部设计图纸的复核工作，必须保证按时间、按质量完成火箭的总装!"

4月6日—8日

航天部在火箭研究院专门召开"长二捆"火箭研制工作会。国防科工委主任丁衡高、副主任沈荣骏出席会议并作了重要讲话。"长二捆"总师王德臣在会上通报了中止发射的有关情况和下一步应采取的紧急措施。沈辛荪院长部署了再次发射"澳星"的计划。研究院作出了《关于夺回损失确保发射"澳星"成功的决定》，号召全院职工振奋精神，团结一致，背水一战，誓夺再次发射的成功!

4月9日

航天部和火箭研究院联合成立"长二捆"指挥部，并于当日正式投入工作。

3月28日—4月14日

故障分析，故障复现试验（共进行了二十六次试验），故障分析评审，从分析故障起到确定故障止，十八天。

4月16日

长城公司副总经理陈寿椿、中国卫星发射测控系统部部长李宝铭、“长二捆”总师王德臣在美国洛杉矶与休斯公司代表进行会晤。中方向休斯公司方面介绍了“长二捆”火箭故障分析试验的结论情况，并为其播放了故障分析试验的录像片。

4月22日

刘纪原副部长前往研究院，进行现场办公。

4月27日—28日

国防科工委召开“继续发射‘澳星’任务工作会”。国务院有关部委，地方有关省市，军队有关军种、军区等负责人出席了会议。会议听取了故障分析结果、火箭技术状态质量保证措施等内容的汇报，着重讨论了“长二捆”发射的有关安全、防雷、防雨等措施，并确定火箭6月30日出厂，8月5日由技术阵地转往发射阵地，8月20日左右择机发射。

5月1日—2日

火箭研究院三千一百名职工自愿放弃假日，加班赶造“长二捆”。

5月4日—6日

“澳星”发射故障评审专题会（即“澳星”第十次技术协调会）在洛杉矶举行。会议首先由中方播放了故障分析结果录像，接着由“长二捆”副总师孙凝生做了分析报告，然后主要由王德臣总师解答了休斯公司提出的一百多个问题。最后，休斯公司对中方故障分析结论和解答表示认可、满意。

5月10日

航天部无偿调拨花生米三千六百八十斤、西非黄鱼三千五百斤，平价调拨花生油四千九百五十斤、香烟十二箱，对火箭研究院辛勤奋战在一线的职工表示慰问。

5月27日—28日

研究院召开火箭总装前质量评审会。会议同意“长二捆”火箭开始总装。

5月30日

“长二捆”箭体生产任务全部完成。

6月1日

“长二捆”总装工作全面展开。

6月12日

“长二捆”第一级发动机总装任务全部完成。设计师系统召开课题汇报审查会，着重审查了“长二捆”二十二项关键课题中的七项课题。

6月21日

设计师系统召开第二次课题汇报审查会，审查了“长二捆”二十二项关键课题中的八项课题。

6月23日

设计师系统召开工作会，分析了即将出厂的火箭的技术状态和质量情况，进一步考虑了技术细节上是否存在隐患和漏洞问题，研究了相应采取的措施。

6月24日—25日

中方与美国休斯公司、澳大利亚通信卫星公司在北京进行第十一次技术协调。中美双方商定了卫星联合操作程序，并确定了发射日。会议结束后，美方和澳方代表还到车间参观了刚刚总装完毕的“长二捆”火箭。

6月26日

“长二捆”火箭出厂汇报会在研究院举行。会议听取了四个报告：故障模拟试验情况和结果报告；火箭质量情况报告；火箭质量与可靠性重点项目审查情况报告；火箭总装质量情况报告。王德臣总师在会上解答了与会领导和专家们提出的有关质询和疑点。最后，会议同意“长二捆”火箭6月30日出厂。

五

从3月22日到6月30日，正好一百天。

一百天，中国的航天人又造出了一枚新的“长二捆”火箭。

当然，实事求是地说，不是所有的零部件都是重新生产的。

但，毕竟只有一百天。

过去，组装一枚火箭至少两个月；可这次，组装一枚火箭只用了二十四天！

这是中国火箭研制史上从未有过的记录。

何以如此？

都是逼出来的。

哀兵必胜，这或许是一个用不着怀疑的真理。发射失败后，中国的航天人已被逼到了无路可退的地步，用他们的话说，就是豁出老命，也要按时造出火箭，争回这口气来。否则，无脸再见江东父老，更对不起外国朋友。

因此，他们几乎是用自己的血肉在铸造这枚火箭；他们几乎是用生命和鲜血，在挥写这一百天：

——于龙淮，那位高烧病倒在专列上的“长二捆”火箭研制总指挥，送进医院后，发烧、输液，整整三天三夜。四周是洁白的床单，洁白的人影，洁白的砖墙，而他的眼前却是一片昏黑。他虽然躺在了病床，心却无法离开火箭。他不停地打电话，不停地问秘书，不停地请人来医院商量生产工艺中的各种难题。小小的病房，被他变成了临时指挥部。三天三夜里，除了火箭，他脑海里不时浮现的，就是那个古希腊的神话：一个叫西绪福斯的神，只因冒犯了诸神，宙斯便罚他将一块巨石推上山顶。沉重的巨石刚被他推上山顶，很快又滚回山脚，但他必须还要将它推上山去。如此循环往复，永无穷尽。面对这般残酷的命运，西西弗昂首相迎，并产生了一个惊世骇俗的哲学：不要以为这是苦役，否则，你将倒下，永远爬不起来。你还有创造力，那么，穷尽它！于龙淮后来说，他一想起这个神话，就浑身激动，难以自抑。他仿佛看见，西西弗正在上山的路上，虽汗流浃背，却昂首挺胸，豪气冲天。所以，他再也躺不住了，三天之后，刚能下床，便悄悄溜出了病房。

——曹丽君，一位五十出头的女高工。几年前，她因患结肠瘤动过大手术。前年“长二捆”首次试发时，在抢险中又因吸进大量的毒气而被送进了医院，此后便染上了“心肌缺血”的疾患。但在赶造“长二捆”火箭的工作中，她依然坚持加班苦干，在她那摆满设计图纸的办公室的抽屉里，一直藏着一个小小的秘密：有大约二百个工作日的病休假条，都被她锁在里面。

——何庭喧，一位年轻工人。他搞喷胶、化铣，连续两天两夜没离开车间。由于缺少睡眠，疲劳过度，加之长时间在低温环境里作业，他最终还是躺倒了。同事们将他搀扶到一个烘干箱上躺下，却不知怎么才能将他救醒。后来一位同伴终于想了一个办法：这位同伴顺手抓过加班用的三包方便面，一把撕开，将里边的佐料全部倒进一个水杯，然后冲上开水，让他慢慢喝下。只片刻工夫，奇迹出现了——他突然醒了过来，然后伸出舌尖舔了舔嘴角，又起身朝工作间走去。

——蒲金铭，一位已到退休年龄的老工人。“长二捆”火箭的某个关键部件加工时，他用榔头一榔头一榔头地敲。一天下来，他的手都被震肿了，疼得连饭盒都端不住。他只好将饭盒放在桌上，让嘴去贴近饭盒吃饭。吃完后，他又用红肿的手举起榔头，咬紧牙关，坚持继续一榔头一榔头地敲。

——梁子垣，“长二捆”的调度长。在重造火箭的一百天里，他家中三位老人相继去世。可老梁忍着巨大的悲痛，仍坚守在指挥调度的岗位上；只有夜深人静回到家中时，他才面对三位老人的亡灵偷偷流泪。

——石尚义，一位年轻的技术骨干。正当他忙于加班苦干时，恋人却住进了医院。很快，医院发出了病危通知书。他心急如焚，但手头的活又迫在眉睫，无法离开。他只好托亲属先捎去二百元钱，并嘱托亲属照顾好她，打算忙完后再去医院。可等他一口气干完三十多个小时的活儿再跑到医院时，相爱了几年的恋人已静静地躺在了病床上，永远离开了他。

——杨敏达，火箭发动机泵专家。他在大深山里埋头苦干了几十年，最后积劳成疾，不幸离世。弥留之际，他留给同伴们的最后一句话竟是：“‘长二捆’！……”

……………

还有“长二捆”总师王德臣，副总师总体专家李占魁，副总师控制专家孙凝生，副总师发动机专家褚祥生，副总师地面设备专家周载学，以及张工、王工、李工、孙工、钱师傅、江师傅、崔师傅、徐师傅，等等等等，千千万万个有名的和无名的科技工作者，全都是从发射场一回到北京，下了火车就走进工厂，走进车间，走进设计所，走进试验室。他们不顾火箭之外的一切的一切，无论白天夜晚，不吭不哈，只管默默苦干。火箭研究院那彻夜燃烧的灯光仿佛在说：告诉上帝，西绪福斯正在上山的路上！

六

1992 年 6 月 27 日 12 点 30 分，第一列专列载着第二次参加“澳星”发射的航天部试验队，从北京南苑出发，开赴西昌卫星发射场。

接着，6 月 30 日 12 点 30 分，第二列专列载着“长二捆”火箭和航天部试验队部分成员，也从北京南苑出发，开赴西昌卫星发射场。

等待这枚火箭的，又是怎样一种命运呢？

第八章

中美澳三方，再度风险合作。虽然各居东西，彼此拥抱的，却是同一个太阳同一轮月亮同一片星空；而“澳星”传递的，则是同一种悲欢同一份焦虑同一个旋转的节奏。

一

1992年7月4日晚9点40分，载有“长二捆”火箭的专列经五天四夜的长途奔波，安全抵达西昌漫水湾车站。

这是投奔西昌发射场的第三枚“长二捆”运载火箭。

前两枚“长二捆”到达西昌漫水湾车站时，有锣鼓，有彩旗，还有列队欢迎的人群。仪式隆重，气氛热烈，犹如迎接一位远道而来的王子。

但是，这次“长二捆”抵达漫水湾车站时，气氛与此前大不一样，过场也有省略，此前热闹的形式变为冷静、虚张的礼节变为平实，只有无边无际的雨水下个不停，像是老天爷感动的泪水要为“长二捆”洗去一路风尘。

与此同时，美国、澳大利亚和中国的各路航天专家和科技人员，也先后纷纷到达西昌。

于是，中美澳三方风险合作，再次拉开序幕！

中外专家们分手一百天，现在又见面了。此次见面，相比上次而言，似乎少了几分热烈，多了几分沉稳；话也比上次少多了，仿佛彼此默默无声的行动，便是最好的问候！双方尽管种族不同，国籍不同，肤色不同，语言不同，文化不同，信仰不同，却有着同样的使命，同样的愿望，同样的心情，同样的甘苦，同样的执着与同样的追求！

他们的心里都很清楚，失败已成过去，无需再为它牵挂也用不着再为它牵挂；当下最重要的，是如何用实际行动，确保此次发射成功！如同美国一位篮球教练在一次比赛失败后对队员们所说："现在好了，我们可以放下心来干了，用不着再担心失败的问题了！"

不过问题是，已被置身于破釜沉舟、背水一战的中外航天人，在这次发射中，能真正做到无牵无挂、无忧无虑吗？

二

我驱车进入发射场，是 8 月 8 日的上午。

这是一个好天。因为有太阳，让人感到很温暖。

神秘的峡谷已不再神秘，一切似乎都在无声地改变，改变得让你难以觉察——大山、树木，野草、花朵，溪水、泥土，以及路边的鸡、鹅、鸭，牛、羊、狗，还有那高高矗立于蓝天之下的发射塔！

陪我进发射场采访的，是我九岁的儿子李星。

去发射场，是儿子急切的愿望，亦是我有意的安排。开拓天疆，走近宇宙，是全世界几代乃至几十代人的事情。人在地球上行走已经不易，还要从地球走向太空，当然就更是艰难！于是我想，让下一代看看上一辈如何跋涉在通向宇宙的门前，也许是一件很有意思的事情。比如，在将来的某一天，当儿孙们坐着宇宙飞船到太空举行婚礼，或者周末带着亲人乘上飞船去太空消遣时，倘若还能记起这些曾在通向宇宙的路上艰难跋涉过的爷爷、奶奶、叔叔和阿姨们，岂不是一大幸事！

"爸，这次发射，还会失败吗？"小车拐过一个山嘴，刚看见发射塔，儿子便问。

这个问题儿子至少已经问过我三遍，我也至少回答过三遍，可儿子还是要问，好像这个问题是他心里一直想解又始终没有解开的算术题。自上次失败后，儿子就告诉我说，他常常做噩梦，一梦就是发射火箭，一发射火箭就是爆炸！后来在“澳星”发射的头天晚上，已是凌晨3点了，儿子还突然把我从睡梦中摇醒，惊慌失措地告诉我说：“爸，刚才我梦见发射又失败了，还死了好多好多的人，流了好多好多的血!”

据说，自黑色的“3·22”过去后，中国不少的航天人都爱做梦。而且一做梦，大都是关于发射“澳星”的梦——不是梦见火箭飞不起来，就是梦见火箭从空中栽到地上；尤其是西昌基地的孩子，常常半夜三更从梦中惊醒。

可见，失败的阴影不仅笼罩着大人的心，亦俘虏了孩子们的魂。所以新的“长二捆”火箭到达西昌发射场后，若是用一个字来概括发射场上中外航天人的心态的话，那就是一个字：怕!

怕再次失败。

难怪我一进发射场，第一个感觉就是沉闷、压抑。

前几次发射，可不是这样。

西昌基地的大多数发射，我都在现场。不夸张地说，每次发射，都是热火朝天、轰轰烈烈！特别是上次发射“澳星”，不仅仅是热烈，而且还有点乱哄哄的感觉。几千人拥挤在小小的山沟，光新闻记者和现场直播工作人员，就有好几百人！尤其是那些通过各种后门关系溜进发射场照相的、观景的、凑热闹的，给发射场的工作秩序带来很大影响，以致造成管理上的某些混乱，直接或间接地干扰了一些技术人员的正常工作。

于是，有人编出了顺口溜：

发射场，像战场。

有人在玩命，有人在欣赏。

基地不怕拼命干，

就怕来人挤着看！

但这次不同。

发射场乃至整个大山沟，没有了往日的喧嚣与躁动，显得沉稳而平静，甚至可以说很清冷。如果你初进山沟，不知内情，根本看不出或者说很难看得出，这儿将要进行一次震撼世界的发射！

最明显的感觉，就是人员大幅度减少。到处游逛的闲杂人员，没有了；光吃不干的家伙，清除了；可请可不请的地方官员，省略了；电台报纸的新闻记者们，裁减了；甚至连参加发射的工作人员，也大大减少了——光航天部试验队，就减去了一百多人！

过去，每当傍晚散步时，发射场，山坡上，小河边，公路旁，沟上沟下，满山遍野，男男女女，举目皆是。加之各种文娱活动，如打球的，跳绳的，唱歌的，跳舞的，小小山沟，每天都是喜气洋洋，热气腾腾！

可这次，业余文娱活动，几乎没有了；专业团体演出，更是没戏。因此，宿舍里听不到唱歌的，机房里听不到说笑的，礼堂里见不到跳舞的，球场上见不到打球的。

而且，大多数人的情绪都比较压抑，仿佛整个大山沟都在沉思，甚至连空气中好像都有一股悲壮的气息在默默流动。无论你走到哪里，不管是中国人，还是美国人，或者澳大利亚人，总能让你感到，每个人都是一副准备豁出去的样子，每个人的心里好像都憋着一股劲。他们谁都不讲什么，亦不愿多讲什么，只有眼睛在默默地告诉你：等把“澳星”打上去再说！

当然，这并非是谁下令禁止娱乐，禁止热闹，而是人们的确没有了心情。

不过，晚饭后，院坝里偶尔也能见到几位老专家在聚精会神地练香功。只是他们的手臂划出的每个动作，比此前轻柔了一些，也缓慢了一些，好像生怕触碰了什么。

怕触碰了什么呢？

三

指挥长胡世祥依然潇洒。

此时的胡世祥，已升任为西昌基地司令员，担任此次发射的指挥长。作为基地司令官，作为发射指挥长，“澳星”发射在即，他当然最繁忙、最紧张、最沉重。

但是，饭堂里，会场上，路途中，依然不时还能听到他那爽朗的玩笑声。甚至在指挥部召开的决定“澳星”发射日的重大会议上，他也依然潇洒从容，谈笑风生。

越严肃的事情，越显得随意；越沉重的事情，越显得轻松；越紧迫的事情，越显得不在乎——或许，这就是胡世祥的性格，这就是胡世祥的风度。

不过，这次胡世祥没有与外国朋友打赌输烤鸭，玩笑声也比以前显得有所节制。而稍加认真体察还会发现，其实他那轻松的表象掩盖下的内心比谁都沉重，他那一肚子的狠劲儿比谁都憋得厉害！

“澳星”首次发射失败后，西昌卫星发射基地同样处于高度紧张之中。受伤的“长二捆”刚从发射场拉走，国内“风云二号”卫星的合练又接着开始。为确保“澳星”再次发射成功，全基地从上到下，进行了整整三天的反省。每个系统，每个岗位，每个人，各自都作了深刻的检查，找出了存在的问题，制定了补救的措施。

此外，上到司令员，下至小战士，甚至包括炊事员，也都参加了问题大讨论，比如“假如问题出在我的手里，结果会怎样？”比如“发射那天要是你的饭菜做坏了，造成大家食物中毒怎么办？”等等。接着，对全基地的工程技术人员还进行了一次严格的技术考核和纪律整顿，并派出技术小组，到北京火箭研究院跟踪“长二捆”故障分析的全过程，同时对发射场展开全面恢复、设备翻新改造和精心维护。

当这些大量繁重的工作尚未完全结束时，新的“长二捆”火箭已经来到了发射场。接着就是检查，就是测试，就是系统与系统的协调，就是中美之间一次又一次的合练，就是二十四小时你来我往的加班加点，就是没完没了的各式各样的备案预想。

当然就很辛苦，当然就很疲累。

苏联发射卫星时，火箭是在发射场附近的技术阵地组装，组装完成后，直接竖在发射塔上，再做垂直测试，然后便可发射。美国更简单，直接在发射塔上进行垂直组装，组装完后再做垂直测试，然后便可发射。

由于苏联和美国火箭的电子元器件可靠性强，加之测试手段主要靠自动化，因此测试火箭的时间一般都在三五天，至多一个星期。所以，不仅可以大大减少许多繁琐的工作程序，还能大大省去人员的精力和劳动。

但中国不行。

中国发射卫星，从火箭运至发射场，再到把火箭发射上天，准备周期一般需要两个月左右。原因是中国不具备直接在发射场组装火箭的条件，只能先在北京把火箭组装好，再从北京用专列拉到西昌发射场。这样一来，在途中颠簸过的火箭拉到发射场后，就必须重新进行测试。但由于中国目前没有全自动化的测试仪器，所以许多问题只有靠穷尽人的脑力去反复测试。

当然，对西昌卫星发射基地来说，最重要的问题不是担心火箭的质量，而是担心自己的发射。因为上次问题出在航天部的火箭上，那么这次如果再出现问题，会不会出在发射程序的某个环节上呢？

难怪在“澳星”发射的前三天，胡世祥在记者招待会上刚一露面，就一脸愁眉苦相地说：“这次发射，要求更高，压力更大，大到了相当可怕的程度！大到了几乎使人精神崩溃的地步！”

其原因在于，这次发射又遇上了夏天和雨季。本来西昌就是全国的强雷暴区之一，这次赶上雨季，雷暴愈加凶狠，发射场区不是山上的树木被劈断，就是电线杆被击毁，下起雨来还有很大的潮气。

于是，防雷、防雨、防潮湿、防出汗，成了这次西昌发射场一项紧张而又繁忙的工作。例如：为了满足美方对厂房的温度要求，中方精益求精，昼夜加班；为了防止发射场的设施被雷电摧毁，中方争分夺秒，抓紧落实所有防雷措施，包括测量每一个房顶，检查整个大山沟的每一根接地连线；为了防止雨水淋湿火箭，同时也防止火箭因太阳暴晒而“出汗”，七十七米高的发射塔的四周，也全用钢板牢牢焊实！

另外一个问题，是发射场人员的思想情绪问题。

国外发射卫星，去发射场参加发射的人，采取的都是雇用合同制。即是说，谁能干老板就雇用谁，看上了谁老板就雇用谁；老板可随时雇用人，亦可随时解雇人。反过来说，个人愿意去就去，不乐意干也可以不干，同样可以炒老板的鱿鱼。

但中国体制不同，这一套行不通。

中国去发射场参加发射任务的人，都是经过组织审批过的，相对而言，基本固定不变。这当中，有的人可能愿意在那儿干，有的人可能不愿意在那儿干；有的人可能喜欢在那儿多干几年，有的人可能希望尽快离开那个地方；有的人可能在某个岗位上干合适，有的人可能在某个岗位干又不合适。但总而言之，无论实际情况如何，不管个人意愿怎样，都是国家养起来的人，只要国家需要，组织需要，你就得在那儿老老实实地干，而且还必须干好，而绝不是你想走就走，想留就留！

可问题是，几十年来，这些待在大山沟里发射卫星的人也是人。他们也喜欢热热闹闹的大城市，他们也喜欢酒吧、茶吧、公园和剧院，他们也喜欢人人都喜欢的人民币。随着全中国经济大潮的不断高涨，随着各地人才的大量吸引，一些有本事的人，有专长的人，特别是近几年毕业的本科生，自然会对山沟之外的世界产生兴趣，思想情绪的波动也就越来越大，对待自己的本职工作也就不可能再像过去那样，专心致志，踏实安心。

比如说，像团职干部这样的位置，过去一直都是非常诱人的。可以说，西昌基地的干部职位，不少人都是朝思暮想，梦寐以求。可现而今，用司令官胡世祥的话来说，偏偏有人不买账，他宁肯卷起被子回老家，也不愿让你提拔。因为一旦他被提为团职，按部队的规定，就必须还要在那儿至少再干五年！

但最令胡世祥头痛的，还是设备的可靠性问题。

西昌卫星发射场，已有二十二年的历史，由于多数设备都是70年代配置的，所以基本已经老化。有专家说，若按现代化靶场的要求，大多数设备都该更换了。

但更换设备需要钱，国家拿不出这笔钱，怎么办？靶场的设备就只有像雷锋同志的衬衣和袜子——新三年，旧三年，缝缝补补又三年！所以每次发射前，基地的发射官兵们都要对各系统设备进行严格的检查维修；每次发射后，又要对设备进行精心的改造保养。于是，年年维修，年年改造；年年改造，年年维修；钱确是省了，人却累得够呛。

而问题还在于，设备本身先天不足，不管如何修来改去，始终不可能从根本上解决问题。因此，每次发射前夕，每个岗位的技术人员，最担心的都是同一个问题：最怕自己分管的那台设备，会突然冒出一个什么故障！

尤其是发射外国卫星，外方要求中方的设备必须要连续昼夜不停地工作，可中方普通的机电设备，性能太差，根本经不起连续工作。胡世祥告诉我说，有的机电设备正处于工作状态，某个开关"啪"的一声，突然就给你掉下来了。你说咋弄？开关一掉，电就停了；电一停，美国人就叫唤起来了。没办法，技术员只好用一根绳子，把这个开关捆上。另外，还有的设备也总是出故障，为了让这些设备不出故障，保证它工作的连续性，我们就只好派人二十四小时值班，用眼睛盯着，一看哪儿出毛病了，立即想办法补救！

四

在热热闹闹的发射场上，测控系统往往是最容易被外界忽视的一个系统；而搞测控工作的人，自然也就常常被人忽略了。

主管卫星基地测控系统的专家叫王渝贤。王渝贤是西昌基地的副总设计师，五十三岁，一身书卷气，满头短白发，说话办事，稳重而老练。这是一位一向不好张扬自己的人物，平时只顾埋头干活，从来不吭不哈。用他自己的话说："几十年来，反正我一心干好活儿就行，其他什么事也不想!"

难怪我见到的王渝贤，总是在机房，不是上班，就是加班。

王渝贤十七岁考入哈军工，在大学时就因走"白专"而被拔过"白旗"。大学毕业后，他去了国防部第五研究院；后来去了西北酒泉卫星发射基地；再后来，又来到西昌。几十年如一日，一直搞火箭的测量控制。

测量控制火箭很难。王渝贤说，难就难在中国与外国的情况不同。国外发射火箭及其他航天器，是在全球布置测量控制站。因为人家有强大的经济实力，也就有全球撒网的气魄。由于满世界都有测量控制网，因而它对火箭的测量控制相对而言就要容易得多，有把握得多。

但中国缺钱，无法全球布网，只有在小小的九百六十万平方公里的土地上布网。火箭的跟踪、测量和控制，就必然受到很大限制。加之火箭飞行的航区长——从四川、贵州、湖南、广东，再经台湾海峡和台湾，直到太平洋上空。光从西昌到台湾海峡，陆地航程就是一千八百多公里；而要在如此漫长的航线上对火箭实施高精度的跟踪测量和绝对的安全控制，当然就难。

难，其实还不算什么，重要的是对火箭实施控制时，还要承担巨大的风险。中国不能在海上发射，故火箭在飞行中一旦出现闪失，便将对沿线一些城市构成威胁。因此，为了保证厦门、桂林、高雄等几大城市的安全，中国对火箭的安全控制采取了双保险。即是说，一方面，火箭本身有一个自我炸毁装置——飞行中的火箭一旦偏离了规定的航线和超过了一定的倾斜角度，火箭便会在空中自我爆炸；另一方面，在地面还设置了一个人为的炸毁系统——飞行中的火箭到了某座城市的上空，一旦出现故障，将对城市造成灾难时，地面控制系统就用计算机和人工同时发出“炸毁指令”，让火箭在空中炸毁，以保证地面城市和人员的安全。

但空中的火箭到底该炸还是不该炸？该炸，该什么时候炸？不该炸，又什么时候不炸？要掌握好这个火候，下定这个决心，只有一两秒钟的时间；而关键时刻下这个决心的人，便是王渝贤！

发射“澳星”时，王渝贤就坐在安全控制台的后面。令人触目惊心的“炸毁开关”，便设在安全控制台上。火箭起飞后一旦出现意外，王渝贤只一声令下，安全军官便迅速按下“炸毁开关”，在零点几秒钟之内火箭便会在空中爆炸开花！

但王渝贤副总师说，这个决心一般是不会轻易下的，因为除了火箭之外，火箭的头上还顶着一颗价值上亿美元的卫星。在“文化大革命”中，中国有一枚火箭曾在空中爆炸开花。事出之后，有人曾大搞阶级清查，说是“阶级敌人乘机破坏”，要抓“反革命”。幸亏调查分析结果，是火箭自行炸毁，当事者才幸免一场灾难。

因此，安全指挥官和安控操纵员（即按“炸毁”电钮的人）被称为发射场上可怕的“凶手”——火箭起飞后，人人都在一心一意地盼望着火箭顺利到达预定轨道，唯独他们在时刻准备按下“炸毁”的电钮！

尤其这次发射“澳星”，是纯商业性的发射，中方对此不仅格外小心，连美方对此也总是忧心忡忡——他们每次路过安全控制台时，总要用手指点着“炸毁”开关半开玩笑而又不无忧虑地对中方人员说：“到了发射那天，你们可不能按这玩意儿啊！”

其次，对西昌卫星发射基地来讲，发射“澳星”，不过只有四百秒钟的任务，但要完成这四百秒谈何容易！测控工作千头万绪，无始无终，而且看不见，摸不着，全靠“内功”。何况“澳星”的测量精度高，难度就更大。

临近发射时的王渝贤自然就忙得不可开交。

忙得不可开交的王渝贤几年前就已经肾摘除，身体状况一直欠佳。但他是西昌基地具有权威性的测控专家，所以还得白天夜晚没完没了地蹲在机房，查数据、算程序、排故障。

我和王渝贤是老朋友了，我在基地工作时，还是邻居。所以我们说话比较随便。我问：

“王总，近一段时间很苦吧?”

王渝贤笑了，笑得很清淡：

“这算什么苦？当年在戈壁滩那才叫苦！白天挖红柳根，晚上加班到凌晨3点，第二天照样‘抓革命’，一个月也洗不上一次脚!”

我问：

“那个时候你们晚上加班，有夜餐吗?”

王渝贤说：

“哪有啊，从来没有夜餐，连方便面都没有。现在加班强多了，比如这次发射‘澳星’，好歹还有两包方便面。”

五

在西昌卫星发射基地，唐贤明算个人物。

唐贤明是西昌基地计划处的处长，一个普通的团职干部。

唐贤明这个人说复杂也复杂，复杂得叫你没个说头；说简单也简单，简单得用四个字便可概括：精瘦、能干！

北京一位老作家这次去发射场采访，刚与唐贤明握手，第一句话就说：

“哎哟，八年不见了，你老兄怎么就没长一两肉啊?”

其他一些老朋友，平常见了唐贤明，也爱和他开玩笑：

“唐贤明，你怎么老是一脸的旧社会啊？”

他一听就笑了，一笑，更显瘦。

唐贤明虽然瘦，却相当能干；而正因为他太能干、太苦干、太肯干，也许就太瘦。

在发射场上，知他者，莫过于美国人。

“澳星”发射失败那天晚上，美国休斯公司部分人员在山坡上看发射。一见失败后，大家先是板着脸，不吭气，片刻之后，一个美国人说出的第一句话竟是：

“可怜的唐先生哟，这次又白忙乎了！他本来就瘦的身体，这次不知又要瘦多少斤了。”

美国人说的这位“唐先生”，就是唐贤明。

唐贤明成为军人，算是二进宫。他老家安徽，1967 年高中毕业后下乡两年，1970 年首次参军，1975 年退伍回家干了四个月钳工，然后上了合肥工业大学电子工程系，1978 年再度穿上军装，来到西昌发射场。统观他十年的历史，他的特点两个字：能干！

“亚星”发射时，他是发射站的副站长。有人说，他成天披着一件军大衣，一手拿着手电筒一手握着对讲机，一会儿空调机房，一会儿发电机房，一会儿技术阵地，一会儿发射阵地，二十四小时挨个检查每个要害工作岗位。美国人的卫星很娇气，发射站负责勤务保障、温度、湿度、洁净度，还有供水、供电、供气，甚至包括每一个灯泡、每一个龙头、每一块转插板、每一根接地线，都一点不敢马虎，也一点不能马虎。有时晚上实在困了，他就大衣一裹，往地板上一躺，或墙角边一靠，匆匆打上一个盹，爬起来接着再干。

“亚星”发射成功后，一位记者采访他，问他此时此刻最深的感受是什么。他伸手挡住话筒，苦笑一声，说：

“快别问了，我只想睡一会儿觉！”

“澳星”失败后，唐贤明就更忙了。作为基地计划处处长，大量的组织计划和内外协调工作，都落到他的头上。卸下来的“澳星”怎么办？拖回来的火箭怎么办？发射场的设备下一步保养、维修、改造怎么办？还有许许多多的事后处理和下一次“澳星”发射的组织计划又怎么办？所有的怎么办，他都得事先拿出个办法来，而后再提交上会，让领导讨论、研究、决定怎么办。

不仅中方有事找他，美方有事也找他。无论是技术方面遇到了问题，还是生活上碰到了困难，休斯工作队的头儿第一句话一定是：“找唐!”

之所以如此，究其原因，不外乎两点：一是唐贤明热情、能干、诚恳、乐意帮忙；二是在中方大多数技术人员都不会英语的情况下，他多少会几句。尽管水平实在不敢恭维，但一般的技术协调和生活交往方面的事，他都能对付。为此他在背后付出了多大的代价，恐怕只有他自己最清楚了。

“澳星”失败不久，唐贤明随一个代表团赴美国洛杉矶向休斯公司介绍发射受挫的原因。卫星测控系统部的联络官许建国先生后来透露说，中方代表团情况介绍结束后，休斯公司一位名叫吉姆·富兰克林的工程师，一定要自设家宴请佟连捷总师和唐贤明。这位美国朋友在自家的小院支起烤炉，烟熏火燎地烤了一大盘肉。就餐时，大家不用刀叉，而用手抓，吃得满嘴油渍渍，满手黑糊糊。于是宾主互望，彼此开怀大笑。

后来有人问这位美国朋友：“你为什么要请唐先生呢?”

这位美国朋友说：“唐先生和他的同事们一直干得很苦，可他们累得半死，‘澳星’还没发射成功，他们的心里肯定不好受。我就想了这个办法来逗逗他们，好让他们高兴高兴!”

更有意思的是，“澳星”发射失败后，美国休斯公司送给中方发射人员七份纪念品——一个用有机玻璃做成的卫星模型。谁也没想到的是，排居在这份礼品名单上的第一名，竟然是“唐”!

基地那么多大大小小的官员和专家，上有司令员，下有总师、副总师，若照中国惯有的传统和观念，按职务的高低、官位的大小来排列，怎么也不会轮到仅是一个小小团职干部的唐贤明，更不可能排在第一。

于是，中方有人试探着问美国休斯公司的“澳星”项目经理海伦：

“海伦先生，这个‘唐’，是那个瘦个子唐吗?”

海伦笑了，反问道：

“发射场上，他最苦！不是瘦个子唐，还有哪个唐?!”

六

就为一块二点五平方厘米的小黄片，发射团的加注中队，竟丢了两条人命！

是两位小战士。一个十八岁，一个二十岁，都是孩子。他们哭哭啼啼来到这个世上，除了苦，什么都还没尝过。

事情说来并不复杂。

“澳星”发射失败后，发现加注系统有一个仅二点五平方厘米的小黄片掉了，不知掉到哪儿去了。小黄片虽小，但必须把它找出来，因为火箭发动机的转速很快，极小的一点多余物都会酿成大祸。

于是就找。就怀疑在一个大燃料罐里。

但这个燃料罐有毒气，便按照科学的方法，首先对燃料罐进行了十二次消毒。从理论上讲，经十二次消毒后，燃料罐不安全的因素，应该已经消除。

于是，十八岁的小战士王京辉，就第一个接受了任务，下到罐子里去找！下去的时候，分队长紧紧抓住他的手。

王京辉下到第三个台阶时，拉着他手的分队长问了一句：“感觉咋样?”

王京辉可能心里有点怕，只回答了两个字：“还行。”

分队长就松开了王京辉的手。

小王就下去了。

可不到两分钟，下去后的王京辉扑通一声，便栽倒了！

另一位小战士陶永春，二十岁，一见自己的战友王京辉栽倒了，立即又下到罐子里，去救王京辉！

可陶永春刚下去，不到两分钟，和王京辉一样，也扑通一声，栽倒了！

接着，分队长也下去了。

同样不到两分钟，分队长也栽倒了！

小战士们一见领导（分队长）栽倒了，立即呼呼啦啦，又下去了十几个。结果，十几个很快也全部栽倒了……

据事后分析，由于罐子里有一个阀门密封性能不好，产生了燃料内漏；漏出的燃料吸干了罐内的氧气，所以战士们刚一下去，马上就造成缺氧窒息。由于是第一次，战士们缺乏常识，更没有经验，只凭一腔爱国热情和匹夫之勇就拼命往前冲，所以呼啦啦栽倒一大片！

十几个小战士因抢救及时，侥幸逃过一劫；而最先下到燃料罐的两个小战士——王京辉和陶永春，则因缺氧窒息而献出了年轻的生命！

为着这两个年轻的生命，“澳星”发射前三天的一个傍晚，我专程去了发射团加注中队。

许是因为死了人，加注中队的气氛很压抑，很低沉，从中队长到士兵，每个人的脸上，仿佛都写满了一种决战前的紧张与悲壮。

近几年，我曾无数次走进加注中队，与这群特殊的加注官兵们同吃同住，倾心交谈。加注中队所在的营地，位于大山沟的最里面，海拔一千九百多米，离发射场最近，离发射塔也就最近。而离发射场近，离发射塔近，危险当然也就越大。不仅危险大，生存环境也差。这儿空气稀薄，气候干燥，许多战士都流鼻血。到了雨季，又很潮湿。尤其是冬季，冰天雪地，凉水刺骨，即便睡了一个晚上，第二天起床伸手一摸，被子还是凉的。而且，由于长年发射，火箭燃料对当地的水质也有污染。尤其是每次发射后那段时间，山沟里流出的水，水面都能清晰地看到一层薄薄的油污。而生活在这儿的发射官兵们，长年饮用的都是山谷里的水——也只能饮用山谷里的水，那水混浊、苦涩、铜性非常重。所以加注中队包括整个发射团的官兵，一二十年来大都患有拉肚子的疾病；且常年如此，吃黄连素都不顶用。

本来，住在这儿的加注官兵们，从情理上讲，是可以享受高原补助的。但据说当年来这儿测量海拔高度的技术员，对工作精益求精，一丝不苟，最后测出的精准结果是：加注中队所处的地理位置，即便算上发射塔的高度，也还差七米才能享受高原补助。

没办法，尽管加注中队的官兵们干的工作非常危险，但他们所处的地理位置却很不走运——偏偏还差七米！有战士开玩笑说，当初老兵们创建发射场的时候，要是多用石头泥土，把发射场再填高七米多好啊！所以，按上级的红头文件规定，加注中队的官兵们最终还是没有享受到高原补助。否则的话，他们的工资袋里每个月就可以增加十来元钱了。

其实，没有高原补助也没有什么，至少对身体不会产生什么影响，关键是加注中队的官兵们长年接触发射燃料，对身体会造成直接的伤害。

例如，加注中队有两个战士，一个好不容易考上了大学，另一个好不容易考上了中专，两个战士得知喜讯后高兴得整夜整夜地睡不着觉。因为只要上了学，不仅可以提干，还有美好的前途，而且更重要的是，马上就能离开大山沟，离开加注中队，离开有毒的火箭燃料！但万万没想到，检查身体时，两个战士的肝都被查出有问题。结果，两个战士都被挡在了校门外，而且很可能是永远都被挡在校门外！为此，两个战士伤心至极，哭了整整一个晚上，不吃、不喝、不睡，谁去做思想工作都没用。

后来，两个战士就因病退伍了。按上级红头文件规定，每人发了四十元钱的医疗补助费。我听说，两个战士揣着四十元的医疗补助费，坐了三天三夜的火车，又坐了一天一夜的汽车，才回到自己依然穷山恶水的家乡。在这四天四夜回家的路上，两人一直攥住军装兜里那四十元的医疗补助费，一句话也不说，只一个劲地抹眼泪……

四年前，我曾瞒着我的妻子，在加注中队老兵李卿之的带领下，怀着玩命的决心，钻进了发射场所有贮放燃料的有毒库房。我不想为我的生命制造什么辉煌，而只想亲眼看一看，我们的加注战士们到底是在一种什么样的环境下生存和工作的。

坦白地说，当我走在燃料库里，一股股浓烈的鱼腥味似的毒气扑面而来时，我当即就被刺得肠胃翻滚，几次欲吐；尤其是当我看到燃料库的四周，到处都张贴着“注意——必须戴防毒面具”等一行行怵目惊心的警示标语和一具具毛骨悚然的骷髅画像时，我害怕了！不，确切地说，我不光感到了害怕，甚至还感到了几分恐惧！

但我的脚步还是继续迈了进去，尽管迈得提心吊胆，迈得心惊肉跳，迈得脸红发烧，迈得羞愧难当！

现在，那些我熟悉的年轻可爱的加注战士们都一个个、一批批地走了，走得干净利落，走得悄无声息；而那些不熟悉的同样年轻可爱的战士们又一个个、一批批地来了，来得轰轰烈烈，来得不知不觉。他们生命年轻，本性单纯，却活得相当沉痛。为了这颗“澳星”，他们把自己的血液融入了火箭的燃料，甚至还失去了两位原本不该失去的战友！

“就在这儿!”李卿之指着两位战友倒下去的地方，轻声地对我说。

我蹲下去，望着燃料罐，看了很久很久，而后站起来，望着已经高高竖在发射塔上的“长二捆”火箭，眼里除了箭体上“中国航天”四个大字，什么也没看见。

是的，生命如灯，一旦灭了，一切便成过去，一切烟消云散。

李卿之告诉我说，王京辉是北京兵，去年才入伍，长得很瘦，眼睛却很机灵，一口北京腔，又夹着点河南音。小王非常勤快，平时一有空闲，就跑到炊事班帮着干活。特点是最喜欢开玩笑，一笑起来，就咯咯咯地没完没了。而陶永春则不爱说话，更不爱笑，偶尔说出一句话，却很有分量。小陶入伍后，啥要求都没有，就是想在加注中队拼命干上几年，好好表现表现，好让部队推荐他去考个大学（战士干部考大学，必须经过部队推荐才有考试资格）。但他又总是很担心，担心自己到时真的考上大学后，万一检查身体时过不了关。

这天傍晚很静，加注中队很静，发射场很静，四周的群山和整个山沟好像都很静，静得很容易让人想起一些事情。我刚打算离开加注中队，忽见离发射场不远处的一个草坪上，正升腾着一团团小小的火苗。

我走过去，是航天部工作队的景师傅和他的几位老哥。他们正蹲在地上，往火堆里添加着一张又一张的纸钱。

“你们这是干什么？”我问。

“烧点纸。”景师傅说。

“烧纸？”我还是不解。

“对，是给魏文举老哥烧的。”景师傅说。

魏文举？哦，想起来了，就是“长二捆”火箭第一次试验发射时，那位钻进火箭舱里排险，结果中毒而死的魏师傅！两个月前，我采访景师傅时，景师傅还给我详细讲了魏师傅的情况。

魏师傅是 1956 年到航天部参加工作的。他多才多艺，唱歌，跳舞，拉二胡，吹口琴，样样都行；还喜欢读书，写得一手好字。魏师傅和景师傅是最要好的老哥们，每次来西昌参加发射，哥儿俩晚饭后都要沿着发射场附近的山路散步。魏师傅吹口琴，吹《草原晨曲》，景师傅就跟着唱。两人吹累了，唱够了，就往路边的草地上一躺。一个说，要是以后能赶上参加发射中国的宇宙飞船就好了；另一个说，等以后有了孙子，就对他说，爷爷一辈子搞的都是航天！

魏师傅中毒那天，是景师傅送他去的医院。路上，魏师傅躺在景师傅的怀里，望着景师傅，满眼是泪；而景师傅也望着魏师傅，同样泪流满面。一路上，两人就那么泪眼汪汪地对望着，一句话也不说，一句话也说不出来。

后来，景师傅问魏师傅：“老哥，你现在感觉怎样？”

魏师傅点了点头，然后吃力地从身边摸出两封信，说：“这封，是给我家里的；这封，是给组织的。”

景师傅慌忙问：“老哥，你、你还有什么要说的?”

魏师傅笑了笑，说：“老哥，没有了，要说的，都在信里了。最后还有一件事。”

景师傅：“什么事? 老哥你说，放心，我一定做到!”

魏师傅：“你请司机，给我放、放一段音乐吧。”

司机马上插上一盘磁带。

音乐很快响了起来。

车身摇晃着，魏师傅的身体也摇晃着。他闭着眼，听着音乐，脸上露出少有的平静。片刻，他睁开眼睛，拉着景师傅的手说：“这段音乐很好，是莫、莫扎特的名曲……”

景师傅万万没有想到，魏师傅的这句话，竟是他留给这个世界的最后一句话!

魏师傅去世后，陪他进火葬场的，还是景师傅。至于那两封信，景师傅遵照魏师傅的遗嘱，一封交给了他的妻子，一封交给了组织。景师傅后来才知道，这两封信，是魏师傅这次到发射场后，考虑到发射“澳星”可能存在的风险，提前写好后，就一直放在身边的。

…………

景师傅见我愣在那儿，不说话，忙补充道：“这次临来西昌前，我去看了老魏的妻子。他妻子说，老魏去世快两周年了，你们到西昌发射场后，有空闲了，就给老魏烧点纸吧。今天是老魏去世两周年的祭日，所以我们几个老哥就来了。”

其实，我很想和景师傅说点什么，可话到嘴边，又忍住了。

景师傅拿起四张纸钱，轻轻放进火堆里，纸钱忽地一下便燃烧起来。火苗很旺，蹿得老高，映照着景师傅的脸。景师傅的脸看上去很疲惫，很沉重。

“本来，我们都是搞科学的，不该信这个。”景师傅接着又说，“可老魏就死在这儿，整整两年了，我们不来看看他，谁来看他呢? 再说了，‘长二捆’过两天就要发射了，我们哥儿几个一想，就偷着跑来了。不给他烧点纸，对不住死去的老哥啊！”

是啊，为了这颗“澳星”，光发射场就有四条人命祭天！这四位祭天的亡灵，知道活着的人内心的煎熬与伤痛吗？

我蹲下去，拾起四张纸钱，学着景师傅的样子，缓缓投进火堆。

七

又见到了“长二捆”火箭总师王德臣。

王德臣真的瘦了，说话走路，明显感觉出他身体的虚弱。

这次来西昌，武侠小说肯定是没工夫看了，也没心情看了，而且脸上的笑容也几乎没有了。当然，时不时地，他也会坦然一笑，但这种笑，很容易让人联想到体操王子李宁从鞍马上摔下来时的那种笑。

不过，王德臣从骨子里透射出来的倔强与自信，依然咄咄逼人。

“澳星”失败后的王德臣，一直忙得不可开交。想想，短短一百天，就要重新推出一枚“长二捆”火箭，这可不是任何一位火箭总师都敢拍胸脯的。

当然，必须实事求是地说，在中国当火箭总师，的确很难，难就难在试验费用极其有限。国外搞航天发射，试验经费富裕，火箭做地面试验时，十次不行，可以做二十次，二十次不行，再做三十次、五十次甚至一百次，直至试验成功为止、满意为止，反正经费有的是。由于国外的地面试验可以做得相当充分，所以火箭总师在技术方案和火箭质量的把握上，心里就要有数得多。

但中国做地面试验时，对总师来讲，考虑的不光是技术方案问题，还得考虑试验经费问题，甚至有时候还必须更多地考虑试验经费问题。比如一般来说，本来应该做十次试验的，就做八次算了。为什么呢？因为试验次数越多，经费就花得越多。而要在有限的试验中获得最大的把握，这对总师的水平就是一个很大的考验。因此，有的项目明明知道有一定的风险，但总师最后也得咬牙拍板！

王德臣的牙，近几年一直不好。这次来西昌前，他曾去过北京的一家医院，医生看了他的牙后，给出建议是两个字：拔牙！问题是，要把他的牙全部拔掉，再全部重新安好，至少也得三个月时间。就像一枚火箭，卸下坏部件，重现装上新部件，没有一定的时间制造、检测、调试、组装，哪行啊！

但“澳星”发射在即，王德臣没有这三个月，也不可能有这三个月。最后，他只好违背科学，让医生给他采用了快速拔牙法：一次拔三颗，一周就拔了十一颗！紧接着，又快速装牙，短短几天工夫，就重新装完了十一颗牙，就像当年十八个月赶造“长二捆”！

所以，这次王德臣一张嘴说话，我看到的是，他满嘴上下，全是假牙！

王德臣拔牙活受罪，拔完牙还受罪。他告诉我说，这次到发射场没几天，他的牙就开始发炎。那个疼啊，疼得晚上简直睡不着觉；再加上一到发射场就拉肚子，于是每顿吃饭问题，便成了一个不是问题的大问题。所以，这次来西昌不久，他就住了一个星期的医院。可出院之后，牙还是疼，肚子也照样拉。

王德臣平素不喝酒，不抽烟，更不喜欢在酒席上逢场作戏，吃穿都不讲究。他的秘书小焦说，给王总当了这么多年的秘书，我就不知道他到底喜欢吃什么不喜欢吃什么。

其实王德臣在生活方面，早就习惯了，习惯了不挑三拣四，习惯了不吭不哈，无论走到哪里，他既不向对方提出要吃什么，也不说不吃什么，反正单位的食堂做什么，他就吃什么。但这次来西昌发射场，情况特殊，他除了牙被全部拔光，出现炎症，还拉肚子，而且拉得厉害。所以他的秘书小焦非常着急，四处打听，怎么才能不拉肚子。后来，小焦终于得一妙方：酒可以治拉肚子。于是，小焦悄悄告诉炊事班的班长：每顿在王总的饭桌上，放上一小盅白酒。

果然，两周过去后，王德臣的肠胃小有起色，腹泻渐渐得以控制；

至于牙的问题，再有办法的小焦，也没法了。

其实，诸如此类的问题，对发射前夕的王德臣来说，像压根就不存在似的。他太忙了，要想的问题太多太多了！什么拉肚子啦，牙疼啦，还有什么加班加点苦呀累的，他自己几乎就没什么感觉。

但对这次“澳星”发射，他却有足够的心理准备。

作为火箭总师，王德臣心里非常清楚，火箭发射是高风险，不仅他不敢打包票，就是神仙恐怕也难预料。中国的火箭要挤进国际发射市场，肯定就得付出代价；至于这代价是多大，谁也不知道。所以尽管他每天千头万绪，忙得不可开交，但百忙之中的他仍没忘记多一个心眼：他让秘书提前买了一支大手电，并装好电池，以便发射那天随时带在身上。他对秘书说：“这次发射万一再出现意外，带上这玩意儿，好钻仪器舱。不然，到时黑灯瞎火的，又乱套了！”

八

长城公司副总经理陈寿椿还是那么风风火火，还是那么匆匆忙忙，还是那么很难采访。

不过，在“澳星”发射前四天的晚上，我俩还是微笑着面对面地坐在了沙发上。

两年前，在我写的长篇报告文学《飞向太空港》里，我曾说过，陈寿椿是个用一个脑袋可以同时思考三个问题的人物！

两年后的今天，这个感觉看来仍然没错。

而且，还有必要补充一句的是：这是一个从不安分守己，今后也不会安分守己；从不满足现状，今后也不会满足现状的开拓型人物。他充满了创造的激情与活力，生命之河仿佛随时都处于一种澎湃的状态之中。

中国的火箭由国内的科学试验轨道转向国际商业发射轨道，这对中国的科技来讲，无疑是一场空前的大革命；而陈寿椿由研制火箭的专家变为经商火箭的老板，对他自己来说也是一次灵魂的革命。作为这场革命的一分子，为了给中国的航天蹚出一条生存的活路，陈寿椿和他的同事们八年来所经受的酸甜苦辣、曲折艰辛，用他自己的话来说，七天七夜，一言难尽——

陈寿椿说，“澳星”走到今天这步，非常艰难！“澳星”的前后合同他都经手了。研制火箭和推销火箭，完全是两码事。研制火箭是在搞科学，推销火箭是在做生意。做生意就要有生意头脑，就要有商业意识。与国外签订发射合同，是一件非常难的事情，但只要认准了，就要拿出气魄，不怕风险，也不怕承担风险！

陈寿椿说，上次“澳星”发射失利，如果进行一次民意测验，可能有百分之九十五的中国人都会认为是丢脸。但我们所接触的外国人并不认为这是丢脸的事。我们发射未能升空，这是事实，我们并不想改变这个事实；但在国际科学界、保险界、投资界并没有把上次发射列为失败的记录。中国人从娘肚子里一钻出来受到的教育，就是只许成功，不许失败。中国人干一百件事情，如果有九十九件成功了，哪怕只有一件失败了，也不行，照样会遭到指责和埋怨，照样不承认你是英雄。因为在中国的传统文化中，是以成败论英雄。所以中国的英雄，全是成功者，没有失败者。比如，五百年前的万虎，是人类第一个企图登天的人，虽然他失败了，苏联、美国和英国等国家，却承认他是了不起的英雄，将他载入史册。到了70年代，国际宇航协会还以他的名字，把月球上的一座山命名为“万虎山”。可中国在历史上却不承认他，没有他的正式记载，因为他是一个失败者。拿破仑滑铁卢大失败，西方依然承认他是英雄，在中国就不行。前不久，我们公司准备开一个饭馆，要给这个饭馆命名。我建议就用“万虎饭馆”。有人赞成，也有人反对。为什么有人会反对呢？因为万虎是个失败者！

陈寿椿说，现在观念很重要。中国人首先要有一个正确的观念。没有观念，就没有制度，没有制度，就没有法律。社会要鼓励创新观念，然后才有创新的制度，才有创新的法律。尤其现代社会，要鼓励那些勇敢探索的人，反对那些怕这怕那，什么都不想干，什么都干不了，反而还专门指责埋头苦干的人。没有知识、发明，没有探索、冒险，社会就没有进步，民族就没有希望。中国这样大一个国家，如此悠久一个民族，如果干什么事都畏畏缩缩、怕这怕那、举步不前，民族怎么发展？中国的出路在哪里？一句话，就是要干！中国不干，永远没有出路。要是十二亿人都跑到北戴河去疗养，中国的航天怎么办？

陈寿椿还说，航天事业是人类一项十分壮美的事业，它比其他事业更具风险，也更加艰难！就拿发射“澳星”来说，首先，你要对付美国专家对我们在技术等各个方面的严格考核和评审。要对付得过去，就得拿出真货。你要是尽卖假药，谁跟你合作？其次，要打通美国政府，要争取拿到卫星出境通行证；第三，要说服国内一些持不同意见的人，包括个别当官掌权的领导；第四，要对付国际上激烈的商业发射竞争。法国“阿里亚娜”公司在 1989 年 3 月份就已把合同准备好了，他们认为中国打不上去。现在，法国又找美国休斯公司谈好了，如果中国这次再把“澳星”打不上天，他们就接过去干！

陈寿椿讲到这里，我坐不住了，一下站起来，问陈寿椿：

“请你告诉我，如果这次发射再失败，导致的直接结果会是什么？”

陈寿椿也激动了，一下站了起来，说：

“如果这次发射再失败，那澳大利亚通信卫星公司可能破产，国际上好几家保险公司可能倒闭，美国休斯公司的市场将面临萎缩；而中国长城公司将名利俱毁，债台高筑！”

九

有人告诉我，要了解美国人，就去腾云楼宾馆。

我就去了腾云楼宾馆。

两年前，这个宾馆曾留下了美国人在西昌发射“亚星”的故事；而两年后，这个宾馆又有了美国人在西昌发射“澳星”的故事。

不过，两年前的感觉，是再也找不到了。

“澳星”即将再次发射，中国人忙，美国人也忙，整个宾馆都很忙。美国人每天从宾馆坐车到百里之外的发射场上班，然后再从百里之外的发射场坐车下班回到宾馆。无论是上班去发射场，还是下班回宾馆，每个人的脸上较之过去，都有了一个明显的变化，那就是：缺少了笑容。

美国人可是一个爱笑的民族。

两年前发射“亚星”时，住在腾云楼宾馆的美国人干得欢，玩得亦欢。每当周末或平时晚饭后，打球的，游泳的，跳舞的，唱歌的，喝酒的，说笑的，玩牌的，逗乐的，无论是过道上、房间里，还是酒吧间、娱乐场，比比皆是。整个宾馆充满了欢乐，充满了潇洒，充满了自由，充满了奔放，甚至包括偶尔发生的争吵，也充满了热烈和无所顾忌。

首次发射“澳星”时，住在腾云楼宾馆的美国人，同样如此。休斯公司组成的参加发射“澳星”的工作队约五十人，除一小部分人曾经参加过“亚星”的发射外，大部分人都是第一次到西昌，都是第一次同中国朋友携手合作。所以他们在闲暇之时，同样充满了兴奋与欢乐。

参加首次“澳星”发射任务的美国人，是 1992 年 1 月到达西昌的。那时，失败的阴影尚未降临，宾馆和发射场呈现的还是一片欢乐美好的理想景象。因此，尽管西昌贫困落后，文化生活枯燥，但从大洋彼岸过来的美国人，照样拼命干活，照样丰富业余生活，照样绞尽脑汁变着戏法就地取乐！

星期天，他们请中方帮他们把自行车从宾馆拉到发射场，然后再从发射场骑车回到宾馆。一百多里路途中，一路欢歌笑语，一路嘻嘻哈哈，一路豪情激荡，一路自由奔放。优哉游哉，享尽大自然赐予的一切乐趣。

晚饭后，他们三人一伙，五人一群，从宾馆步行到西昌市里。先逛上一圈，玩上一转，然后既不“打的”，也不乘公共汽车，而是专门找一辆马车或毛驴车，慢慢悠悠地返回宾馆。一路上哼着小曲，一路上笑声不断，一路上高高扬起马鞭或驴鞭，用二十元钱的外汇券，美美地享受一次东方“中世纪”似的快感。

逢上礼拜天，他们便在中方的组织下集体出动，到几百里外的彝乡游玩。白天，和彝族同胞一起，参加“斗牛”“斗羊”等活动；晚上，举起用松枝点燃的火把，满山遍野，到处乱跑，疯狂叫喊，而后再将所有火把扔在一堆，举行篝火舞会。他们牵着彝族姑娘的手，搂着彝族姑娘的腰，一边纵情欢跳，一边“嗷嗷”狂叫，闹得山山岭岭沸沸腾腾，整夜不眠。

节日里就更热闹了。

美国人到西昌没几天，就赶上了春节。在中国过春节，自然别有一番情趣，另有一层意义。中方许多人在发射场过春节，已经好几次了，早就习惯了，美国人却是第一次。为了让美国朋友放松放松，中方决定为美国朋友在除夕之夜搞一次焰火晚会。中方经费不多，但宾馆老板狠了狠心，还是买了二百五十元钱的鞭炮。

而美国人一听要搞焰火晚会，来劲了，各种鞭炮、礼花买了好几大包，好几大桶。美国人在国内的时候，没有条件没有机会放鞭炮，有关部门也不许放鞭炮。现在好了，到了中国，到了中国的西昌，人烟稀少，天地宽广，又时逢难得一遇的除夕，好不容易逮住这么一个天赐良机，恨不得把兜里的钱全都掏去买鞭炮！

于是，除夕之夜，晚风轻吹，月光如水，时辰一到，美国专家们争先恐后，兴高采烈，有的抱着、搂着鞭炮，有的拿着、举着竹竿，纷纷走出宾馆的大门，来到一个篮球场上。而后摆好鞭炮，掏出火柴，哧啦一声，顿时礼花齐鸣，鞭炮乱响，天上的月亮仿佛都被逗得眉开眼笑，心花怒放！

第二天，大年初一，中美专家合伙聚餐，联手包水饺。美国人只会吃，不会包，有的用手捏，有的用掌压，有的用嘴啃，有的用牙咬。

包出的水饺，有的像狗，有的像猪，有的像兔，有的像鸟，各式各样，“百花齐放”。等到水烧开了，再往锅里一放，乱七八糟，一塌糊涂，全都成了一块一块的面疙瘩！结果，未等饺子进嘴，便是一阵起哄，一阵打闹，一阵满屋子的哈哈大笑！

而且，有的美国人在西昌玩得不过瘾，为了满足精神的需要，过上一段时间，还会乘上飞机飞到香港，灯红酒绿，逍遥一晚，再坐上飞机飞回西昌。

然而，高兴的日子已成过去。

就在“澳星”发射的前三天，当我再次踏进腾云楼宾馆时，给我的第一感觉是：宾馆好像安装了消音器。

静，静得让人觉得有些反常，静得让人很容易怀念过去。

没有了歌声，没有了笑语，没有了叫嚷，没有了打闹。一切都像有了新的规矩，新的秩序，新的格调。美国人尽管依然进进出出，来去匆匆，尽管依然站在走廊上谈话聊天，或者在酒吧喝酒抽烟，但无论我认识的和不认识的，见过的和没见过的，脸上的笑神经仿佛全都短了路，讲话的声音也似乎换了调，甚至连走路的脚步也放得很轻很轻。

这一切，都是因为“澳星”发射失败了。

十

“澳星”发射失败后的美国人，从某种意义上说，比中国人还难过。

本来“澳星”让不让中国的火箭发射，美国国内就有不同意见。上到布什政府、国会，下到政府各个部门，都有意见分歧。甚至当时有人还说，让不让中国发射“澳星”的问题，有可能还会影响到布什总统下一届的竞选。至于各个火箭公司，意见更大，有的还抗议政府给中国发放“澳星”出境许可证。因为这是商业竞争，“澳星”要是让中国发射，就等于抢了美国火箭公司的饭碗。

因此，到中国参加“澳星”发射的休斯公司人员，从上到下，都是背负着某种心理包袱踏上中国国土的。成功了，回去好说；失败了，回到祖国，心里会是什么滋味？又该作何交代？

同时，美国人来一趟西昌也不容易。不容易的原因是交通困难。从美国洛杉矶到中国西昌，由于没有直达飞机，就只有从洛杉矶飞到上海或广州，再从上海或广州飞到成都，然后再从成都坐飞机或者火车到西昌。

如果运气不错，一路顺风，得三天；要是运气不好，遇上倒霉的气候，或者机票没有准时到手，或者别的什么地方出点麻烦，那路上耽搁的时间，就没个准了。其途中之辛劳，则更是苦不堪言。尤其是从成都到西昌，途中全是山区地带；加之又是小型客机，气候稍有不适，飞机便推迟或者停飞。

例如，“澳星”首次从洛杉矶运往西昌的时候，就曾遇到过麻烦。本来原计划是专机从洛杉矶起飞，先抵达上海虹桥机场，办理入境手续后，再从上海飞抵西昌。可等一切安排停妥后，上海偏偏又出现连日大雾，于是只好被迫临时改为专机从广州入境，然后再飞往西昌。

还有一个例子，就是美国休斯卫星公司有一位叫惠特曼的首席科学家，这次发射“澳星”时，他只身一人从美国来西昌发射场。他先从洛杉矶飞到香港，再从香港飞到北京，然后再从北京飞到成都。他从美国到成都这段路程还算顺利，可到成都后，麻烦就来了。本来，从成都到西昌，飞机四十分钟左右便可到达，赶巧的是他到成都后，偏偏碰上航班停飞。由于他急着要赶往西昌，便决定改乘火车。可正值春节前夕，他当然不知道十多亿中国人中至少有上亿人要凑在这个时候拼死拼活赶着回家过节。所以当他来到成都火车站时，只见车站里里外外、南来北去的老少旅客，以及提着大包、拎着小包、扛着棉被、背着箩筐的男女民工，呼呼啦啦一大片，挤得小小车站水泄不通。这位首席科学家早知道中国人多，但没想到竟有这么多——多到了让他目瞪口呆的地步！他愣了半天，最后一咬牙，还是坚持往里挤。尽管挤得气喘吁吁、臭汗淋淋，但这位搞卫星的专家还是没有挤过赤膊上阵、气壮如牛、背着铺盖卷的中国农民工。最后只好连声叹息，打道回府。直至第四天，才在中方的配合下，坐上一架小型客机到达西昌。

所以，在正月十五的元宵节上，当中方主持人特请这位美国首席科学家讲话时，他第一句话就说："首先我得感谢热情好客的中国朋友们——感谢你们费了好大好大的劲，才把我从美国弄到了西昌!"逗得大伙儿哈哈大笑。

美国人的另一困难，是在异国土地上要生活、工作好几个月，因此在饮食、气候、水土、身体，还有情感等各个方面，都很不习惯。

"澳星"发射失败后，由于"澳星"仍然留存在西昌发射场，就意味着一部分看护"澳星"的美国人还得继续留在西昌。而留下来的时间到底多长，一时谁也说不清。也许三月，也许半年，也许更久。总之，留下的人员，就还得继续忍受大山沟的孤独，忍受性生活的苦闷，忍受不适应异国土地上生存所带来的一切痛苦!

而且，更为严重的是，这颗"澳星"是美国休斯公司首次推出的第二代通信卫星的第一颗，只有尽快将它发射升空，并很快投入使用，这一新产品才会赢得信誉，迅速占领国际商业市场，从而为后面一系列的卫星打开通道。但现在迟迟没打上去，当然就无法用事实回答这种新研制的卫星到底是好还是不好，也就无法加入飞速运转的商业轨道，因而来自世界各地的美元或者港币、法郎，也就不能迅速滚进美国人的腰包。

所以，"澳星"发射失败那天晚上，在山上观看发射的休斯公司人员，当看到火箭只冒烟不腾飞时，所有的人全都惊呆了！他们受到的惊恐与打击，并不比中国人轻。

谈到失败后美国人回到宾馆的情况，腾云楼宾馆的一位服务员，这样回忆道：

“澳星”发射失败那天晚上，美国人回到宾馆后，大家都阴沉着脸，谁也不讲话，谁也不吭气，往日被他们折腾得喜气洋洋、热热闹闹的宾馆，像个突然泄了气的皮球，一下子就没声了。本来，那晚餐厅为美国朋友们准备了好酒好菜，可敲了他们几次门，谁都不肯进餐厅。后来，只有四位美国朋友去了餐厅。可他们只喝了点饮料，吃了两口菜，便放下餐具，各自回房休息去了。

本来，美国人身体个个都很棒，晚上睡觉一般都打呼噜，有时我们路过房间的门口，都能听到房间里传出的呼噜声。但失败那天晚上，美国人好像是集体失眠了似的，每个人的房间都很静，静得连一点点呼噜声都听不到……

但休斯公司的项目经理江深在失败的当晚，一回到房间，便心急火燎地给西昌发射基地的司令官胡世祥专门打去电话，非常恳切地说：“胡先生，我对今晚的结果感到十分地遗憾，也感到十分地悲痛。不过，有你这样坚强而优秀的指挥官，我们是放心的。请你不要难过，我们干的这一行，就是大喜大悲的事！我们美国的卫星 1958 年就上天了，但至今也时有失败发生。失败并不是一件什么了不起的事。你们今晚把卫星保住了，这就已经相当不错了。”后来胡世祥说：“我没想到失败后接到的第一个安慰我的电话，竟是美国人打来的！”

七十六岁高龄的“大力神”火箭副总师史密斯先生在失败后的几天里，也一直沉默着，直到三天后他即将登上飞机离开西昌时，才拉住中国卫星发射测控系统部部长李宝铭和联络员许建国的手说：“我搞了一辈子的火箭，重大的失败经历了三次。虽然你们这次没有成功，但我仍然充满信心。你们火箭的自动紧急关机系统的确有独到之处。如果没有这个系统，我们看到的，将会是继 1986 年美国‘挑战者号’失事后的又一大灾难。现在卫星和发射场都完好无损，人员无一伤亡，岂不是不幸中的大幸!”

还有一位身份特殊、不得不说的人物，就是美国国防部空军中校柯茨先生。柯茨先生是以美国政府官员的身份出现在西昌发射场的，实际上就是美国国防部派的一位特工人员。他来中国西昌发射场的职责或者说任务，就是监督美方人员的行动，防止美国的卫星技术被美方人员泄露，或者说被中方人员窃走。所以，在平时的会议上，柯茨先生从来少言寡语，一脸威严，一旦发现美方人员有不合适的言论，或者与中方有不正当的接触，他当即就会予以制止，而且绝不留一点情面。

我曾与柯茨先生有过短暂的交谈。当我问到他生活方面的问题时，他如实作答；可一旦问及稍稍敏感的问题，他便闪烁其词，或者谢绝回答，在态度上也会显露出一种冷漠甚至傲慢。

记得有一次中外专家开会，有人刚谈及“澳星”上一个小的技术问题，他当即站起，毫不客气地中止了谈话；紧接着将美方人员叫到另一房间，嘀咕了半天——大概是要他们遵守纪律，不要泄露卫星技术秘密，而后才让会议继续进行。然而发射失败后，这位平时一脸威严的国防部特派人员也和其他美国人一样，非但不进餐厅吃饭，甚至连服务员送到面前的水果也懒得尝上一口，满眼同样是难以言说的伤感与酸楚。

据宾馆的小姐说，那个晚上的柯茨先生，是靠一杯接着一杯的咖啡度过的。更令人感动的是，在即将返回美国时，柯茨先生还对中方联络员许建国先生说：“许先生，请你转告你的上级和同事！我作为美国政府代表，可以负责地说，中方完全遵守了中美两国政府关于在中国境内发射美制卫星的技术安全协议。在‘澳星’签订合同后三年多来的历次技术协调以及这次双方的联合操作中，均未出现过未经许可的技术转让。我对中美双方的合作极为满意，并对你们的协助表示感谢!”

十一

澳大利亚通信卫星公司代表戈登·派克的心情，似乎要微妙一些。

作为卫星的澳洲主人，之所以选用中国的火箭发射，价格便宜自然是一个重要的条件；但至少还可以说明一点，他们信任中国的火箭和发射技术，并非出自侥幸心理和商业投机。

这一点，我是从派克先生那里得到证实的。

我最先见到派克先生是在“澳星”首次发射前。那天，在宾馆的小酒吧里，当翻译小姐把派克先生向我作了介绍后，我们两只热情的手便紧紧握在了一起。不知什么原因，作为澳方派往中国发射场唯一的全权代表派克先生，给我的第一感觉，竟有一点姑娘似的腼腆。

派克先生四十二岁，白净的脸上架着一副眼镜，说话显得柔和而真切，颇有点东方人的书生味儿。我手头的采访本里，至今还保留着我俩当时谈话的原始记录。

那天，我问的第一个问题是：请问派克先生，贵公司选用中国的“长二捆”发射“澳星”，主要基于哪几个方面的考虑？

派克先生回答说，主要是两个方面：一是中国的发射价格便宜；二是中国的火箭有过成功的历史，技术可信。

我问的第二个问题是：请问派克先生，您来中国参加发射，与其他国家相比，有什么不同之处？

派克先生回答说，大的方面都差不多，只是感到这儿交通不方便。当然生活方面也有不适应之处，但正在努力争取尽快适应它。

我问的最后一个问题是：请问派克先生，假如这次“澳星”发射失败，贵公司下一步将作何打算？

派克先生回答说，如果这次发射失败，那么就让中国接着再打，直到成功！

没想到，十四天之后，真的失败了。

据说，失败那晚，在指挥大厅的派克先生，当场就流下了眼泪。

在机场告别时，他还对中国朋友说："等着我，我会再回来的!"

果然，一百天之后，派克再次作为"澳星"公司的全权代表，又踏上了中国的土地，又回到了西昌发射场。

但是，在"澳星"临近发射的前夕，当我再次见到回到西昌发射场的卫星的澳洲主人派克先生的时候，我发现，尽管他外表若无其事，内心却比谁都着急，比谁都担心!

因为澳大利亚从美国购买的这颗卫星，花去了一亿三千八百万美元，而澳大利亚国内目前在天上运转的通信卫星，又寿命将尽。换句话说，澳大利亚等着中国将这颗卫星发射上天后，好尽快接替即将到期的卫星。倘若中国这次再打不上去，那澳大利亚国内的通信系统下一步就有面临瘫痪的可能。

这是台湾的彭先生告诉我的。

十二

彭先生的房间开始不让进。

那是个晚上，离"澳星"再次发射还有两天。当我乘上电梯刚走近彭先生房间门前时，却过来一位彬彬有礼的宾馆小姐，说宾馆有规定，外国人的房间不能进。

我说："彭先生是台湾人，不是外国人。"

宾馆小姐一个漂亮的摆头，说："我不管，反正不让进。你有事可以在走廊里谈嘛!"

我说："我要采访我要记录，站在走廊上没法谈没法记再说也不雅观。小姐你就装着没看见，反正我是中共党员，又不是特务!"

小姐笑了。

我就进去了。

一进去我就发现一个秘密：彭先生的桌上放有一套饮水用的过滤

器。彭先生说，这是我们从美国专门带来的。因为西昌的水质不好，所以我们的全部饮水，都得自己先过滤一下，才能喝进肚里。

彭先生三十四岁，体型略显富态。他从小生在台湾，十五岁去了美国，1982 年毕业于纽约州立大学。他的专业是卫星测控，所以发射“澳星”时，便被休斯公司聘请来了西昌。

彭先生告诉我，这颗卫星是美国的新产品，所以美国人寄予的期望很大。它的成功与否，对休期公司有着举足轻重的作用。上次失败后，休期公司的人吃不好睡不好，洛杉矶总部的人员亦感到遗憾和失望。不过，美国人心理上有准备，因为他们见过许多失败，而中国人的心理准备不够。他们回去不久，就收到了中方发去的传真，知道了故障的原因。美国人很细心，很认真，自己也进行了论证，看中方的改进措施是否可行。3 月份失败，8 月份就重新发射，国外其他公司还没有这个速度。不过当时美国人也有一种担心，担心王德臣总师会受到上司的处罚，会挨整。等他们这次来见到王德臣总师后，才放了心。

就为这颗“澳星”，彭先生已是第八次来西昌了。他说现在宾馆比他刚来时进步不小，增设了不少餐厅，服务态度亦热情。但美国人现在最大的问题还是吃饭问题。美国人吃东西比较挑剔，不习惯中国菜。比如山珍海味之类的东西，在中国是上等的名贵菜，但美国人不喜欢吃。还有像鲤鱼、鳝鱼之类的菜，咱中国人都很喜欢，亦算名菜，可美国人也不愿吃，不敢吃。说鲤鱼有刺，吃起来挺费事；鳝鱼像蛇，吃起来容易产生别的联想。反而对中国的普通菜倒挺喜欢。当然，宾馆也有西餐，但中国人做的西餐毕竟不地道，不太合美国人的口味。所以，休斯公司的人员还是从美国带来了五大箱冷冻食品，每个人都有好几十斤。

不过，美国人在西昌，也是够受宠的。彭先生接着说，他们来中国受到的待遇，比在国内好。有的人来这儿就像度假似的。其实，休斯公司大部分人员在美国都是较普通的，有些地方没必要尽宠着他们。当然，许多人都是第一次来，亦的确不容易。除了生活上不习惯而外，还有语言障碍。发射“亚星”时，因语言不通而引起了许多麻烦。这次参加发射“澳星”的人员，来之前就专门请了一个汉语专家，每天中午讲一个小时的汉语，每星期讲三次，每个人都发了一本《汉语会话》。现在他们上街时，就拿着这本《汉语会话》当通行证。

彭先生还说，他从小长在台湾，过去对大陆的情况不太了解。从小听到的，总是“大陆苦难同胞啃树皮”之类的话。现在来了几次大陆后，才知道情况不是那样，比他想象的要好。但大陆人似乎不太注意卫生，发射场区的卫生条件较差。这一点应该引起重视。因为你要打入国际市场，卫生条件也是一个基本的条件。另外，就是有的安装质量不过关，包括一些简单的开关、门窗、电线等，安装得都很粗糙。

关于这两点，和彭先生一起来的余小姐也颇有同感。

十三

余小姐是典型的菩萨心肠。

“澳星”首次发射前，我一到发射场便打听，这次来的休斯公司工作队里，有没有美国女士。

别人告诉我，有，有一位姓余的小姐。

在宾馆的舞会上，我见到了余小姐。余小姐身材苗条，舞姿优美，朦胧的灯光下，她尽情狂舞，忘乎所以。我请余小姐跳舞，一边跳，一边聊。聊着聊着，我便开始纳闷：这位美国小姐的中国话怎么讲得如此漂亮流利？等我一问，才真相大白：原来余小姐不是美国人，而是美国人聘请的香港人。

次日上午 10 点，我和余小姐按约定的时间在宾馆的酒吧相见。那天上午的太阳很亲切，透过墨绿色的窗帘投进酒吧，映照在余小姐的脸上、身上，酒吧和余小姐同时散发出一股温馨的气息。这时的余小姐很温柔，很平静，与昨晚舞场上的余小姐简直判若两人：像一位演员，已谢幕离开舞台，回到了真实的生活。

余小姐生在香港，长在香港，高中毕业后念了三年护士专业，毕业后工作了十年，然后又去香港大学攻读英语。由于她有护士专长，加上既会英语又会汉语，故被美国休斯公司聘请，既干护士，又做大夫，还当翻译。美国人在平时的生活中若遇到一些小事，都喜欢请她帮忙；有什么问题，也愿意找她询问。于是，她便成了休斯公司工作队里不可多得的“两栖人物”：既是“中国通”，又是“美国通”。

当然就很忙。

但在匆匆忙忙的生活中，余小姐的心灵深处，却藏着一片宁静的港湾。

余小姐五岁失去父亲，母亲一人拖着八个孩子，她的童年之艰辛可想而知。余小姐从小吃素，至今依然如故。她十八岁到二十二岁信基督教，每周坚持去教堂做礼拜，后来又信了佛教。她说宗教对她产生的影响很大，并还将会影响她的一生；尤其是佛教中谈到的人生的大境界，简直令她倾倒。

余小姐还喜欢中国文学和英国文学，而对中国孔子、老子、庄子等大师的哲学，更是全身心地投入。她在大陆买了好多书，几乎全是关于孔子、老子和庄子的著作。她同我一谈起这些大师的哲学观点和思想境界时，神采飞扬，如痴如醉。

余小姐说，她主张人类皆善，四海之内皆兄弟。她厌恶战争，厌恶争斗，厌恶一切虚假和罪恶。她的最高理想，是追求人类的大同世界。她说香港实际上很功利，人与人之间很冷漠，而西昌这块土地虽然很贫困，但民风朴实，人很注重感情。她到中国大陆来，就是想多结识一些人，在感情上增添一些交流。

对发射“澳星”本身，她的兴趣似乎并不太大。她说为了人类自身的生存和发展，中美澳携起手来，共同开发宇宙空间，这当然是人类的一大进步。可她更关注的，是人类超然于一切物质之外的一种形而上的精神。

但是，这次当我见到她时，“澳星”失败的残酷现实，使她多少发生了一些改变。她说上次发射失败后，不知怎么搞的，她也流泪了。她虽然没有直接参加发射，但却亲眼看见了中美澳三国科学家们为探索宇宙空间所付出的努力与代价。

我请她谈一谈她眼中的美国人。她说这次休斯公司工作人员来西昌后，情绪与失败前大不一样。他们表面上好像没什么，心里却很沉重。有时他们也笑，但笑得都很勉强。他们这次的工作程序安排得很紧张，心里都憋着一股劲儿。许多文娱活动虽然安排了，可他们不去玩。本来有些人过去一直是活蹦乱跳的，很喜欢迪斯科，这次却几乎没有人去跳了。"澳星"没打上去，他们心里很难受，很着急。比如她的好朋友麦琪，她这次见了后，像变了一个人。

十四

不得不谈到麦琪，我们亲爱的麦琪。

麦琪是美国休斯公司的女安全官，她的真名叫玛格丽特，麦琪是她的爱称。

麦琪这次是第二次来西昌了。

第一次是在两年前，西昌发射"亚星"的时候。那次麦琪担任的也是休斯公司的安全官，主要任务就是看守卫星。她活泼开朗的性格和忠于职守的工作态度，给中方人员留下了美好而深刻的印象；而她在西昌发射场两个多月的日子里，也对中国有了感情。

发射"亚星"时，由于中国开展对外发射服务尚属首次，因而一方面缺乏经验，另一方面物质条件也不完全具备，因此在生活条件和服务设施、服务项目、服务方式等方面，不可能完全令美国人满意。所以休斯公司部分人当时有不少意见。据说后来回到美国后，有人把西昌说得一塌糊涂，甚至还有人发誓说，今后再也不去西昌了！

但麦琪不。

打完"亚星"回到美国的麦琪，对中国西昌发射场依然充满回忆；

对在西昌共事过的中国科技人员一直深怀眷恋。“亚星”发射成功的当晚，在腾云楼宾馆举行的中外庆贺宴会上，她和中方“黑脸翻译”许建国先生一人高举着一杯中国红葡萄酒，然后相互搂着照了一张“结婚照”。这张照片被她带回美国后，还专门做了一个镜框，将照片放在镜框里，然后摆在自己的梳妆台上。要是家里去了朋友，她便指着镜框中的“新郎”，向朋友们大讲中国，大讲中国西昌，大讲中国西昌发射场。讲那儿的人，讲那儿的事，讲那儿的宾馆，讲那儿的发射场，讲那儿的山山水水花花草草以及美丽的“月亮城”那又美又圆又明又亮的大月亮！

当有的休斯公司人员对西昌说三道四、挑剔指责并问她下次打“澳星”还去不去西昌时，她明确回答说：

“西昌的条件是差。若单从物质条件上比，各方面肯定不如美国。但中国人热情、诚恳、友好，非常愿意合作。在有限的条件下尽到了最大的努力，总是想方设法让我们美国人日子过得愉快些、舒服些，而且是有求必应。这就足够了，还要让人家怎样呢？下次打‘澳星’，你们要是不去，我去！”

果然，她真的来了。

麦琪第二次到西昌的感觉，用她自己的话说，像回娘家。

麦琪是1992年1月再次踏进西昌卫星发射场的。在那段阳光灿烂无忧无虑的日子里，本来就活泼开朗的麦琪显得愈加的开朗活泼。她上班拼命干，下班尽兴玩。她喜爱迪斯科，一有舞会就去跳，跳到了近似疯狂的地步。甚至平时在酒吧间里，我也亲眼看见，她一边端着可乐，一边纵情地跳。她尤其爱笑，无论走到哪里，总能听到她的笑声。因此，有人说，只要麦琪在，笑声就肯定在。

然而，“澳星”发射失败后，麦琪的舞步停止了，麦琪的笑声消失了。那晚，她不吃不喝，把自己关在房间里，独自望着窗外的夜空，悄悄抹着眼泪。

几天后，她在电梯里同“黑脸翻译”许建国相遇。刚一见面，便拉住许建国的手说:“从发射失败那晚起，我就在找你，可总也找不着你。我只想对你、对你的同事说一句:中国人能造出世界上最好的火箭!你们不要愁眉苦脸，要露出点笑来!啊，要笑、要笑!”

一说完，她就强迫自己先笑了起来。可她脸上的笑容还没完全挤出来，眼里的泪水已经流出来了。

许建国非常感动，上前紧紧拥抱着她。她靠在许建国的肩上，一边抹着泪水，一边喃喃地说:“许先生，我不走了，我要留在西昌。西昌就是我的家，我要和你们在一起。你们的火箭什么时候准备好，我们就什么时候打。”

两天后，休斯公司大队人马要返回美国了。由于“澳星”决定留在西昌发射场，美方自然也得有人留下来看守“澳星”。

留谁呢?

麦琪第一个举手:“我!”

结果，麦琪留下了。从 1 月到 8 月，她在西昌大山沟里一待就是半年多!

和她一起留下的，还有十几位美国安全警官。他们的任务，就是守护卫星厂房里的“澳星”。卫星厂房就在发射场附近，离腾云楼宾馆有一百多里。“澳星”发射失败后，云集于发射场的中外专家和技术人员几乎全都撤走了，热热闹闹的发射场一夜间变得一片沉静。偌大的卫星厂房，除了中方留有少许勤务人员外，就只剩下麦琪和另外十几名美国安全警官了。

麦琪和她的同事们看守卫星是三班倒，二十四小时昼夜值班。他们每天早上 6 点从宾馆乘车去卫星厂房，中午 2 点半换班，晚上 10 点半再换班。卫星厂房内设有安全办公室，办公室里装有几个监视器，对卫星和厂房四周进行全方位的监视。此外，他们还要在厂房内和厂房外的四周不时进行巡逻。巡逻情况，计算机随时都会记录下来。

为了便于中美双方在工作生活上随时取得联系，中方也有一个专门的为卫星服务的勤务保障分队住在卫星厂房附近，二十四小时为美国的卫星提供水、电、气等，并在工作中随时给美方提供协作和方便。同时，中方还派出一名翻译二十四小时住在那儿，以保证中美间的随时联络。

住在那儿的翻译叫小曹。小曹很辛苦，日子也很单调。除了上厕所，每天二十四小时几乎寸步不离，甚至连每天三顿饭，也是别人替他打回来。有时别人忘了或一时忙不过来，他就吃方便面或者啃饼干。由于美方大小事情都必须经过他，所以他对双方的情况都很熟悉。

小曹告诉我说，留下来的美国人都很团结，工作上相当负责而又十分仔细。在卫星厂房里的大小箱子上，他们都写有休斯公司的具体工作指示，有的还写上一段誓言。每天工作上的任何一件细小事情，他们都用打字机严格地记录下来。美国人原则性特强，平常时候，中美双方非常亲切，随便。闲聊时，谈什么都行。有时彼此打闹、开玩笑，亲热得不得了！但当中方工作人员一旦有事要进入卫星厂房时，即便你同他再熟，也别想进去，而必须履行完严格的手续之后，才能进门。而且进门前，中方人员要出示证件，进去做什么工作，多长时间，几个人，全都得一一登记齐全。然后，才发你一个证件，并派上一个人，寸步不离地“陪”着你一起进去。等你干完工作后，再“陪”你走出厂房。而且，你在厂房期间的一切大小活动，几个监视器时刻都在毫不含糊地监视着你。

谈到麦琪，小曹很有兴趣。他说麦琪平时嘻嘻哈哈，无拘无束，十分潇洒。但工作起来相当卖命，原则性也强，甚至在一点点小事上，也不作半点让步。

比如，有一次卸气瓶时，卫星厂房门前的台阶有三个小地方被打烂了。中方工作人员认定是美方打烂的，而当事者便是麦琪。但麦琪只承认其中有一块是她打烂的，另外两块是原来就坏了的，还拿着碎片，找中方工作人员签字，证明她确实只打烂了一块，还强调说，签字时一定要写英文，写汉字他们不认识，等于白签。

翻译小曹还说，麦琪的业余时间也安排得挺有意思。她一有空隙就学汉语，而且还学得不错。同时，她对中国的民间音乐很感兴趣，常听中国的音乐磁带。司令员胡世祥知道后，为了丰富她的业余生活，特意送她一把二胡，还请去一位老师，教她拉二胡。

为了感谢中方的关照，有一天，麦琪特意将自己的房间打扮了一番，并专门换了一条红地毯，说这是她在中国的“新房”，然后邀请胡世祥等中方人员去她“新房”做客。

可胡世祥刚一进麦琪的“新房”便发现一个秘密：卫生间的门缝处贴着一大块胶布！

胡世祥问麦琪：

“为什么这儿要贴一块胶布？”

麦琪说：

“这房间里有老鼠，好大好大的老鼠！晚上我坐在沙发上看电视，它就趴在那儿看我！”

胡世祥说：

“怎么不向中方工作人员反映？”

麦琪忙解释说：

“不不不，这与中方工作人员无关，全怪我们从美国带来的好东西太多，把老鼠全给吸引出洞来了！”

胡世祥听后哈哈大笑，笑完之后一声令下：“灭鼠！”

于是，宾馆火速行动，两天之内便干掉了上百只老鼠！

我这次见到麦琪，是在“澳星”发射的前两天。我先去宾馆找她，她不在，就直接找到了卫星厂房。卫星厂房的门前布置得很漂亮，三面国旗高挂上方：美国国旗居右，澳大利亚国旗居左，中国国旗居中。一条红色地毯从门口一直伸进卫星厂房。

麦琪刚一见我，便用汉语叫道：“李先生，您好！见到您我很高兴！”然后便热情地握住我的手，另一只手则不停地在我的手背上拍打着，直拍打得等她意识到我有点不好意思时才住手。

麦琪穿一件印有发射“澳星”图案和英汉文字的白汗衫，显得精神洒脱。尽管她在这山沟已经待了半年，但除皮肤稍黑了一点外，其他方面并看不出有什么变化。

我问她，在这山沟待了半年，一定感到寂寞吧？

她的回答却令我吃了一惊：我一直很忙，没有时间寂寞！

我问她，上次“澳星”发射失败后，为什么要求留在西昌？

她说原因是多方面的，有的原因不便说出口。但有两点可以说，一是为了工作，二是喜欢这儿的清静。

我说“亚星”和“澳星”的两次发射你都参加了，作为一个在中国的土地上执行发射任务的美国人，你最深切的感受是什么？

麦琪想了想，想得很认真，然后说：“能到中国参加卫星的发射任务，我从心里感到荣幸！中美之间能合作一起，共同开发空间，这很不容易。因此，我非常非常地珍惜这一机会。发射‘亚星’时，由于中美间在航天发射上是第一次合作，彼此都不太了解，加上工作方式不同，难免引起这样那样的矛盾。但这次发射‘澳星’好多了，我们合作得很愉快，工作进展很顺利！”

…………

的确，从“亚星”到“澳星”，中美走过了一个从误会到理解、从冲突到和谐的过程。

两年前发射“亚星”时，虽是同样的人员，同样的地点，同样的任务，但在小小的发射场上，无论是工作上还是生活中，问题和误会，矛盾与冲突，比比皆是。

但从“亚星”到“澳星”，中美彼此间又都在走近对方。如今，一颗小小的“澳星”，已把双方的命运紧紧连在了一起。尤其是经历了失败之后，中美澳三方已形成一股巨大的合力，都在暗暗使劲，誓将“澳星”托举上天！甚至为了支持中国的这次再发射，美国休斯公司竟然还提前支付了五百二十万美元的巨款！

第九章

发射即将开始，中方“浮子”偏偏不见，美方“夹子”突然失踪。“澳星”功臣凯旋，车站只有十束鲜花相迎。有人问航天部副部长刘纪原：成功后有何感想？刘纪原一句话：“夹着尾巴做人！”

一

时间：1992 年 8 月 11 日下午。

地点：发射场区大礼堂。

中方发射指挥部召开最后一次会议。与会者有：国防科工委和航空航天部头面人物，研制、发射、测控、气象等各类航天专家，共计百余人。

会议由指挥长胡世祥主持。中心议题是：确定“澳星”正式发射日。

“长二捆”运载火箭自 7 月 4 日抵达发射场后，经一个时期的水平测试，于 7 月 27 日转往发射阵地，然后将火箭竖在了发射塔上；接着，又经十六天的垂直测试检查等一系列工作，这才总算完成了火箭与“澳星”在发射前的一切准备工作。

同时，测量控制系统、通信系统、加注系统、消防系统、勤务保障系统等，均处于良好状态；各种测试文件、故障预案等，统统准备就绪；各种火箭推进剂和所需气体，也全部化验完毕。

但是，火箭到底是否可以发射，究竟何时发射，必须在此次会议上最后拍板。

会议开始后，各系统负责人先汇报本系统情况，然后相互提问、考察、设置难题。

会议开得谨慎，却又透彻。一个人发言，其余的人的脑子都跟着转：还有什么问题？还有哪个方面没有想到？还有哪些意外情况可能出现？还有哪个部件的质量可能出现问题？

焦点始终围绕着“长二捆”运载火箭。

总师王德臣在讨论中没讲一句话。他坐在属于自己的位置上，两眼一直平视前方，无论谁发言，他的身体和目光都不作半点移动，只是认真在听，使劲在想。但他给人的感觉又很随意，像个局外人，仿佛人们现在提到的问题，他在脑子里早已想过十遍百遍了。

最后，会议一致认为，“长二捆”火箭可以发射。

但哪天发射最好，还须由气象条件来决定。

西昌发射场已进行了十次发射，每次的“发射窗口”都是选定在晚上。但这次“澳星”发射，却一反常规，美国人偏偏提出，要在早上发射。这为中方在考虑气象条件时，增加了难度。

这时，胡世祥站了起来，他说：“现在，请吴传竹副总师把天气老爷给大伙说说!”

吴传竹就把“天气老爷”的预测情况说了说。他的总的结论是，这次天气情况从目前看来，问题不是很大，14 日和 15 日均可发射。

此前一句话没讲的王德臣，这时讲话了，他说：“13 号早上，能不能报出 14 号早上的准确天气情况?”

他关心的是 14 号早上。

“可以说出百分之八十的把握来。”吴传竹说。

“百分之八十?”

会议第一次出现了沉默。

短暂的沉默后，接着便是热气腾腾的讨论。讨论的焦点是：14 日发射，还是 15 日发射？如果 14 日发射，到时会不会出现风、雨、雷、电?

问题很清楚，8 月的西昌，已进入雷雨季节，虽然据目前气象预测，14 日和 15 日均满足发射条件，但到底是选择 14 日的发射窗口好，还是选择 15 日的发射窗口好，是个问题。

在此之前，当 14 日和 15 日的气象预报刚一报出时，有人便说，选在 15 日发射比 14 日发射好。其理由是，14 是“失事”的谐音，若选在这天发射，按中国的风俗，很不吉利；另外，上次“澳星”发射是 3 月 22 日，是个偶数，偶数就会出现偶然，所以上次“澳星”“偶然”失败了。这次应该选一个奇数的日子发射，奇数的奇，就是奇迹的奇，选择一个奇数，也许就有奇迹发生！

显然，人们太害怕失败了，太希望成功了！

但卫星发射毕竟是科学。选择哪个发射窗口发射，必须满足发射窗口的两个条件：一是卫星表面的太阳能电池及卫星的太阳帆板必须与太阳光成九十度，这样太阳方可为卫星提供充足的能源；二是发射时不能有雷电风雨。尽管 14 日和 15 日都可满足上述两个条件，但如果选在 15 日发射，万一 15 日出现意外情况，比如火箭发生故障或者气象突然变化，那就无路可退，陷入被动。

最后，会议还是决定：14 日早晨正式发射！

一份加急电传，当即飞往北京。

二

北京。当日下午。

中央书记处书记、统战部部长丁关根召开紧急会议。参加会议的有国务院办公厅、中宣部、广播电视部、航空航天部、国防科工委主要负责人。

会议中心议题是：这次“澳星”发射，是继续向国内国外进行现场直播，还是干脆取消现场直播？

之前，这两种意见就一直存在。而且据说，有关部门已经作出决定，这次“澳星”发射，只向国外直播，国内不再直播。

但临近发射前，一部分人认为这次成功的可能性很大，建议有关部门还是要现场直播。特别是中央电视台和部分航天专家，要求继续直播的态度尤为积极，一方面是为了让全国人民看到历史真实的画卷，另一方面则是为了“洗雪”上次蒙受的“耻辱”。

于是，便有了由丁关根亲自出面主持的这个会议。

会议摆出了两种意见：一种意见是，只对国外现场直播。若是发射成功了，国内再放录像。其理由是，航天发射的风险性太大，万一这次又失败了，已经承受过一次打击的国内民众，难以承受再一次的打击。另一种意见是，国内国外同时直播。其理由是，高科技本来就是高风险，只要工作做到家了，纵然再次出现失误，也没什么了不起。尤其是在改革开放的历史进程中，中华民族需要增强风险意识。一个民族只有在挫折与风险中经受住了考验，才可能真正走向强盛。再说了，“澳星”发射本是商业发射，按国际惯例都要进行实况直播。西方国家发射商业卫星时，还专门出售参观发射的门票，中国何而不为？

最后，两种意见趋向一致，丁关根一锤定音：上次直播这次不播，理由不多；国外直播国内不播，群众意见多；发射不成功，就是不直播，责备照样多。

一句话，这次照样直播！

会议意见，火速呈报李鹏。

李鹏很快批示：同意现场直播！

于是，早已严阵以待的中央电视台直播组，于当晚火速赶到西昌，连夜开始了紧锣密鼓的准备。

三

西昌。次日下午。

发射场区小宾馆二楼会议室。

中、美、澳三方将在此举行正式的发射签字仪式。这是商业发射中的一条规矩。卫星的主人和研制者是否认为自己的卫星可以发射并同意某月某日发射，均须亲笔签字，留下法律依据。否则，在发射中万一出现意外，一旦打起官司来，无据可查。

签字前，双方照例先提问。提问的主要是美方，其内容大都是关于火箭的可靠性和气象预报方面的问题。

王德臣和胡世祥分别解答了美方提出的各种问题。

美方表示满意。

但胡世祥最后还是认真地问了一句："你们再想想，看还有什么问题？"

美方十几位代表相互望了望，然后用生硬的中国话一起说了一句："没有了！"

我听见，肃穆的会场一下便有了笑声。

就在大伙笑过之后，胡世祥突然向美方提出一个问题："请问，你们为什么要把发射窗口定在早上呢？"

美方一时语塞，面面相觑。

斯坦豪尔急忙说道："对不起，请允许我们离席几分钟。"

说完，几位美国专家走到阳台，悄声商量起来。

片刻，斯坦豪尔等人才重新回到座位上。然后，斯坦豪尔说："请原谅，本来我们也想利用下午的窗口，但早上的窗口对我们更有利一些。至于具体理由，我们现在不便说出。总之用早上这个窗口发射，更有利于卫星在天上工作。"

"好，那就这么定吧！"胡世祥说。

几方代表，这才开始签字。

字一签完，皆大欢喜，相互祝贺，相互拥抱，相互合影。小小会场，顿时热闹起来。

这时，满脸笑容的斯坦豪尔乘机提出一个请求："能不能让我们到发射塔上，再看一眼我们的卫星？"

正在兴头上的胡世祥十分爽快，大声回答道："可以!"

于是，载着中外专家的几辆小车，朝着发射场直奔而去。

我与十余名摄影记者紧随其后。

四

这天，发射场的天气很好。正是下午 4 点，太阳很旺，却不热，是近一个星期来难得的一个好天。

胡世祥打头，美国专家们随后，信步跨进电梯。几分钟后，中外专家们便站在了七十七米高的发射塔的顶端。

天空，云彩，太阳；火箭，卫星，塔架。中外专家们仰望蓝天，俯视脚下，一种从未有过的轻快感似乎顿时涌遍全身。片刻，彼此回首相望，全都开心地笑了。

随后，中外专家们从发射塔顶端，一层层地朝下走。一边走，一边说说笑笑。但当来到即将升空的"澳星"的面前时，不知什么原因，大家都不约而同地停住了脚步，中止了谈话，甚至连正常的喘息声，也压得很低、很低。

"澳星"端坐于"长二捆"火箭的头部，中、美、澳三面国旗印在其上。专家们望着"澳星"，心里似乎马上便涌起了一种难舍难分的感情；尤其是首席科学家斯坦豪尔，距离"澳星"最近，他佝偻着高大伟岸的身躯，久久深情地注视着即将升空的"澳星"，如同一位深情的父亲，目送着已经坐上了花轿的女儿。

而当专家们来到"长二捆"火箭的面前时，首先吸引大家的，是箭体中央"中国航天"四个摄人心魄的大字。几位美国专家先是一声惊叹，随后用手一指，便用半生不熟的中国话一起念了起来："中、国、航、天!"

于是高高的发射塔上空，便传出一片笑声。但这笑声很轻微，既不开朗，也不响亮；尤其中国专家，这轻微的笑声中似乎还含着几分沉重。比如，距离“长二捆”火箭最近的胡世祥也笑，却笑得眼睛一片潮湿。

在这群专家中，唯有一个人没有笑。这个没笑的人，便是美国“大力神”火箭副总师史密斯。刚才大伙登上发射塔顶端时，我看见，这位七十六岁的老人，久久望着飘荡的白云和静默的群山，眼里闪射出来的，竟像是一种充满童话色彩的奇幻光芒；而此时此刻，当他望着面前的“长二捆”火箭时，似乎又显得有些忧心忡忡。他问身边的胡世祥：

“你们飞行中的火箭出现意外，是在什么情况下炸毁？”

胡世祥几乎是贴着这位老人的耳朵在说：

“我们有火箭自身和地面人工两套控制措施。如果火箭在飞行中发生意外需要炸毁时，我们是一定会避开大城市的！”说到这里，胡世祥神秘地笑了笑，“不过，请史密斯先生放心，这枚‘长二捆’火箭，我们是不会轻易炸掉的！”

听了这话，史密斯老人也开起了玩笑，说：

“胡先生，到了后天，你们可不能把火箭给炸啰！”

这次，是斯坦豪尔先笑了。他刚一笑罢，便问：

“胡先生，你给我们说说，14 日的气象到底如何啊？”

斯坦豪尔曾经历过“亚星”发射时的风风雨雨，所以对这次的气象尤为关注。

胡世祥并未马上回答，他看了看斯坦豪尔，这才慢条斯理地说道：

“怎么说呢？只能说是马马虎虎！”

“马马虎虎？”斯坦豪尔忙问。

胡世祥说：

“是的，马马虎虎。但是，下雨的可能性不大。”

刚说到这里，胡世祥又开起了玩笑：

“不过，一到发射那天，我们中国专家的头上就要先‘下雨’啰！”

于是高高的发射塔上空，再次传出一片笑声。这次的笑声，开怀、爽朗、响亮！这笑声随风传递出去，让沉重了几个月的发射场仿佛也一下变得轻松起来了。

五

当晚7点。

中央电视台在“新闻联播”节目里播出一条新闻：

> 我国定于8月14日7点整，在西昌卫星发射基地再次发射“澳星”。届时中央电视台将向全国进行现场实况直播。

这个晚上正在西昌发射场准备发射“澳星”的中外参试人员看到这个新闻后，个个兴奋激动不已；但在这兴奋激动之中，又充满了紧张与担忧，尤其是中方的航天专家。上次现场直播，结果火箭冒烟，在全国人民面前“丢了脸面”！这次又将现场直播，结果又会怎样呢？而且现在已经公布于世，就像一位即将登台的演员，大幕已经拉开，报幕员已经报幕，全国所有的观众，就等着看“戏”了！

然而，意想不到的事情，偏偏在这个时候发生了！

事情发生在发射塔上。

听说出事了，我迅速驱车赶到发射场，跳下车便匆匆爬上了发射塔。

发射塔上几乎聚齐了中方所有专家：林宗棠部长、刘纪原副部长、王德臣总师、李占魁副总师，还有指挥长胡世祥等。我发现，专家们个个神色紧张，每说一句话都很谨慎，好像陷入了一个相当尴尬的两难境地之中。而且，好几位专家的额头上，已沁出了一片细密的汗水。

怎么回事？

一位专家悄声告诉我说，大约9点左右，一个试验队员在检查工作时，突然发现“长二捆”火箭第二级储箱内传感器上少了一个浮子。

这个浮子虽然很小，却很重要，若找不到这个浮子，就不能给火箭加注燃料推进剂！

怎么办？后天一早就要发射，明天一早火箭就要加注，若是今晚找不出这个浮子，明天早上就不能加注；明天早上不能加注，就意味着后天早上的发射，肯定推迟或者取消！

问题是，中央电视台刚刚播放了新闻，全国各大报纸已经发了消息，世界各国和港台地区已经传播了这一信息，同时已向国外和港澳的数百名贵宾发出了邀请！而且，按计划已经发出通知：明天上午 9 点，从北京飞往西昌的部分专机可以起飞！

浮子——又是一个小小的该死的浮子！

当务之急，是尽快想法找出浮子。但怎么才能找出这个浮子？

专家说，如果有一个现代精密的仪器，只需往传感器上一靠，便可知道这个浮子到底在不在里面，到底在里面什么位置。

但是，中国没有这种仪器，西昌没有这种仪器，此时此刻，发射场上的专家们的手上，更没有这个仪器！

还是老祖宗伟大。想起老祖宗的是航天部总体设计部总体室主任刘竹生。刘竹生说，浮子有磁性，如果能找来一个指北针测试一下，便能知道浮子是不是在里面。

于是胡世祥下令，从几十里之外火速找来一个指北针。一测，浮子果然在传感器里面。

但科学需要严谨，需要准确。

虽然浮子断定在传感器里面，可到底在里面的什么位置——是掉在了传感器的底层？还是被卡在了传感器的中间？如果是掉在了传感器的底层，燃料一旦加注进去，浮子便可漂浮上来；但假若不是掉在底层，而是卡在了传感器的中间或者其他什么位置，即便燃料加注进去，浮子照样不可能漂浮上来。而浮子是加注中一个带有标志性质的重要物具，如果浮子不能漂浮起来，发射照样无法进行。

专家们又反复进行了几次论证，最后的意见是：浮子有百分之九十九的可能是掉在了传感器的下面，百分之一的可能是被卡在了中间。但这毕竟是理论上的分析和推导，没有根据，也无法拿出根据，万一恰恰是被卡住了那百分之一呢？

专家们陷入沉默。

王德臣总师也在沉默，但沉默中的王德臣不失大将风度。尽管一个小小的浮子搞得他焦头烂额，但焦头烂额中依然透出一种少有的冷静。片刻，他说："现在无非是两个方案：一个是推迟发射，先卸下传感器，拿回北京，重新换一个传感器，这大概得需要一个月左右；另一个就是按原计划发射，明天早上提前一点时间加注，估计一加注，浮子就能漂浮起来。当然，这就得冒风险！"

怎么办？两个方案，只能择其一。

取前者，固然稳妥，但劳而无功，极不划算，没准儿等这儿搞好了，别的地方又冒出问题来；取后者，明早浮子若能漂起来，万事大吉，但万一真的卡住了，漂不起来呢？发射场里里外外的所有计划和安排岂不全部打乱！

到底是放开胆子冒点风险，还是宁慢也要求稳，专家们又是一阵翻来覆去的讨论。

这时，胡世祥提议说："我看还是明早提前加注，按原计划发射为好，冒点风险就冒点风险吧。不然的话，由此引发的麻烦事太多了！"

最后，专家们同意了这个方案。

当专家们拖着疲惫不堪的身子走下近百米高的发射塔时，已是午夜零点了；但那个小小的浮子，一直还漂浮在每一位专家的心上。

这一夜，发射场很静，专家们却没一个人合眼。

翌日清晨，加注按时进行。中方所有专家都提前围在了传感器的旁边，等着奇迹的出现……

终于，专家们看见，那个小小的浮子漂起来了！

但专家们没有欢呼，只是长长地吐出一口闷气；有几位专家则转过身去，悄悄抹了抹眼泪。

这时，有人抬起脸来，忽然一声惊呼：

“哟，下雨了！”

六

真的下雨了，不时还伴有隆隆滚动的雷声。

这天是13号，西方人眼里一个不吉祥的日子。雨下得突然，下得猛烈，下得似乎还有几分欢喜。远山，近草，牛羊，人群，只一会儿工夫，全都湿透了。整个发射场，顷刻间便被锁进了凄迷的烟雨之中。

发射场区的人们，纷纷走出屋子，走出山洞。有的急着望老天，有的忙着看火箭，有的伸手去接雨，有的侧耳听打雷，个个神情紧张，满脸阴云。

明早就要点火发射，火箭已经开始加注，今天偏偏下起雨来，人们当然着急。

但这时的吴传竹，却在雨中散步。说是散步，其实是在观天。望着那哗哗流淌的雨水，他与众不同——不是犯愁，而是高兴，甚至还忍不住在心里自言自语：“下吧！下得越大越好！”

今天下雨，是吴传竹和气象处的同事们预料中的事，用他的话说，今天要是不下雨，才不好呢！一下雨就降温，一降温对火箭燃料的加注就有利。另外，今天一下雨，憋在老天肚子里的那股子热气就释放出来了，明天就该是个好天！

不过，吴传竹也不敢有丝毫的马虎。他与老天打了几十年的交道，深知老天的确是个极难伺候的主。尤其是西昌这个地方，“山区的天气孩子的脸”，说变就变。经典气象学上的一些理论，在这儿并不适用。当雷达气象、卫星气象、数值预报等在经济文化比较发达的平原地区早就广泛运用时，这儿从事气象工作的人却连基本的气象系统和天气事实都还没有搞清楚；再加上这儿气候特殊，通信落后，气象观测站稀疏遥远，没有一个具有高度现代化的有效监测网，无法及时准确地得到信息资料，造成气象资料空间不连续，大大减少了气象预报的准确性。

因此，许多气象工作就只有靠人的大量苦力去完成。每次发射时，气象人员的神经都搞得特别紧张，付出的心血亦特别大。

而在美国，发射场气象预报中心如果需要资料时，只需按一下电钮，全国有关的气象资料和信息便一览无余，供气象工作者尽管享用。但西昌发射场不行，所需资料全得靠人的两条腿去跑，去调查了解，去综合分析整理。这么多年来，光发射场整理出来的气象资料就有八万份五千万字！每次发射，为了报准几分钟的天气预报，就得查找分析西昌几十年的历史资料。但即便这样，也很难保证次次预报准确。

1990 年 9 月，“长二捆”第一次试验发射时，由于正值西昌的夏季，气温变化复杂，结果造成火箭大量“出汗”，不得不赶紧调来几百条毛巾，让人去为火箭擦“汗”，迫使发射一推再推。

1991 年 12 月，发射国内通信卫星时，本来按常规，西昌 12 月份的好天应在百分之七十以上。结果出现反常，发射那天，偏偏突然下起了一场百年难遇的大雪，邻近的好几个气象部门都未预报出来。当时，大雪覆盖了山山岭岭，也覆盖了整个发射场；即将升空的火箭卫星，被厚厚的白雪紧紧包裹着，在雪风中“冻得瑟瑟发抖”。指挥部只好当机立断，土法上马，火速下令调来整整一百床军用被子，及时盖在了火箭的身上，这才避免了火箭“感冒发烧”，但发射还是被迫推迟了二十四小时。

那么，这次发射又碰上了火热的夏季，发射场会不会再发生“火箭中暑”或者“火箭拉肚子”的故事呢？

吴传竹对此当然深怀忧虑。

不过，吴传竹已经感到，这次发射“澳星”，老天好像格外开恩，几乎是发射场需要一个好天，老天就给出一个好天。比如，火箭从技术阵地转向发射阵地时，指挥部希望这天有太阳，结果这天就出了太阳；卫星从厂房转向发射阵地时，指挥部希望这天不要下雨，结果这天就没下雨，而且没有一滴雨；火箭模拟发射这天，指挥部希望这天是个大晴天，结果这天晴空万里，阳光灿烂！

然而，最关键的是明天早上！

明天早上，老天还会顺从人愿吗？

七

当晚，发射场很平静。

下午 4 点半，火箭燃料的加注全部完毕。这次加注相当顺利，顺利的主要原因是老天爷帮了大忙。上午一阵大雨后，下午雨就停了。由于下雨之后，气温骤然降低，所以人们一直担心的火箭会不会再次“出汗”的问题，总算消除了。

一般而言，加注燃料，是发射中一道充满风险的难关，只要这个难关闯过去了，如果老天不再突发脾气的话，那就万事俱备，只待点火发射了。

所以，当下午燃料加注刚一结束，近一个时期来吃什么东西都反胃的王德臣总师，竟站在发射塔下端起一杯热牛奶，一仰脖子，便喝了个痛痛快快。

然而，当夜幕降临时，淅淅沥沥的雨水，又在发射场的上空飘落起来。

而这时，每一位专家的屋里，几乎都拉灭了灯。有的靠在沙发上，有的躺在床上，有的干脆就趴在写字台前。虽然都闭着眼睛，但谁都没脱衣服，谁都没有睡着。

明早 7 点，火箭就要点火发射了。还有几个小时，发射程序就要启动，他们就该进入各自的岗位了。可窗外，淅淅沥沥的雨依然还在下着。时间，好像从来没有如此缓慢。

是该睡上一会儿了，但又实在睡不着。

他们谁都在想：到底还有没有疏忽的问题呢？

八

此次此刻，发射场千里之外，还有一部分人也在失眠。

不同的是，这部分人的屋里都亮着灯。他们坐在粉红色或淡绿色的台灯下，正翻来覆去地举着一张张“澳星”发射的首日封，仔仔细细地把玩着首日封上那个印有“1992.8.14 澳星再发射成功纪念”的圆圆的小邮戳！

小邮戳里有赌注！

小邮戳里有金钱！

“亚星”发射成功后，在西昌地界曾掀起过一股“亚星发射成功纪念”首日封热。不过这股首日封热，只是人们附庸风雅而已，与金钱并未挂钩。

但是，到了“澳星”首次发射时，小小的首日封便开始变得微妙起来了。按惯例，3 月 22 日首次正式发射“澳星”，首日封在此之前便全部做好，并且“澳星首次发射成功纪念”的邮戳也在发射的头天晚上或者当天盖好。结果万万没想到的是，火箭点火冒烟，“澳星”没有升天！但盖了邮戳的首日封，在 3 月 22 日的当天上午或下午便已经开始通行。也就是说，本来“澳星”没有发射成功，可盖有“发射成功”邮戳的邮票已经在市面通行；一个既成事实的错误已被铸成历史，谁也无法更改！

于是，“错误”在这个时候，变得比真理还要可爱！一夜之间，一张张盖有“澳星”“发射成功”错误邮戳的首日封，便从几角变成几元，几元变成几十，几十变成几百！到后来，据说一张小小首日封卖价，竟高达八百元人民币！

算算，如果有人当时手上攥着十个八个、百个千个这种“澳星”“发射成功”的首日封，那这历史铸就的“错误”，为他换回的，该是多少人民币，多少法郎、台币、卢布或美元啊！

据我了解，有人在一夜之间，就靠这一“错误”，的确当了万元户！

因此，当这次“澳星”发射日一天天临近时，一股波及西昌、四川乃至全国的“澳星”首日封热，也就偷偷地热了起来！特别是临近发射这几天，发射场区内和发射场区外，寻找首日封的，交换首日封的，拿着首日封找头面人物和中外专家签字的，你来我往，此起彼伏，比比皆是。光托我找航天部专家和发射指挥长、副指挥长签字的人，就不下二十个。

甚至，有的一个专家屋里，便挤满了一二十人；有的一个头面人物跟前，就排了长长的一串队伍；甚至当后来美国首席科学家斯坦豪尔马上就要乘车去机场时，也被有的小姐死死拽住袖口，硬是逼着斯坦豪尔签字，最后，为了尽快脱身，身高二米二的斯坦豪尔只有弯下身躯，一一签完字后，才被放行。

当然，肯定地说，绝大多数人找个首日封请人签个字什么的，都是为了作个纪念而已。但发射场之外有那么一部分人，又的确是想通过这个小小的首日封发点财、赚点钱。

特别是在这发射的前夜，那些甘愿伴着发射场上的专家们一起失眠的大小倒爷们，手上早已攥住了几十几百乃至上千个首日封，只等明晨火箭或者升空或者落地，然后便抛出去！

而且，这一部分人当中，还有这样的极个别者，当他们在灯下一边把玩着手中的首日封时，一边却在心里琢磨：明晨发射时，要是“澳星”爆炸就好了！反正那玩意儿是美国佬的！

因为“澳星”一旦爆炸，首日封则价值千金！

九

这个夜晚我和儿子也在失眠。

我俩躺在发射场招待所的一间房里。儿子不睡，说怕睡过了头，错过了明早看发射。我想睡，不知什么原因，又睡不着，便随手翻看儿子来发射场后写的日记：

1992 **年** 8 **月** 10 **日　阴　星期一**

为了看发射，我来到了已经四年没来过的发射场。一到发射场，我就想起那些和我曾经在这儿上幼儿园的小朋友！他们都离开了幼儿园，到别的地方去了，再也没有机会来看发射了。也许当我们长大成人后，这儿已经变成一个非常荒凉的土地了。我看见公路上马儿在飞奔，它们好像要去寻找怎么能让火箭发射成功的秘密；我还看见鱼塘边上站着的小鸭子也在低着头，它们像是在向龙王老爷发出请求：一定要保佑发射成功！

1992 **年** 8 **月** 13 **日　雨　星期四**

秋雨来了，当秋雨洒遍大地时，大地几乎都变黄了；秋雨来了，当秋雨洒遍田野时，田野变成了一片金黄色的世界；秋雨来了，当秋雨洒遍发射场时，我的心都绷紧了。因为这场秋雨下过后，就是发射"澳星"的日子了。现在，燃料已经加注，已来不及退（推）后发射了。我真担心明天早上火箭会不会碰上带电的云。我久久望着夜空，真想高声地喊叫："大自然，你为什么这么无情？为什么这么无情？"

我望着眼前的儿子，想说点什么又一句也说不出来。我推开窗户，发射场上灯火辉煌，清晰可见。哦，新的一天，已经开始了。

我抬腕看表，已是凌晨 4 点，发射程序已经进入，我该去发射场了。

我与儿子道别。儿子拉住我的手，只轻声说了一句：

"爸，一定要注意安全！"

我摸了摸儿子的头，愣了足足有五秒钟，然后一转身，朝发射场走去。

此时，头顶上仍有零星的细雨在默默地飘洒着，灰蒙蒙的天空布满了黑沉沉的云。这云像是在发酵，在扩散，在浮动，而新的雷雨似乎也在偷偷酝酿。整个山谷寂静无声，像是吞服了大量的安眠药，正处于麻木的昏睡之中；但苍苍茫茫的天宇，仿佛又在默默地期盼着某种爆发，等待着大地瞬间那轰然一响！

公路上，已经开始有了往发射场外迁移的人群。这些人群是居住在发射场附近的彝族兄弟姐妹。按照当地有关部门的通知，在发射"澳星"之前，为了他们的人身安全，他们必须离开自己的家，到发射场几十里甚至上百里之外的地方去躲避，以防止发射时出现万一。

据说，在"澳星"发射失败之前，每次发射时，当地有关部门都要动员发射场附近的彝族兄弟姐妹离开家门，可他们都不情愿。有的白天好不容易被动员出去了，晚上又偷偷溜了回来。他们说，这是我们的土地，我们的家，为什么要赶我们走？为什么不让我们看发射？

而且，不光彝族同胞们不愿离开自己的家园，就连彝族同胞们喂养的那些牛那些羊，也不肯放弃自己的故土。本来现在的发射场，是彝族人的牛羊原来生活的地方。发射场兴建好后，无论是牛还是羊，部队就统统不让进了。但像人一样祖祖辈辈已经在这儿生活惯了的牛羊们，只要一有空隙，便跑了回去，发射基地的官兵们费尽九牛二虎之力，也总赶它们不走。你这次赶走了，它们下次乘你没注意，又跑回来了。打又不能打，赶又赶不走，怎么办？部队只好去找牛羊的主人说理。可牛羊的主人指着发射场说，这里本来就是牛羊们的家，它们回自己的家看看，有什么错？别说这些牛羊现在还在这里，就是我们的女儿已经嫁出去了，还要回家看看呢！再说了，这些牛羊自己偷着跑回家去，有啥子办法？我们就是想留也留不住啊！

但是，上次"澳星"发射失败后，"火箭爆炸啦"的传言，呼呼啦啦，当晚便传遍了发射场区附近的山山岭岭、村村寨寨。于是不知真相的彝族同胞们听到这个传言后，吓得一夜间就几乎全跑光了；而那些大大小小甚至嗷嗷待哺的牛羊们，也跟在主人的屁股后面仓皇而逃了。

一位叫付金花的七十岁的彝族大娘告诉我说，“澳星”发射失败那天晚上，她的大儿子由于有心脏病，骑在马上跑了几十里，回去就吐血了，现在还住在医院里。特别是有病的老人和小孩儿才可怜哟！没有钱，没有车，只得趴在毛驴儿身上，或者用人背着跑。许多小孩只得睡在山坡和公路边，没被子盖，全都冻感冒了！因为听说火箭一爆炸，要死人哩！

因此，这次发射时，彝族同胞们好像都知道了火箭的厉害，根本用不着动员，便全都自觉撤离了，甚至有的几天前就离家出走了。

此时此刻，尽管才凌晨 4 点，但公路上，骑毛驴的，驾牛车的，步行的，还有抱着的小孩，背着的老人，扶着的病人以及鸡、羊、狗什么的，黑压压一片片，长长的一串串，几乎全都离开了自己的家园。

十

发射场上空的天，渐渐亮了。

现在，离发射还有一个多小时，发射场上各个系统的程序，以及无论美方的卫星还是中方的火箭，其工作状态，全都显示正常。而且，更令人惊喜的是，人们一直担心的天气也终于好转起来：雨停了，风没了，云散了，抬眼望去，远远的东山顶上，甚至还露出了一抹淡淡的晨光！

于是，发射场上的专家和技术员们无不欢呼雀跃。尤其是搞气象预报的人，更是喜上眉梢。而几位美国朋友也站在发射场边，一边望着天空一边打着响指，连连叫着：“OK！OK！”

一位中方技术人员说：“这次发射，用了四条人命祭天，老天总算开了大恩！昨天加注，需要下雨，就下了雨；今天发射，需要出太阳，就出了太阳，真是神了！”

然而就在这时，一个消息突然传来：发射塔上出事了！

我疾步向发射塔跑去。

等我赶到时，美方有关人员和中方的胡世祥等人，已经赶到了现场。

人们神色焦虑，来去匆匆。刚刚放松了一下的发射场，骤然间又紧张起来。

事故出得有点偶然：四个美国人在对“澳星”做最后检查时，其中一人别在衣服上的工作牌不小心掉下去了。这个工作牌掉下去后，到底掉在了什么地方——是在“澳星”上，还是在火箭里？谁也不知道。于是四个美国人便在发射塔上爬来爬去，上上下下，四面八方，翻来覆去地找。可找来找去，找得汗流浃背，找得心急火燎，还是不见踪影！

工作牌虽小，但找不出来，发射就无法进行。

这时，离点火发射只剩下八十分钟！

最后，本来一帆风顺的发射程序，只好被迫暂时中断！

而此时，几百名中外贵宾已经就座于指挥大厅；全国数亿观众或者端着稀饭面条或者拿着馒头烧饼，已经守在电视机前；西安测控中心和太平洋上的“远望号”测量船，早已准备就绪，严阵以待；中国香港、台湾和美国洛杉矶休斯公司总部，也正静候佳音！

但十分钟过去了，二十分钟过去了，美国人的那个小小的工作牌还是没有找着！

发射场上，有人小声议论起来：

“完了，今天又干不成了！”

“这四个美国佬也肯定完了，工作牌找不着，回去非炒鱿鱼不可！”

“美国佬被炒鱿鱼是个屁事，今天发射不成才是大事！”

突然，发射塔上传来一个声音：“工作牌找到了！”

很快，四位美国人随同指挥长胡世祥从发射塔上走了下来。直到这时我才发现，四位美国人的头发，全被汗水浸湿了！

虚惊一场的发射场，又渐渐平息下来。

发射程序再次启动。但发射时间，已被耽误了整整半小时。

十一

“各号注意！五分钟准备！”

指挥大厅里，响起了调度指挥员何宇光清晰洪亮的声音。

端坐于指挥大厅前排的中外首脑们，两眼专注地盯着显示各个系统状态的大型彩色屏幕，聚精会神，一动不动。

刚才被耽误的半个小时，调度指挥员通过加快工作程序的节奏，已经抢回来了。而且各系统设备正常，火箭、卫星状态良好。所以点火发射，仍按预定时间进行。

“一分钟准备！”

偌大的指挥大厅，顿时沉静下来。

等待。一种让人透不过气的等待。乍一望去，中外专家们的外表都很平静，但每个人的心里，其实都在暗暗憋着一股劲，甚至每个人的每根血管都在激动，都在澎湃。就像一个即将分娩的母亲，急切地想知道自己生下的到底是一个活泼可爱的小子，还是一个气数已尽的怪胎？

7点整，指挥员一声令下，火箭准时点火！起飞推力高达六百吨重的“长二捆”火箭轰然一响，呼啸而起！

一秒、二秒……十秒……二十秒……火箭飞行正常！

指挥大厅的观礼台上，数百名外宾顿时欢呼雀跃，使劲鼓掌！

但坐在指挥大厅前排的中外专家们，却静静地坐在那里，死死盯着大屏幕，阴沉着脸，看上去好似个个无动于衷。

火箭点火起飞后，除了火箭自身必须成功分离外，火箭和卫星还必须成功分离，最后再由西安卫星测控中心拿出测量数据，证明中国的火箭确已将美国的卫星送入预定的轨道，并已保证了卫星正确的飞行姿态，此次发射才算成功。否则，中间任何一个环节出点意外都绝对不行。而要完成上述这一系列工作，还需二十余分钟。所以，知情的专家们此刻哪敢掉以轻心!

“火箭起旋!”

“星箭分离!”

调度指挥员何宇光清晰洪亮的声音再次响起。

大厅随即又爆发出一阵热烈的掌声。

二十分钟后，西安卫星测控中心送来了星箭分离时的卫星姿态数据和卫星的初始轨道的根数。美方和澳方审阅之后，认为参数完全吻合，当即履行了法律手续：签字。

于是，发射指挥长胡世祥这才一脸骄傲地站了起来，正式宣布：

> 根据西安卫星测控中心数据表明，“长二捆”火箭已将“澳星”顺利送入预定轨道。中国的这次发射，完全成功!

掌声雷动，一片欢腾!

接着，中美澳三方代表开始讲话。

本来，按中央电视台现场直播脚本规定，美方和澳方代表讲话时，讲话内容不用翻译，而由中央电视台播音员张宏民同期播讲事先译好的中文稿。这样做，一是为了表达准确，二是为了控制时间。但没料到，美国休斯公司副总裁江深和澳大利亚卫星公司代表戈登·派克讲话时，由于两人太兴奋、太激动，以至于讲起话来手舞足蹈，毫无节制，根本不顾及所限定的时间，完全离开了原来拟好的讲话稿。结果，播音员张宏民只讲了一句话，便被晾在了一边，完全失去了播讲权。甚至，美方代表江深讲到后来，因激动而完全忘乎所以，竟一下扔掉手中的讲话稿，使劲挥舞着双臂，用两天前才学会的中国话对着指挥大厅高声大喊道：“伙计们，太棒了! 太棒了!”引得全场一片笑声和掌声。

负责现场直播的编导们一看，只好作罢，由他去了。

结果，电视直播计划彻底打乱。直播时间由原定的三十六分钟，变成了四十七分钟，比原定时间整整延长了十一分钟。

而中方的专家们，当然也很高兴。不过，王德臣等火箭专家们，并没有表示出特别的惊喜与激动，他们只是与外国专家们握手、拥抱、致谢，让复杂的泪水默默地含在眼里，好像连鼓掌、欢呼的力气也已经耗尽了。

十二

当日中午，宴会在腾云楼宾馆如期举行。

中、美、澳三方代表，高举杯盏，欢聚一堂。

沉寂了几个月的腾云楼宾馆，又开始活跃起来。

酒吧厅里，几个月来第一次响起了迪斯科。麦琪小姐、余小姐等外国朋友们放肆地跳着，自由地唱着；之后，他们相互抓住对方的手，组成一条长龙似的队伍，随着音乐，沿着酒吧，孩子似的转了起来。

音乐声中，我问麦琪：

"'澳星'发射成功了，你最深的感受是什么?"

麦琪认真地想了想，说：

"就像刚刚生下一个又白又胖的乖小子!"

麦琪刚说完，便像妈妈似的乐了。

而在会客厅前，当一位记者举着话筒，请航天部副部长刘纪原谈感想时，刘纪原苦笑着只轻轻说了一句：

"夹着尾巴做人!"

十三

8 月 12 日，奥运会结束。

8 月 14 日，"澳星"发射成功。

"奥运热""澳星热"，热遍全中国!

8 月 18 日上午，参加第二十五届奥运会的中国体育代表团在北京京广中心举行颁奖大会。会上，获得金牌的运动员获得奖金八万元；银牌、铜牌获得者也分别获得奖金五万元和三万元！

同日下午，我走进西昌卫星发射基地司令员胡世祥办公室，进门便问：

“司令员，这次‘澳星’发射成功，为中国挣了最大的一块金牌！您这当司令的，打算给同志们发多少钱啊？”

“对，这次豁出去了，一定要发！”胡世祥说得很诚恳。

“能发多少？”

“干部一百元，战士三十元。”

“这么少啊？”

“少？”胡世祥马上补充道，“告诉你吧，我们已做了一下预算，按这个数发，就得拿出三十万！而就这三十万，我还正发愁，不知道从哪儿出呢！”

说完，胡世祥两手一摊，显得很是为难。

在这之前，我就听说，西昌卫星发射基地为了给参加“澳星”发射的专家和技术员们发一套夹克衫作为工作服，有关部门便打了一个报告。报告传到司令员胡世祥手上后，胡世祥算了算，想了想，最后还是拿起笔来，将报告上的“一套”改成了“一件”。

秘书问为什么。

胡世祥长叹一声，说：“我不是不想给大家发一套，而是目前经费实在困难。我想还是把有限的经费先用到购买先进设备上吧，等以后多打了几颗外国卫星，赚了外汇，再给大家发一套好的。”

说完，胡世祥鼻子一阵发酸，眼泪都快流出来了。

难怪，这次发射“澳星”时，发射基地每个工作人员，每人只有一件红色夹克衫；而这一件（不是一套）红色夹克衫，仅值五十元！

8 月 21 日下午，全国各地纷纷为奥运健儿们颁奖。而这天下午，参加“澳星”发射的航天功臣们也从西昌顺利返回北京。只是在车站迎接航天功臣们凯旋的，除了领导和亲人外，仅有十束鲜花！

更不可思议的是，正当这些航天功臣们与分别已久的亲人含泪拥抱时，站台上却响起了林宗棠部长那疲惫而沙哑的声音：

> 同志们，你们辛苦了！“澳星”这次虽然发射成功了，但是，我们还要继续夹着尾巴做人！还要马上准备打好第二颗、第三颗、第四颗“澳星”！还要准备打好第十颗、第一百颗国内星和国外星！

紧接着，站台上响起的，是总指挥于龙淮的声音：

> 大家赶快回家吧，和家人好好团聚团聚！为了打好第二颗“澳星”，明天放假一天，后天一早，全部上班！

第十章

下海！下海！“澳星”引起广告战，发射场变为生意场。“长二捆”再次点火发射成功，但第二颗“澳星”升空四十七秒后突然爆炸！数亿美元瞬间化为乌有，悲剧再度笼罩大洋两岸上空。

一

第一颗“澳星”发射成功后，国内国外，引起一阵反响，尤其对西方宇航界，是一次不大不小的震动。

美方的测量数据很快表明，中国“长二捆”火箭这次的发射精度，远地点只误差四公里，远远超过允许误差范围。休斯公司说，这颗“澳星”的发射精度比“亚星”还要高（“亚星”误差九公里），是休斯公司的卫星在东西方历次发射中，精度最高的一次！

但是，第一颗“澳星”发射成功，中国仅完成了合同的一半；只有成功地发射了第二颗“澳星”，中国首批对外发射任务，才算圆满完成。

本来，第二颗“澳星”的发射时间，按合同规定，是1992年的8月。可由于第一颗“澳星”首次发射失败，第二颗“澳星”的发射时间，便只好推迟到1992年12月。

于是，1992年8月17日，即第一颗“澳星”发射成功后的第三天，中国火箭技术研究院便在北京南苑召开全院动员大会，拉开了发射第二颗“澳星”的序幕！

刚刚从发射场返回北京的专家和技术员们，仅仅休息了一天，便走进了车间，走进了试验室；而几位火箭总师，则只休息了四个小时。

又是拼命苦干的两个月。

两个月后，用于发射第二颗“澳星”的第四枚“长二捆”火箭正式出厂。载有“长二捆”的专列历经四天四夜的奔波，于 1992 年 10 月 20 日安全抵达西昌发射场。

于是刚刚喘了一口气的西昌卫星发射场，马上又进入了紧张的射前准备。

二

美国人也不轻松。

第一颗“澳星”发射成功后，中国人忙着赶造新的“长二捆”火箭和恢复发射场，美国人则忙着指挥控制正在天上飞速运转的“澳星”，以便尽快让“澳星”与地面建立正常的联系，好让澳大利亚国内的通信早日投入使用。

等这一系列的工作结束后，美国人又迅速扑向第二颗“澳星”的准备工作；接着，又把第二颗“澳星”用专机小心翼翼地从洛杉矶护送到了西昌。

专机降落西昌机场的时间是 1992 年 10 月 31 日中午。这是美国运往中国的第三颗“澳星”。每次运送“澳星”的专机一到西昌，西昌基地的工作人员都要马上从专机上卸下“澳星”。但每次的卸机工作，都异常艰难。

“亚星”首次运到西昌时，由于美方当时的保密观念太强，加上不太信任中方操作人员的技术水平，致使卸机工作陷入困境，整整折腾了一天一夜。

第一颗“澳星”运到西昌时，本来中美双方可以联合操作，一起卸下“澳星”，再安全运到卫星厂房。但由于参加“澳星”发射的休斯公司工作队是由另一部分美国人组成，加之受了“亚星”工作队部分美国人的影响，仍对中方怀有某种偏见，于是在协议上明确规定，卸“澳星”的工作，不用中方插手，而由美方自己全权负责。

结果，美方刚动手去卸“澳星”的包装箱，箱子便卡在了机舱的门上。尽管美国人个个折腾得满头大汗，但还是无法弄出来。按原计划，全部卸机工作只需四小时，专机将于当日下午 3 点飞离机场。可美国人光卸“澳星”的包装箱就花了四个小时，还没卸下来。后来，休斯公司工作队队长烈文斯顿一看情况不妙，这才赶忙找到中方的唐贤明处长，气喘吁吁地请求支援。

中方立即出手帮忙。但时间毕竟已经耽误了，等最后一个集装箱卸下飞机时，已是晚上 9 点。原定下午 3 点起飞的飞机，只好被迫在西昌机场过夜。为了保证飞机的安全，中方还专门派出一个警卫排，由一位大校军官负责，在寒冷的雪风中守了整整一个晚上。

而等“澳星”运到卫星厂房门口时，已是凌晨 4 点了。中方人员只好陪同美方人员，又干了一天一夜！美方全体人员十分感动，工作队队长烈文斯顿还找到中方唐贤明，表示感谢，还说要请中方人员吃饭。

当美方卸机人员拖着疲惫不堪的身子回到宾馆时，他们一眼看见，总服务台前的小黑板上，竟写着这样一则通知：

休斯昨夜辛苦。请住宿客人和工作人员不要大声喧哗，让美国朋友睡个好觉！

这令美方卸机人员非常感动。因此，这次第二颗“澳星”尚未到达西昌，美方工作队队长烈文斯顿便找到中方的唐贤明，商量这次的卸机方案，表示愿意同中方合作。

唐贤明爽快答应，并拍着胸脯说：“只要你们负责的那部分工作不拖延时间，我们只需四个小时就能全部卸完！”

烈文斯顿又惊又喜，但还是有些不放心，坚持要与唐贤明打赌：中方若在四小时内卸完，他愿送两箱青岛啤酒；反之，唐贤明送他两箱青岛啤酒。

结果，第二颗“澳星”到达西昌机场后，中方确实只用了四小时，便顺利完成了卸机任务。中美双方，皆大欢喜。但两箱啤酒的事，烈文斯顿却只字未提。

唐贤明后来告诉我说，他见烈文斯顿对啤酒的事只字不提，心想打赌只是玩笑而已，何必认真。于是两箱啤酒的事，他很快也就忘于脑后。

但一周后的一天上午，烈文斯顿提着两箱啤酒气喘吁吁地来到唐贤明的办公室。未等唐贤明反应过来，烈文斯顿已经握住了唐贤明的手，诚恳地说：“唐先生，很抱歉！由于西昌买不到青岛啤酒，我只好托人到成都去买。晚送了几天，请你原谅！”

三

“长二捆”火箭和“澳星”到达西昌发射场后，在中外专家和发射官兵们紧张地做着准备工作的同时，一股商品经济的浪潮也随之涌进了原本绝密而又神秘的西昌发射场！

“澳星”发射成功，使长期封闭的西昌卫星发射基地向全国乃至世界敞开了大门。但大门虽然打开了，发射基地过去没钱，现在还是没钱；过去贫困，现在还是贫困。这事不仅外国人不相信，连中国人自己也不相信。

就拿奖金来说吧。“澳星”发射成功后，为表彰航天人为国争光的巨大成就，中央领导人专门发了贺电，并在人民大会堂举行了隆重的庆功大会！

于是外界纷纷猜测：立下如此丰功伟绩的中国航天人，这次肯定会有重奖！

于是有关航天人重奖的种种传闻，很快在外界疯传开来：

有人说，参加发射“澳星”的人，每个都奖了好几万；

有人说，每个专家都奖了一辆小车；

有人说，每个总师都奖了一栋别墅；

甚至，还有人说……

事实是什么呢？事实是航天部重奖人数一共二十九人，重奖的奖金分别是：

一等奖一万元；

二等奖六千元；

三等奖三千元！

而西昌发射基地，如前文所述：干部一百元，战士三十元。

也许有人会说，“澳星”发射成功后，不是还有全国各地的捐款吗？

是的，“澳星”发射成功后，全国各行各业，纷纷捐款捐物，用自己最实际的行动支持中国火箭打入国际商业市场。比如：北京市丰台区向中国运载火箭技术研究院赠款人民币五万元；北京市海淀区肖家河村赠款人民币五万元；辽宁省长海县特地打捞了一吨新鲜海虾，千里迢迢送到北京，为航天人“补补身子”；为让航天人安心工作，中国太平洋保险公司下属的北京分公司，为中国火箭研究院参加发射第二颗“澳星”的试验队员办理了个人人身保险；北京市丰台区大红门第二小学的全体同学，捐献了四百八十五块五毛平时积攒下来的伙食费和零花钱；浙江省平湖市黄姑中学初一年级三百一十五名少先队员，也捐献了一百八十一块二毛平时积攒下来的伙食费和零花钱……

而远离北京、身处深山沟里的西昌卫星发射基地，也获得了一些捐款。这些捐款对正在艰难迈进国际商业发射市场的中国航天队伍来说，无疑是一种莫大的安慰和有力的精神鼓舞。不过这些捐款数量同样有限，即便全部加起来，也不足一个奥运会金牌获奖者的十分之一——据说有的一个奥运会冠军，全部奖金加起来就有好几百万！

其实，在西昌基地发射官兵们的眼里，这些善款不仅仅是金钱和物资的问题，而是一种社会公共意识觉醒的表现；而一个社会公共意识的觉醒，比什么都重要，比什么都宝贵！

当然，实事求是地说，这些微薄的善款对西昌发射基地而言，只能是杯水车薪。因为1992年冬季的中国，随着改革开放步伐的加快，汹涌澎湃的商潮正不可阻挡地冲击着中国古老国土上的每一个角落。“下海”已经成了中国最时髦的口号，金钱也成了全社会最受宠的宠儿！而长期被封闭在大山沟里的西昌发射基地，却一切依然如故，几乎没有什么改变。

因此，如果说过惯了穷日子的西昌卫星发射基地的官兵们，在以往二十多年的日子里并没真正感受到因贫困的挤压而带来的痛苦的话，那么到了1992年，1992年的冬天，当他们看清了自身的困境，知道了外界的荣华，尤其是奥运健儿重奖的消息频频传来时，无论是思想上还是感情上受到的影响，恐怕就不是一种刺激，而是一次打击了；甚至，在内心的深处，还会涌起一种无法言说的心酸！

也许有人会说，“澳星”发射成功了，发射“澳星”的西昌基地的官兵们是功臣，是英雄，应该昂首挺胸，扬眉吐气，感到骄傲，感到自豪啊！怎么会受到打击，感到心酸呢？

是的，发射“澳星”，成功与失败，完全是两种截然不同的感觉。失败了，垂头丧气，无精打采，无论走到哪里，都是一副无颜见江东父老的模样；而一旦成功了，腰杆就硬了，胸脯就挺起来了，走起路来也比原来精神了，说起话来尤其是讲起成功发射“澳星”的惊险过程来，就更是底气十足眉飞色舞甚至牛皮哄哄了！尤其是在有些人的心里，还有一种见了谁就想握一下手的冲动，逮住谁就想侃上一通的愿望。

比如，西昌发射基地有一个干部，本来已经买好车票，马上就要出门上路，到外地出差开会。可他刚要出门，突然来了两个老战友，一定要他讲讲成功发射“澳星”的“内幕”。发射“澳星”的事不提则已，一提就来了情绪，于是他将手中的提包一甩，往沙发上一靠，端起茶杯，狂饮几口，而后神采飞扬，口若悬河，滔滔不绝地大吹特吹起来！他越吹越来劲，越吹越骄傲，越吹越得意，越吹越自豪！而两个老战友呢，也越听越高兴，越听越上瘾。可等他把发射“澳星”的牛皮吹完了，再匆匆赶到火车站时，火车早已跑出去好几百公里了！

再比如，西昌发射基地有一个小战士，“澳星”发射成功后的第三天，他回家探亲。但上了火车后，他的兴奋劲儿还是下不来，心里憋了几个月的话，总想对人讲，又没有合适的机会。后来，身边两位旅客见他身穿军装，又是从西昌火车站上的车，便随便问了一句，你是西昌发射基地的吗？他忙说是是是。这一问，机会来了，他把鞋一脱，腿一盘，就向身旁的两个旅客讲起了中国火箭发射美国“澳星”的“惊险故事”。开始，听他讲的人并不多；后来不少人都围了过来，越来越多；再到后来，列车员和列车长也跟着凑过来了。他讲得津津有味，大家听得如痴如醉。结果，火车到了他家乡的车站，他居然忘了下车！而站台下，他家乡村里的干部得知这位发射美国卫星的“英雄”要回家的消息后，专门把村里的男男女女老老少少组织起来，敲锣打鼓，在车站迎接他的凯旋！可等了一个下午，连个人影也没见着。急得大伙忙着到处找人，最后还报告了车站派出所……直到第二天下午，这位“发射英雄”才口干舌燥、筋疲力尽地回到村里。他一见村长，刚想又要说什么，村长急忙拦住他，抢先说了一句话：“哎呀，我的老祖宗，你什么也别说了，总算见到活人哪！”

再从外界来看，“澳星”发射成功后，航天人在社会上受到的待遇也大有改观。“澳星”失败后，社会似乎关闭了一扇窗；而“澳星”成功后，社会好像打开了一扇门。航天人好像领到了一张特别通行证，无论走到哪里，迎接的都是鲜花，都是掌声，都是笑语，都是绿灯，都是一张张微笑的脸，都是一双双热情的手，都是“衷心祝贺”和“热烈欢迎”！过去不好办、不能办的事儿，现在基本都能办了，也好办多了；有的报告打上去，过去要一月两月才有回音，现在几天最多十天半月就能见到批复；有的经费过去很难批准的，现在也容易获得了；有的经费过去不批的，现在也可以“考虑考虑”了；有的过去即使批了也少得可怜的，现在也适当有所增加了。而在日常生活中，过去常常碰到的麻烦，也大大减少，迎刃而解了。甚至就是上饭馆吃饭，服务员一旦知道你是西昌基地发射“澳星”的，服务态度立马会从冷漠变成热情；连师傅炒出来的菜，味道好像都比平常要好得多。

然而，上述等等这些，说穿了，不过是自娱自乐、精神会餐而已，并不能解决西昌卫星发射基地的根本问题。西昌卫星发射基地的根本问题是：外面神圣伟大，光鲜辉煌，内里艰苦清贫，普通平常！

因此，面对全国波涛汹涌的商海大潮，面对全国经济市场的强烈诱惑，如何让西昌基地这个现代化的发射靶场从贫困线上挣脱出来，便成为西昌卫星基地急需破解的一个大问题。

终于，有人想到了一个点子：利用发射的机会，在发射场上做广告！

有人觉得这个主意不错，有人认为这个点子不好。后来，经过几次论证、讨论，基地党委大胆决定，利用这次发射第二颗“澳星”的机会，在发射场开设广告服务项目，将发射塔、发射场以及火箭测试大厅、指挥控制大楼等最引人注目的地方，也是电视最方便传播的地方，设立广告宣传牌，让国内外知名企业来做广告！

这么干，一方面，回报社会和各企业对卫星基地的关怀和赞助；另一方面，借此收入一笔广告费，用于发射场的扩建和奖励优秀的科技人才。

这一决定，得到国防科工委的批准。

于是，10月下旬，西昌卫星基地向全国各个企业展开联系：或打长途电话，或发电报，或委托电视台和报纸，协助拉广告；同时还将广告牌设立的位置以及收费标准，用信函寄往全国各大企业。

我注意到，在广告的收费标准中，有这样一段内容：

发射固定塔可以收入电视镜头处，拟设 3 m×5 m 广告牌十块，每块收费八万元，保留半年；

发射场后山可收入电视镜头处，拟飘六至八个彩球，悬挂 10 m×80 m 条幅，每幅收费三万元；

…………

发射场可做广告的消息一经传出，很快便在社会上引起强烈反响，不少企业纷纷来电、来人进行洽谈。

最早与基地取得联系的，是近水楼台先得月的西昌卷烟厂；

接着，是上海大众汽车有限公司发来电报，要求在发射场最佳位置设立广告；

又接着，是四川泸州老窖酒厂厂长亲自打来电话："我们要对卫星发射基地无私支援，要站在巨人的肩膀上宣传自己!"

再接着，青岛电冰箱总厂厂长也亲自打来电话，坚决表示："我们要尽最大力量支持西昌卫星发射基地的建设!"

…………

而捷足先登者，则是四川宜宾五粮液酒厂。该厂得到消息后，很快派来两位得力干将，与西昌卫星基地谈判。最后，以十八万元的价码，最先包揽了发射塔的全部位置，并与卫星基地签订了第一份协议书。

接着，泸州老窖酒厂、广东怡华集团公司、青岛电冰箱厂、成都恩威世亨制药有限公司、上海大众汽车有限公司、杭州娃哈哈等十二家企业也不远千里，纷至沓来。

然而，发射场区的最佳位置毕竟有限。由于五粮液酒厂捷足先登，最先抢占了发射塔全部位置，而其他各大企业又都想获得最佳位置，所以当各大企业到达发射场后，一场争夺有利地盘的广告大战，便不可避免地发生了。

高耸云端的发射塔，是争夺的焦点。

最有气魄的，要数四川泸州老窖酒厂。该厂王厂长亲自挂帅出征，一到发射场，便四处寻找最佳位置。当得知举世瞩目的发射塔已被五粮液酒厂用十八万元全部包揽后，张口就出四十万，要夺回发射塔！但其他的企业又有意见，说发射塔这样的好位置应该共同分享，而不能一家独占；如果谁出钱多，谁就可以独占，那么日本、美国的大老板也来出个天价，是不是也可以独占？

鉴于这种情况，卫星基地又与五粮液酒厂重新协商，尽可能想法满足每个厂家的愿望。最后协商的结果是，根据各厂家出价的多少，发射塔分别由五粮液酒厂、泸州老窖酒厂、成都恩威世亨制药有限公司、青岛海尔电冰箱厂、万家乐燃气具厂、丹丽洁具厂、小霸王游戏机厂和西昌卷烟厂八家共同占有。

于是，七十七米高的发射塔上，便迎风飘荡起了这样两条巨幅：

泸州老窖成都恩威小霸王西昌卷烟厂向航天人致意！

五粮液青岛海尔万家乐丹丽洁具预祝澳星发射成功！

尽管如此，但“泸州老窖”感到还不过瘾。为扩大企业的宣传，他们愿意再出三十万的高价，在指挥控制大厅内再竖一块广告牌！

西昌基地当然想要这三十万。但想来想去，考虑到指挥大厅的严肃性，最后还是忍痛割爱，没有同意。

但后来“泸州老窖”经过争取，还是在指挥大厅的楼顶上，高高竖起了一块巨幅广告牌，牌上赫然写着九个大字：

泸州老窖向各界致意！

此外，在火车站、公路口，甚至汽车的挡风玻璃和椅子的靠背上，“泸州老窖”也纷纷打出了“泸州老窖”的牌子，从而使“泸州老窖”在激烈竞争的发射场上，力压群雄，出尽风头！

而西昌卫星基地为了加强自己的广告效应，也专门从成都请了十六位佳丽小姐——其中有五位都是四川的“十大明日之星”——来到发射场，待发射成功之际，专为“澳星”功臣献花和敬酒！

而且，为感谢十二家企业的赞助，西昌卫星基地于12月17日还专门举行了“社会赞助‘澳星’发射新闻发布会”。会上，卫星基地的“大老板”胡世祥向各个企业首先表示衷心感谢，而后明确宣布：西昌基地这次所接受的一百二十余万元赞助款，将全部用于发射场的扩建和奖励优秀科技工作者！事实上，西昌卫星基地用于招待、广告制作和电视台播放等方面的经费，已花去了四十五万元。

当然了，在发射场做广告，拉生意，在中国航天史上还是第一次，自然会引起种种非议。比如，有人说，让高科技与“小霸王”“卷烟厂”为伍，降低了科技工作者的档次；让广告牌为发射场“站岗”，很不严肃；甚至还有人说，连妇女用品“洁尔阴”也爬上了发射塔，简直就是对神圣的科学最大的亵渎！

不过，多数人对此并不感到惊讶，认为中国为外国发射“澳星”本身就是商业行为，发射塔上挂几个广告牌，没什么大惊小怪的；一些到发射场参观的外界人士，也觉得正常。说现在的中国，只要有人的地方就有广告，何况发射场上这么多人，不光有中国人，还有外国人，挂上几个广告牌，又有何妨？

而胡世祥说得更干脆：“人民大会堂和白宫神圣不神圣？照样对外开放。现在时代不同了，发射场上做点广告，既能扩大当地影响，有利于凉山地区经济开放，又能为基地增加收入，何乐而不为呢？”

至于美国朋友，面对发射场上一个个的广告牌，好像视而不见，或者司空见惯。他们只关心卫星，只关心火箭。其他，有与没有，都和他们无关似的。

与此同时，为了挣点外快，发射场内部，一股小小的商潮也骤然兴起。参加此次“澳星”发射的航天部、卫星发射测控系统部和西昌发射基地等单位，有的生产了印有“澳星发射”字样的汗衫和手提包，有的制作了“长二捆”火箭袖珍模型，有的印制了大批各式各样的发射首日封和“澳星”纪念品。于是一时间里，这些东西都争相挤进了发射场区的每个小店，摆在了每个地摊和角落。

尽管发射“澳星”的日子还未来临，但这些小玩意儿却以最快的速度流通起来，一跃而成为发射场最具竞争力的商品。因而部分航天人和部分航天人的家属，也就不深不浅地下了一次海；而发射场区附近的山民们，也借助发射“澳星”的大好时机，在小镇、村口、桥头、树下、公路边等一切可以利用的场所，纷纷经营起了商店、饭馆、发廊、水果摊以及牛拉车、毛驴车等服务行业。

于是，发射第二颗“澳星”与发射第一颗“澳星”最大的不同，就是发射场几乎变成了生意场。小小的山沟，既是发射“澳星”的神圣领地，又是大做广告、经营买卖的自由市场！

四

第二颗“澳星”发射的准备工作，进展十分顺利。

中美空间合作，这已是第四次了。发射场上的专家们都说，一次比一次顺利，尤其是这次“澳星”和火箭的测试工作，顺利得几乎没有故事。

但是，12 月 1 日这天，“澳星”已经吊在了发射塔上，正准备与“长二捆”进行对接，美国人却接到了从洛杉矶总部打来的电话，说是“澳星”的某个部件有问题。

刚刚吊上塔架的“澳星”，只好又急忙从塔架上卸下来，重新拉回厂房。

本来，中美双方已经确定，发射日定在 12 月 9 日，即是说，再有八天时间，就可以实施发射了。可“澳星”突然又发现问题，美方只好向中方提出请求，推迟“澳星”发射日。

美方在同中国的合作中，推迟发射日，已经不是第一次了。首次发“澳星”时，本来合同规定是3月发射，中方就按3月准备。后来美方说要推迟到4月发射，中方又按4月准备。再后来，美方又说要在3月8日发射，中方又同意3月8日发射。可到后来，美方地面控制系统准备不充分，又提出要将发射推迟到3月22日。结果，3月22日这天，“澳星”发射失败。于是后来有人说，要是当初不同意推迟到3月22日，说不定还不会失败呢！

那么这次呢？

只差八天就要发射了，中方一切均已做好安排，美方偏偏又提出要推迟发射。尽管按合同规定，任何一方因故推迟发射都要罚款，可中方的发射计划毕竟会受到影响。

因此，便有中国人说，这次再也不能迁就美国人了，咱们得按协议办，不能他想推迟就推迟！甚至还有人说，美国人就是事多。3月份提出推迟，结果失败了；8月份没提出推迟，结果成功了；这次又提出要推迟，说不定还会捅出个什么娄子来呢！

但卫星发射，毕竟是个庞大而又复杂的系统工程，任何一方都难免会出现这样或那样的问题。何况，美国的卫星是新研制的产品，他们这次提出推迟，并非无故拖延，而的确是卫星有了故障。所以，出于对美方的理解，中方最后还是同意推迟发射。

双方经过协商，将原定的12月9日发射，重新改定为12月21日发射。

五

12月21日晚，中美双方准时进入发射程序。

这是一个非同寻常的夜晚。“澳星”历经八年艰险，终于走到了最后一个时辰。中美澳三方合作结局是否圆满，成败在此一举。因此，中美澳任何一方，都显得格外紧张而又小心翼翼。

但是，当晚除了天气比往日更冷外，整个发射场区，没有出现任何异常。无论是美方还是中方，发射程序都进行得十分顺利，甚至顺利得有点令人难以置信。

离点火发射还剩最后十五分钟。

中外上层决策人物，在指挥控制大厅悉数就座。此刻，无形的通信网络，已将中国西昌、美国洛杉矶和澳大利亚首都堪培拉，三点连为了一体。中美澳各自的跟踪测量站，也全部做好了跟踪火箭和卫星的准备。

指挥大厅旁边的一间小屋里，十六位佳丽小姐已经换好了漂亮的旗袍，佩上了印有“泸州老窖”字样的花带，每人手上托着一只盛满了五粮液的酒杯，正在反复练习即将出场表演的献花敬酒动作。

不料，一位小姐一不小心，脚底一滑，托于掌上的酒杯“啪”的一声摔在了地上，醇正浓郁的五粮液酒香顿时弥漫了整个指挥大厅。人群中很快引起一阵小小的骚动，却谁也不知道这酒香因何而来，飘自何处。但坐于前排的几位重要指挥决策人物，对此则一无所知，甚至似乎连一点点酒香也没感觉出来。

“火箭还没点火，却摔坏了庆功的酒杯，今晚恐怕不太吉利。”屋里有人嘀咕了一句。

19 点 20 分，随着发射指挥员一声令下，“长二捆”火箭准时点火！指挥大厅的人们从大型屏幕上看到载着“澳星”的火箭呼啸而起时，全都一下站了起来，兴奋异常，使劲鼓掌！

接着，西昌、宜宾、贵阳、西安等跟踪测量站以及太平洋上的“远望号”测量船，纷纷传来信息：火箭飞行正常！

19 点 50 分，西安卫星测控中心传来报告：“澳星”已于 19 时 31 分被火箭送入距地球近地点二百公里、远地点一千零五十公里的椭圆轨道！各种测量数据表明，“澳星”的入轨轨道根数，完全符合中美合同规定的要求。

与此同时，美方设立于指挥大厅内的首脑机关，也收到了从洛杉矶和澳大利亚反馈过来的外测信息：“澳星”已经进入预定轨道！

于是，19 点 51 分，中方将“澳星”入轨的轨道根数交给了美方；

并且，休斯公司负责人海伦代表美方，长城工业公司负责人代表中方，郑重履行了法律手续：分别在有关文件上签下了自己的大名。

至此，中方的“长二捆”火箭全部完成了将“澳星”送入预定轨道的任务。至于进入预定轨道后的“澳星”，将由美方的测量站进行跟踪控制；等定点之后，再交付澳大利亚通信卫星公司管理使用。

于是，中方指挥长胡世祥这才站了起来，用他那惯有的招牌式的动作，大声宣布道：

> 第二颗“澳星”发射成功！卫星各项初始轨道根数符合要求！

指挥大厅顿时掌声雷动，欢呼如潮！

在欢快的音乐声中，十六位佳丽小姐每人手捧一杯五粮液，迈着轻盈的步伐款款出场，为中外航天专家们献花、敬酒！

中美澳三方代表，高举杯盏，相互祝贺，而后分别发表了热情洋溢的讲话。

美国休斯公司副总裁惠特曼激动地说：

> 今晚“澳星”发射成功，简直是太棒了！我们很高兴利用中国的火箭发射卫星，这是我们与中国进行国际合作的典范，是人类理解和友谊的象征。它必将继续延续下去，其前途不可限量！

长城公司副总经理陈寿椿说：

> 今晚“澳星”发射成功，是给美国朋友和澳大利亚朋友最有价值的圣诞礼物！

接着，中外专家们相互握手拥抱，激动难抑。尤其是中国的专家们，个个热泪纵横，欣喜若狂。研究院院长沈辛荪和总指挥于龙淮刚刚走出指挥大厅，便和同事们紧紧搂抱一起，而后对着夜空，忍不住放声喊叫起来：

“成功啦！成功啦！”

六

当晚。

西昌腾云楼宾馆举行盛大宴会，中外专家和数百名贵宾，频频举杯，热烈祝贺！而航天部、卫星发射基地等各个单位，也分别举行了酒宴，庆祝“澳星”发射成功！

于是，上百箱的“泸州老窖”和“五粮液”，全被发射场的航天勇士们喝了个精光！他们一边喝着庆功的喜酒，一边吐着胸中的闷气。有的半斤、一斤白酒下肚，居然照喝不醉；有的后来尽管醉了，但即便躺倒在了路边的草地上，嘴上还在嘻嘻哈哈地念叨着“长二捆”“澳星”“澳星”“长二捆”……难怪后来有人说，这天晚上，整个西昌发射基地好像都能闻到“泸州老窖”和“五粮液”的芳香！

而山上山下，沟里沟外，房前楼后，村口路边，到处都响彻着噼里啪啦的鞭炮声。从当晚 7 点半，一直响到翌日凌晨 1 点！尤其是美国朋友，从来没有这么自由自在地放过鞭炮，也从来没有放过这么多的鞭炮，所以一放鞭炮就上瘾，想停都停不住。后来宾馆有人告诉我说，有一位平时相当省吃俭用，连上邮局寄信都是步行的美国朋友，高兴得一下买了一千多元人民币的鞭炮，认认真真、痛痛快快地放了一个晚上！

与此同时，远在千里之外的北京，中国火箭技术研究院也沸腾了！上万名科技工作者和干部职工家属，敲锣打鼓，点燃鞭炮，载歌载舞，欢呼雀跃，直至深夜，筋疲力尽，方才罢休；而中国航空航天报社的编辑记者们，当看完“澳星”成功起飞的实况转播后，则带着刚刚赶印出来的散发着油墨气味的《中国航空航天报》“号外”，匆匆驱车赶往北京街头，将“澳星”发射成功的“号外”送到路口、车站、地铁以及天安门等正在值勤的民警、哨兵和旅客的手上。于是伫立于寒风中的人们拿到“号外”后，马上借助昏暗的灯光看了起来。

而中共中央国务院、中央军委当晚也向参加“澳星”发射的全体人员发去贺电，祝贺“澳星”发射成功！几位国家领导人还分别给国防科工委和西昌卫星发射基地打去电话，表示祝贺！

第二天，全国各大报纸均以头版头条位置，隆重推出“澳星”发射成功的消息；海外众多媒体，也纷纷对此作了报道。

美联社北京 12 月 21 日电称：

中国的火箭今天将一颗澳大利亚通信卫星送入太空。这次发射非常顺利，这对中国参与国际卫星发射竞争的勃勃雄心是一个促进。

路透社北京 12 月 21 日电称：

中国今天将第二颗澳大利亚通信卫星送入轨道，这是北京羽翼渐丰的航天计划的一次胜利。这次发射圆满完成了 1988 年签订的购买、发射卫星的合同，这笔交易价值三亿六千万美元。

《香港时报》12 月 22 日报载：

昨晚 7 时 20 分，西昌卫星发射基地用“长二捆”火箭又成功地发射了一颗“澳星”。据西安测控中心传来的数据表明，“澳星”顺利进入太空预定轨道，并建立了合同所规定的入轨姿态。有关卫星轨道根数等主要参数已交付用户。至此，中国为澳洲发射两颗通信卫星的合同全部完成。

然而，第三天，即12月23日，形势急转，风云突变——全国各大报纸有关“澳星”发射成功的报道突然消失！随之而起的，是国外各种媒体铺天盖地的与前两天的内容完全相反的报道！

台湾《联合报》12月23日转载路透社报道称：

地面控制中心今天放弃与中共发射之澳洲B2卫星联系的努力，并正式宣布这枚价值一亿三千八百万美元的“澳星”已在太空失踪！

卫星所属之澳普图斯通信公司发言人说：“没有人知道这枚卫星在何方。我们认为它已告失踪！”该公司一位主管也说：“发射过程看来似乎满顺利的，但除非收回全部发射资料，你无法知道原因。目前，控制人员无法确定卫星究竟在何处。”

美联社北京12月23日电称：

中国发射的一颗澳大利亚通信卫星失踪后至今仍然下落不明，而美国制造者说，由于发动机故障，它未能到达轨道。

卫星的拥有者澳普图斯通信公司的发言人戴维·福斯特说：“我们尚未找到卫星，我们一直未能与其建立联系。”

通信主任唐·澳尼尔也说：“看来发动机没有像我们预料的那样点火。我们不知道它为什么没有点火。”

《香港时报》12月23日报道称：

中共星期一为澳洲发射的一枚通信卫星已告失踪，卫星澳洲主人已自认倒霉，认定这枚一亿三千八百万美元的卫星已经损失，中共则否认自己有责任。

卫星的主人——澳普图斯通信公司的发言人福斯特说："我们所知道的是，我们什么信号都收不到，我们查不到卫星在什么地方，不能追踪。卫星可能已经爆炸了！"他在悉尼的电话中还说："无人知道卫星究竟发生了什么事。我们不知道是火箭还是卫星出错，或是二者都出错。"这位发言人称卫星失踪仍是个谜。

美联社北京12月24日电称：

制造澳洲通信卫星的休斯公司星期四说，由中共发射的这枚卫星显然在进入最终轨道前已爆炸。

休斯公司发言人奥尼尔说，休斯的工程师研究了发射的录影带，发现该卫星在升空四十八秒后出现短暂的火球。

奥尼尔在休斯的洛杉矶总部说："我们看见的是要发生爆炸的迹象。但我们不知道火球是在卫星上还是在运载工具上。"

奥尼尔说："在火球出现后，长征火箭至少有一部分仍按轨道升空，看来工作正常。"但他接着又说，"地面一直未与卫星联络上。"搜索天空的科学家发现一些可能是卫星解体后的残片，以及至少有一件是长征火箭托住卫星的头部的残片。

于是，"'澳星'爆炸！""'澳星'失踪！"的信息，很快传遍全球，世界一片哗然！人们展开想象，纷纷进行各种各样的猜测；而一些不明真相的外国人士，也开始评头论足、说三道四。

有人说："'澳星'失踪，是因为中国的'长二捆'运载火箭有一个助推器掉了。"

有人说："'澳星'爆炸，是因为中国的'长二捆'火箭发生了爆炸!"

甚至还有人说："中国的火箭根本就没把卫星打上去。还在火箭点火发射前，卫星就被中国人偷偷卸走了!"

…………

"澳星"到底怎么了？上述说法可靠吗？

12 月 25 日，中国长城公司就"澳星"问题，在《光明日报》等全国各大报纸发表了一份郑重声明。该声明全文如下：

> **新华社北京 12 月 24 日电** 中国长城工业公司副总经理陈寿椿今天就有关"澳星"问题向记者发表谈话。陈寿椿说，我们注意到，最近我公司为美国休斯公司发射了第二颗"澳星"之后，外界出现了一些失真的报道。对此，我代表长城公司郑重声明如下：
>
> 1992 年 12 月 21 日长城公司为美国休斯公司发射了第二颗澳普图斯卫星。根据我们掌握的数据，充分证明，运载火箭全过程飞行正常，所有参数符合要求。至于为什么没有收到卫星信号，我们相信美国休斯公司会尽快查明原因公布于众。

当晚，中央电视台和中央人民广播电台在黄金时间也播放了这一郑重声明。

由此看来，"澳星"的确是出了问题!

但到底是什么问题呢？

难道"澳星"真的是爆炸了吗？

如果真的是爆炸了，"澳星"怎么会爆炸呢？引起爆炸的原因又是什么呢？是因为中国的火箭？还是美国的卫星？

海内海外，沸沸扬扬，众说纷纭，莫衷一是。

"澳星"之谜，成为人们急于解开的又一太空之谜!

七

其实，不幸的事情在发射的当晚便发生了。

“长二捆”火箭点火成功，这是当时在发射场区成千上万观看发射的人们有目共睹的一个事实，也是众多发射测量数据已经证实的一个事实；而“长二捆”火箭起飞不久（后来考证为四十七秒），空中便爆出一团火球，这同样也是当时在发射场区成千上万观看发射的人们亲眼看到的一个事实。

这个火球出现后，当时指挥大厅跟踪火箭的 xy 记录仪马上就出现了抖动，记录曲线呈现明显起伏状态，火箭的飞行速度也明显加快。在西昌基地过去的历次发射中，这样的火球从未出现过，这次为什么会出现呢？这团火球是出自火箭上还是卫星上？它对火箭卫星有没有影响？这个问题，当时不光对观看发射的人们来说是个谜，对坐在指挥大厅里的中外专家们来说，同样也是一个谜。但是，当时各个跟踪测量站不断反馈回来的信息又充分证明：“长二捆”火箭在整个飞行过程中，是正常的，没有出现任何故障！于是，在充分的科学测量证据面前，中国专家们相信，中国的“长二捆”运载火箭，的确已经成功地将“澳星”送入了预定轨道，完成了它的历史使命，所以才正式对外宣布：此次发射成功！

当晚，美国方面又是什么情况呢？

应该说，对此次“澳星”发射，美国人事先是有信心的。因为从“亚星”到“澳星”，他们同中国已有过无数次交往；并且就在三个月前，中国已成功地为他们发射了第一颗“澳星”。因此，他们没有理由不相信这次会成功。

本来，美方在太平洋上设有一个卫星跟踪测量站，这个卫星跟踪测量站叫关岛测量站。只要火箭卫星从西昌发射场起飞，关岛跟踪测量站很快就能捕捉到入轨的卫星。按惯例，火箭点火发射后，关岛测量站一旦抓住了入轨的卫星，马上就会通知西昌的美方负责人；西昌的美方负责人收到关岛跟踪站捕捉到卫星的信息后，再与中方沟通联系。

可惜，关岛跟踪站在“澳星”发射不久前，因遭遇台风袭击，一直没有恢复起来，在这次发射“澳星”时，并没有派上用场，美方只好用另外的备用跟踪测量站替代了关岛跟踪站。关岛跟踪站虽然在这次发射中失去了作用，但替代它的跟踪测量站当晚同样给西昌的美方负责人提供了外测数据。因此，当西昌的美方负责人收到这个跟踪测量站提供的外测数据后，才确定“澳星”已被火箭送入预定轨道。否则，美方怎会轻易签字！

但是，美方的地面卫星控制站当时毕竟尚未与天上的卫星沟通。所以在当晚热热闹闹的宴席上，尽管美国人也兴冲冲地高举着欢庆的酒杯，内心深处却多少有点忧虑重重，忐忑不安。

宴会结束后，美方所有卫星专家全都守候在指挥大厅旁边的一间小屋里，焦急地等待着发自洛杉矶总部和澳大利亚地面卫星控制站的消息。

然而，一个小时过去了，地面与天上的卫星没有取得联系；

两个小时又过去了，地面还是没有与天上的卫星取得联系。

于是在那寒冷的冬夜里，美国和澳大利亚的专家们不得不在沉闷的小屋里焦急地踱开了步子。

凌晨 4 点，中方一位翻译刚刚合上眼睛，一阵急促的电话铃声突然将他惊醒。电话是美方负责人打来的，说他们没有接收到卫星上的信号，卫星至今下落不明，请中方立即协助查找分析原因！同时点名要与中方的王德臣、李宝铭、胡世祥、佟连捷四位头面人物紧急会商。

中方几位专家得知这一消息后，刚刚松了一口气的心，又陡然紧张起来。

按中美双方签订的合同规定，美国的卫星与中国的火箭在空中分离后，中方的卫星测控中心就无权再跟踪卫星，而只能由设在美国、加拿大、关岛和澳大利亚的四个地面卫星测控站对卫星实施跟踪测控。而且，火箭与卫星的测控、遥控频率，中美之间是绝对保密的。任何一方即便想测控对方的卫星或者火箭，都无能为力。

那么火箭明明已经升空，卫星也被送入预定轨道，美方和澳方的地面为什么接收不到卫星上的信号呢？

是火箭出了问题，还是卫星本身发生了故障？

中美澳三方代表，很快展开紧急会商；与此同时，从中国的西昌、西安卫星测控中心，到美国的洛杉矶以及澳大利亚的堪培拉，有关的部门和专家们也连夜发动起来，火速分析各种数据，查找问题、原因。

很快，中方专家根据对西昌、西安卫星测控中心和太平洋上“远望号”测量船的数据分析，其结果表明，“长二捆”火箭在全过程中飞行正常。至于那团火球，中方专家根据对录像的观察分析，认为很可能是一个引爆点，而这个引爆点很可能就出在卫星的身上。

而美方专家们经过一昼夜对太空的观察、寻找，也终于发现，在卫星的预定轨道上，确实存在两个飞行物体：一个可能是卫星，另一个可能是“长二捆”火箭的第二级。因为在这个预定轨道上，不应该有别的飞行物，也不可能有别的飞行物。因此，卫星已被火箭送入了预定轨道，应该不容置疑。

那么，既然卫星已被火箭送入预定轨道，为什么地面呼叫没反应，应答系统也不能沟通呢？

后来，美方的地面系统再经多次努力，仍然无济于事。

正当中外专家焦头烂额、百思不解之际，西昌发射场附近有老百姓跑来报告：山上发现有被烧焦的东西！

中方人员一听，大吃一惊！本想立即奔赴现场查看，但又不能。因为根据中美间有关合同规定，卫星万一在中国境内发生意外或者坠毁，所有的航天部件以及卫星残骸应归还美方，中方不能以任何方式检查或者拍照。

中方立即将这一消息通报了美方。

于是，美方专家在老百姓的引导下，当即爬上山顶。当他们走到出事现场时，所有专家全被惊呆了：山岩上，草丛里，到处横躺着的，都是已被烧焦了的卫星的部分碎片和整流罩的残骸；在这些被烧焦的残骸上，中、美、澳三面国旗的碎影，还隐约可见……

望着眼前的残片，回想起星箭腾飞的壮美情景，美国专家们陷入极度的悲痛之中；有几位美国专家还俯下身去，用手指轻轻抚摸着一片片残骸，忍不住流下了热泪……

两周后，即1993年1月8日和9日，美方派来一个由十余人组成的高级专家组，在北京同中国专家一起初步分析了事故的原因；并于1月10日又专程飞往西昌发射场，查看了卫星和卫星整流罩的残骸。

2月1日，在北京的一个集会上，中国运载火箭技术研究院一位航天专家透露了“澳星”失踪的秘密：

> 1992年12月21日晚，按正常的发射程序，“长二捆”火箭将“澳星”发射升空。当火箭起飞四十七秒左右，位于火箭顶端的“澳星”发生突发性爆炸，将卫星整流罩炸开，致使整流罩脱落，造成“澳星”部分损坏。
>
> “澳星”上天后失踪，并非中国的“长二捆”火箭性能所致。目前，中美专家已经观察到，在“澳星”的预定轨道上，有“澳星”的残余部件——估计是卫星的发动机部分，以及把“澳星”残余部件送入预定轨道的“长二捆”火箭的第二级火箭！
>
> 我们需要指出的是，在卫星意外爆炸、产生震动、有效载荷重量减轻的情况下，中国的“长二捆”火箭自动调整好姿态后，仍按原定计划程序正常飞行，将“澳星”爆炸后的残余部分送入了预定轨道！

显然，这是一场灾难，又是一个奇迹，还是一个谜。

至于引起这次事故的确切原因，中美双方正在进一步的调查、分析之中。

相信，在不久后的一天，这一太空之谜终会大白于天下。

尾　声
告别昨天，寻找新感觉

历经八年艰难与风险，“澳星”在中国终于起飞！

中国人从发明第一枚火箭起，走过了一千年，一直走到今天，似乎才总算明白了一个简单的道理：老祖宗发明的火箭，是用来造福人类的，而不是留给后人去当供品的。

于是，中国继成功地发射了美国的“亚星”之后，再次推开尘封的国门，敞开胸怀，成功地发射了美国的“澳星”，又向世界迈出了一步！

当然，这一步，既迈得很沉重，很艰难，很惊险，又迈得很勇敢，很悲壮，很雄健！而且，作为一个曾被封建帝王封闭了两千年的民族来说，能勇敢地迈出这一步，是相当难能可贵、相当了不起的！

“澳星”在中国发射，中、美、澳三方空间合作，不仅让美国的新一代大型通信卫星有了在太空显示其功能与价值的机会，也让澳大利亚从卫星的商业营运中获得了巨额利润，同时对中国借机挤进国际商业发射市场也是关键的一步。这不仅对中国的航天技术的实力是一次证明，而且也为中国的航天队伍的发展开辟了一条新的道路。

但是，必须强调指出的是，在通往世界商业发射市场的路上，在开发宇宙、造福人类的途中，中国只是刚刚开始，仅仅是开始！

在第一个国际空间年里，中国虽然成功地发射了两颗“澳星”（第二颗“澳星”虽然在空中爆炸了，从火箭发射的角度来说，也算成功的），完成了首批对外发射合同，但每一步都充满了从未有过的艰难，从未有过的风险。而且这次发射成功，并不意味着今后每次发射都能成功。

肯定地说，中国在今后越来越多的航天发射中，无论是对内发射还是对外发射，不可避免的失败还会时有发生。失败和灾难将时刻伴随中国航天，也将时刻伴随着我们这个民族。因为失败和灾难，是任何一个民族乃至整个人类永远无法摆脱的命运！

一位日本作家说得好："灾难是在你忘了它的时候降临的。"

因此，对于失败与灾难，我们应有清醒的认识和足够的心理准备。我们需要牢牢记住的，不应该只有成功，还要有失败与灾难！

一个聪明的民族，应该始终具有和保持一种对外开放的姿态，一种正视现实的坦诚。纵观历史风云，面对八面来风，我们随时需要睁大的，不是一只眼睛，而是两只眼睛：一只认清本国的现状，一只瞄准世界的"风景"。

当今世界，已有五十八个国家投资发展航天技术，一百七十多个国家和地区应用航天技术成果，其总投资已高达六千多亿美元！美国每年用于航天的投资约占国民经济总产值的百分之零点五，高达一百亿美元至两百亿美元；苏联每年用于航天的投资约占国民经济总产值的百分之一至百分之二，高达一百亿美元至三百五十亿美元！但中国到 1985 年止，近三十年用于航天的总投资，还不如美国一年的费用！

从发射次数来看，全世界可发射航天器（主要指卫星）的国家和组织共有近三十个；全世界发射的航天器总数已达三千六百余个。其中，苏联两千三百三十七个，美国一千零四十八个。

而中国，从 1970 年起到 1992 年止，一共只发射了三十六颗卫星！与美国相比，是三十倍之差；同苏联相比，是百倍之遥！

再从世界航天总的概况和发展趋势来看，航天技术目前已进入成熟期，且正处于高速发展中。美国、苏联早已分别实现了载人航天、月球探测以及部分星球探测计划，空间站也已投入使用，开辟了新的科学和空间军事领域。而且，宇宙科学的探测活动已经打破了国界，法国、德国、印度和美国的有效载荷已装在了苏联的“和平号”空间站上，德国和荷兰的科学家则已进入了美国的“空间实验室”，美国在苏联的基础上发射的“麦哲伦”探测器正全力飞向金星。

此外，西欧拟在2000年前实现三大目标：投资二十四亿美元的“哥伦布”空间站、投资二十六亿美元的“使神号”航天飞机以及投资二十一亿美元的“阿里亚娜”大型运载火箭均已试验成功；日本正着手实施空间站操作、研制载人飞行的基础设施以及把航天器送往月球、火星和金星等航天计划；澳大利亚在1988年就制定和完善了航天政策，并依此确定了澳大利亚航天工业发展计划，为90年代澳大利亚航天工业的振兴奠定了基础；长期自我封闭的苏联，为获取航天技术的经济效益，也采取了相当灵活的政策，有的发射场已开始承揽私人公司的卫星发射任务。在火箭的价格政策上，宇航总局已把原来只有二千五百万美元的“质子号”火箭的价格，提高到了六千万美元，使火箭的发射价格水平与西方相当；而还有一些发展中国家，如巴西、印度等，也开始投入航天活动。甚至连刚刚结束战争，至今仍处于战火危机中的伊朗和伊拉克，也在积极发展自己的航天产业。

中国呢？

中国是世界上第五个用自制火箭发射本国卫星的国家，第三个掌握回收卫星技术的国家，第四个掌握一箭多星技术的国家，第五个独立发射同步卫星的国家；而且返回式卫星回收成功率高达百分之百，卫星上的微重力环境优于美国的航天飞机。尤其是自1985年“长征号”系列火箭宣布对外开放之后，在短短七年中，从初闯国际发射市场承揽搭载服务，利用较成熟的火箭技术发射国外卫星，到今天适应国际市场需求，冒着巨大风险研制新型运载火箭，实现了从单一的指令性计划研制产品向以市场经济为发展导向的重要转折。

毫无疑问，中国在经济落后、投资远远不足的情况下，航天技术能取得如此大的成绩，已是相当了得了。这些成绩表明，中国的火箭已经走出封闭的状态，由国内的科学试验轨道，开始转向国际的商品经济轨道，并在世界火箭高技术领域中占有一席之地。

但是，从总体上看，中国的航天技术与世界仍有不小的差距，尤其是大大落后于美国和苏联。况且，航天产业和其他产业一样，竞争日趋激烈。如果说，“二战”后日本在许多工业领域超过美国是很正常的话，那么其他国家在航天工业上将超过中国，也完全是可能的事情。

因此，作为刚刚跻身于世界商业发射市场的中国，对此必须有清醒的认识，而绝不能满足现状，更不能关起门来自吹自擂。昨天无论多么荣耀，毕竟已成过去；今天不管多么辉煌，终将变成历史。面对当今飞速旋转的世界，需要重新寻找的，是新的感觉；应该加紧盘算的，是下个世纪的坐标！

当然，在通向宇宙的远征途中，在创造空间文明、开发空间资源的风险路上，我们有足够的理由相信和期待，中国的下一次起飞！

1992 年 9 月 20 日～12 月 25 日写于北京平安里

附　录

超越失败：《澳星风险发射》

朱向前

1992年春天的那个夜晚，中国乃至世界的亿万双眼睛都通过电视荧屏注视着中国西昌卫星发射场，都在发射一瞬间目睹了火箭点火冒烟后纹丝不动，“长二捆”紧急关机，发射场烈火熊熊、黄烟滚滚的悲壮画面。从人们谈笑风生翘首以盼到发射现场指挥员出来宣布“澳星发射失败”不过短短几分钟时间，一个民族的情绪却在这儿拐了一个弯，历史巨人也在此刻留下了它沉重的足印，这个原本是春风花月普天同庆的良宵却被称为“黑色的‘3·22’之夜”。

事后无数事实证明，在“‘3·22’之夜”面前冠以“黑色”并不是一种夸张——突如其来的发射失败对于所有缺乏精神准备的国人来说，不啻是在心灵深处爆炸了一颗原子弹，它引发的震动是巨大而深远的，尤其对于相当多的还不习惯接受和承认失败的国民来说，那“长二捆”的滚滚浓烟就像蔽日的乌云一样密布在他们的心空而久久不能消散。更加耐人寻味的是：一个这样重大的事件，一个包孕了过多的希望、期冀因而也就可能带来同样多的失望、不满、疑虑和猜测的“后遗症”的特大新闻，理所应当成为世人关注的焦点。然而事与愿违，“3·22之夜”就像一张普通的日历一样被翻了过去，好像什么事也没发生。一向敏锐的传媒神经突然麻木了，素来迅速的传播节奏也反应迟钝了，既没有跟踪报道，也没有深度报道，既不解释不评说更不引导，反而讳莫如深，甚至对种种疑惑与小道传闻充耳不闻，听之任之……这难道是一种正常的局面吗？

好了，现在终于有一个声音出来打破了这种尴尬的沉默，这就是青年作家李鸣生的长篇报告文学《澳星风险发射》。当然，这个声音已经有点姗姗来迟，但我们可以理解也完全想象得到，这里用得上一句古语“欲速不达”，作者自有他的苦衷在，他必须等待一个时机——“澳星”再次发射成功之后。事实上李鸣生就是从“澳星”再次发射切入，去追溯首次发射的失败。从中也见出了作者的用心之良苦，也暗示出了报告“澳星”风险发射的困难之所在。说穿了，报告“澳星”风险发射的全部困难就在于四个字：面对失败。

应该说，由于一个小小元件的质量问题而导致的首次“澳星”发射中止，从纯科学的眼光看确实算不了多么大的一件事，如果与世界航天史上的众多灾难性事故比较起来，这真是一次最成功的“失败”了。但是，因为它发生在中国——这是一个有着悠久而辉煌的历史但在近代以来又饱经屈辱和忧患的经历了太多失败因而也就高度敏感过于自尊乃至讳言失败的民族；因为它发生在90年代——这是一个中华民族励精图治发奋图强急于重塑形象急于向世界证明一点什么乃至把奥运会上的每块金牌都提升到国力之显示国运之所系的高度来看待的时代；再加上打“澳星”本身就是中、美、澳三国之间的一次国际性合作，或者说是东西方在航天技术的高科技领域中一次联手的竞技与表演，尤其对中国来说，它正是一次“扬长避短”壮我国威的大好时机，因此它的成功与否就不可能不在某些国人眼中与泱泱大国的“面子”问题挂起钩来。如此等等，就足以使得“澳星”发射失败的意义要远远超出质量验证、技术操作乃至整个航天的科学范畴和商业发射的经济范畴，它的潜在影响势必要辐射与波及政治、文化、价值观念和评价尺度乃至社会心态和民族心理。换句话说，如何面对“澳星”发射失败已经不仅仅是科学家、商人和最高决策层的政治家们的事情了，它无疑是历史向着90年代的中国发出的一次尖锐的诘难和挑战：

你是回避它、掩饰它、歪曲它，还是正视它、承认它直至战胜它、超越它？

也正是从这个意义上，我看重李鸣生的《澳星风险发射》，看重这个题材中所包蕴的“失败”，看重这个“失败”中所包蕴的展示与解剖民族心态和心理的深层意义。为了突出与强化这一点，我甚至“攻其一点不及其余”地选用了“超越失败”这样的角度来谈论这部作品；考虑到篇幅的限制，我甚至还要大量地放弃肯定与赞扬作品中的英雄人物与胜利场面的诸多机会，而把我的聚焦点对准“失败”，对准作者乃至国人在失败面前所表现出来的一种姿态，一种气度与眼光，以及从正视失败到超越失败之间所走过的精神历程。

拉开一点来说，要找到像发射“澳星”这样的“巨大失败”（就影响层面而言）来检查与透视国人心理的机会亦是不太容易的。前些年有一本报告文学小册子叫《汉城不是洛杉矶》，记录了中国奥运军团兵败汉城的经过，但也基本上是就事论事，“纪实”而已，还未关注到国民对这个失败的反应，更没有提升到对这个反应进行反思的层面。况且，“澳星”所包蕴的丰富内涵也是“奥运”所不可同日而语的。从这一角度看，“澳星”发射失败恰恰给中国的报告文学作家提供了一次难得的历史机遇，同时也给出了一道难题。李鸣生抓住了这个机遇，并在解答这道难题中显示了独到的眼光与胆识。——《澳星风险发射》虽然终结于1992年“8·14”的成功发射，但作家却是毫不含糊地从“失败”开篇，从第一章第一节的七次特快列车上到第二节的西昌火箭发射场中，无人不谈两个字：失败。李鸣生还明确提出：“尽管‘黑色的“3·22”’已经过去，但人民有权知道，春天那个失败的夜晚”。于是，我们看到从第三节开始，李鸣生便正面强攻“失败”，立体地全方位地回溯与重现那个“黑色之夜”，内中既有惊心动魄的英雄壮举，更有催人泪下的悲辛故事，并且循此伸张与辐射开去，从西昌到北京，从国内到国外，从现实到历史，从肉体到心灵，从航天界到全社会，既写失败所造成的有形的损失与毁坏，更写失败所带来的无形的阴影与震荡，壮怀激烈一路悲歌，一直写到了第五章，占据了全书整整一半的篇幅……

如果仅仅把这种布局看成是作家一种“先抑后扬”之类的表达手法至少还是不够全面的。在我看来，与其说作者是在以前面的失败来为后面的成功作铺垫，还莫如说作者就是在写失败，写对失败的正视与超越，最后的发射成功不过是对“超越失败”的一次验证罢了。也就是说，从某种意义上看，“超越失败”成了贯穿全篇的主旋律。为了突出这个主旋律，作者实际上分了两个“和弦”来写，一个是写科学领域里的超越失败，这主要是以“长二捆”火箭四次发射为支点，以若干中外专家和火箭发射部队官兵为主角，紧紧扣住“澳星”的坎坷命运，全方位地展示了两颗“澳星”八年来从游说谈判到签订合同、从发射失败到成功起飞的风险历程。一个是写精神领域里的超越失败，这主要是通过“失败”来透视90年代的航天人乃至中国人的心理素质从脆弱到坚韧，精神风度从局促到豁达，以及整个民族品格与现代进程相抵牾、相摩擦、相融合、相和谐的复杂历程。

比较而言，两个“和弦”所表达的两个历程，我更看重后者。因为前者的奋进的基调我们比较耳熟，在作者的其他作品比如《飞向太空港》中我们也能听到类似的音响，而后者的反思的咏叹却更有创意与深度。举例来说，引言《1992年的中国，像在寻找什么》就可算这个部分的漂亮序曲，它是对“失败背景”的一个广阔扫描，也是对“失败效应”的一次深度反省，虽然文字不多，但却画龙点睛，具有很强的概括力与穿透性，且行文机智与灵动，表现了作者的睿智与文采。接下来的第三章也堪称是一个华彩乐章，虽然这一章主要是由信件电文“实录”和“作者按”两大块组成，但这些来信来电是作者从几千件电信中遴选出来的，具有很强的典型性与纪实性；而几个“作者按”则集中反映了作者的“失败观”和他对不同“失败观”泾渭分明的判断与雍容大度的理解。作者将这些电信分为四大类，A类可称为“理解类”，不仅遥寄来了一份理解、安慰和鼓励，还带来不少实物和钱币，甚至有一位中学生还在来信中提出："我们国家的新闻媒介的'作风'应该改一改，因为新闻媒介问题给我们的卫星发射工作带来许多不必要的压力……"并主张"成功了，请流点泪；失败了，请露点笑"。真情可感，见识也不俗，且出自一位中学生之手，实在令人欣慰。A类的"作者按"道——"不承认失败者的伟大，却能伟大地理解失败者，或许这是我们民族伟大的另一特性。在几千封来信中，此类信件最多，上至年逾古稀的老人，下至乳臭未干的小孩，都纷纷寄来一腔善良纯朴、真诚而又火辣辣的情怀。"B类可称为"气愤类"，虽然只占电信的四分之一，却带有很大的普遍性，他们因失败而失望而伤心而恼羞成怒，出言不逊甚至尖刻漫骂，何以至此？"作者按"道——"是因为近百年来我们的民族经受屈辱与失败的历史太久太久，还是因为我们这个民族太习惯沉醉于成功的杯酒之中？是我们这个民族一贯缺乏失败的心理准备，还是我们这个民族承受失败的能力太差太弱?"作者在看到这种心态需要调整与改善的同时，也从他们的尖刻话语中看到了"对航天事业别样的爱心，对自己祖国的另一种忠诚"。C类可谓"左倾类"，多是以阶级斗争的眼光来分析失败，善意地提醒要警惕"美帝国主义的破坏"云云。令人惊奇的是不少小学生甚至幼儿园的孩子也持这种观点。对此，"作者按"严肃地指出——"由此我想到我们一些中小学和幼儿园的课本，想到一些小学和幼儿园的教育；想到过去意识形态领域里某些'左'得可爱的宣传，想到渗透在我们这个国度里的一种看不见摸不着的'左'得可怕的政治文化！如果这些问题得不到很好的解决，如果这种'阶级斗争'型的思维模式如此遗传下去，岂不比'澳星'发射失败本身更为可怕!?"击中要害，发人警醒……

尽管来信者观点迥异，看法不同，从中暴露了民族心理中的某些痛疾和亟须纠偏的倾向，但作者还是摸准了他们一颗共同的爱国心，敏锐地感受到了民族心态正在告别封闭与愚昧而走向健康与成熟的脉搏，在本章小结中作者深情地写道："一颗小小的'澳星'，便牵动了这么多人的情怀，拨响了如此众多的心弦，从而引发出了一部调子不同、声音有别、感觉各异但又主旋律一致的‘民族大合唱’，这本身不就相当说明问题吗？如果这个世界无论发生了什么事情，一个民族始终装聋作哑，不吭不哈，甚至连脾气都懒得发一下，那么，你对这个民族还会抱有什么希望吗？”

这就是李鸣生对我们民族今天的“失败观”进行了审视、反思和分析之后，得出来的一种清醒的基本估价。从某种意义上说，这种声音也代表了我们民族新的精神气度和胸襟。事实也正是如此，当一场关于第二次发射要不要“现场直播”的争论进入到白热化的阶段时，积极的态度终于占了上风，他们认为“在改革开放的历史进程中，中华民族需要增强风险意识。一个民族只有在挫折与风险中经受住考验，才可能真正走向强盛”。这是历史的要求也是民族的共识，最高决策层顺乎民意，作出了“同意现场直播”的明智与开放的历史性选择。我们不妨将这个选择看成是为我们民族从正视失败、承认失败到超越失败的短暂的精神历程画下的一个句号，它虽然来得并不轻松和容易，但它毕竟表明了我们禁锢已久的民族精神的又一次解放与提升，它也似乎是一声宣告：在我们民族未来的风险征程上，我们渴望成功，力争成功，但我们也随时准备接受失败！有了这种意识的觉醒和强化，是不是更不容易被失败所击倒？比较这种健全的精神和心态而言，一次“澳星”发射的成功与否，是不是就不再变得生死攸关荣辱与共那般重要？

当然，李鸣生在“超越失败”的思索中也在努力超越自己。他给自己定下了一个构筑“航天文学”大厦的恢宏目标，他要一块比一块更高地垒他的基石。两年前他反映“亚星一号”发射的长篇报告文学《飞向太空港》（载《当代》1991 年第 1 期，作家出版社 1992 年第 1 版）被誉为“航天文学的开山力作”，获得 1991 年—1992 年全国优秀报告文学奖，那么“澳星”比“亚星”如何？简单说来，《飞向太空港》表现了他吞吐大吨位题材的结构气度，《澳星风险发射》则展示了他消化大吨位题材的理性高度；前者首次全景式地描绘了一幅中国航天事业的立体画卷，雄壮而辉煌，后者则复调式地奏响了一曲中国航天人乃至国民心理的交响乐章，深沉而悲壮；前者以明亮的颂扬色彩见长，后者则以凝重的反思旋律取胜；前者是认同成功，后者是超越失败……两者孰高孰低，读者自有判断，评家自有说道。一个不争的事实是，两部扎实深厚的长篇报告文学作品合在一起，就像一枚捆绑式火箭，已然将李鸣生这颗文学新星打上了90年代以来的文学星空，成为报告文学领域中为人瞩目的佼佼者。因此，我乐意继续追踪这颗文学新星的轨迹。

1993年7月16日于京西

刻在民族心版上的悲壮史诗

宋玉书

1992年3月22日中国第一次发射“澳星”失败，同年8月14日中国第二次发射“澳星”取得成功。对于这两次发射，对于这件中国航天史上的大事，新闻媒介都把它当作“重大新闻”“热点新闻”做过集中报道，中央电视台还进行了发射直播。具有超凡传播力的新闻，以火箭升空的速度把“澳星”发射的消息瞬间传遍世界各个角落，又如同火箭爆炸一样在平静的生活海洋中掀起了巨大波澜。

虽说今天的新闻就是明天的历史，可是新闻受自身体裁的制约，所记载的“历史”毕竟有些简短、浅显。无论是发射前的热情宣传，还是发射失败后的沉痛报告、发射成功后的热烈赞颂，几乎都局限于动态报道，即使专题节目也未能比较详细地写出“打澳星”的重大意义、巨大“风险”，未能描绘出那难以想象的艰难历程以及航天人尝遍甜酸苦辣之后那难以言说的复杂心情。受众从报纸、电台、电视上能看到、听到的仅仅是有关发射的消息以及对它的评价，是“长征号”火箭升空或未升空时的瞬间画面，但看不到我们为那瞬间付出的巨大代价，看不到北京中国运载火箭技术设计院和遥远的西昌发射场为那瞬间而苦战的无数个日日夜夜，也看不到中美澳三方合作过程中碰撞的火花与沟通的一幕幕场景。

对这些，中国人希望看到，也应该看到、记住。当年，我们的老祖宗把发明火箭的历史刻写在民族的心版上，今天我们同样应该把中国火箭冲出地球村的历史刻写在民族的心版上。因为只有刻在民族心中的历史才能一辈辈地永远地流传下去。而谁又来弥补新闻之不足，承担起这一同样重大的任务呢？

李鸣生——一位从西昌发射场开始自己的军旅人生，对航天人、航天事业有着深厚感情，自觉为中国航天事业记录历史的著名作家，为我们的读者，为我们的民族奉献上一部长篇报告文学《澳星风险发射》。这部作品连同他的其余四部报告文学构成了“航天五部曲”，构成了一部英勇悲壮的中国航天发展史。他说：“中国的航天事业，是关系到我堂堂中华民族的荣誉和尊严，关系到一个民族乃至整个人类开创空间文明、寻找新家园的伟大壮举，无论从文学还是史学的角度来说，都应该有所展示和记录。”李鸣生就做了一个作家应该做的事情，完成了文学应该完成的任务。

身为作家的李鸣生具有史家意识，善以记史者的目光观照报告对象，用史笔风格记写重大事件，赋予自己的报告文学史诗的品质，使它们成为既具文学审美价值，亦有历史文献价值的史诗性文本。《澳星风险发射》就是这样一部悲壮的史诗。作品不仅真实生动地讲述了这次发射的来龙去脉，描绘了两次发射的场景和过程，再现了第一次发射失败那惊心动魄的时刻，记叙了航天人背负着巨大的压力终于把“澳星”送上太空预定轨道的情景，而且以记史的理性对这一事件的重大意义，对发射的成与败，对主动出击国际市场承揽了卫星发射业务的中国航天业，对当时的国内外形势等进行了客观的评说与解析。这部广角扫描、全景观照、综合反映、深入透视的报告，集纳、整合了众多材料，从政治、经济、文化、社会等多个角度涉笔，为这次令世界瞩目的商业发射、亦令世界震惊的“风险发射”留下了非常珍贵的记录——一部中国火箭打入国际市场、中国航天业登上世界大舞台的备忘录，一部中国人艰苦奋斗实现科技强国梦的备忘录。自然，它也成为中国航天事业发展史上最有意义的一章，中国科技进步史上最感人的一页。因此，《澳星风险发射》名为报告文学，读来却如读史——读者不仅对“澳星”发射这样一个重大历史性事件有了比较全面、比较深透的认识，而且能够感受到作者开阔的历史视野、深沉的历史情怀。

当然，作为史诗性的作品，不仅要记录史实，还要表达对史实的认识，要总结经验与教训，为现实与未来提供借鉴与启示，体现出理性精神。李鸣生在叙写“澳星”风险发射的过程中，对发射失败等一些重要问题进行了理性思辨，直接表达了自己深邃的思考，为文本增添了思想的力度，使这部史诗性的报告文学呈现出浓郁的理性之美，史诗品格愈加彰显。

例如第三章，作者先是通过部分信件反映了“澳星”发射失败后全国人民的反应，对人们各种各样的态度与情感进行了精到而客观的分析，然后对此发表了自己的看法，认为无论国人有什么样的反应都是好事：“一个民族有声音总比没有声音强。如果这个世界无论发生了什么事情，一个民族始终装聋作哑、不吭不哈，甚至连脾气都懒得发一下了，那么你对这个民族还会抱有什么希望吗?”的确，无数的信件、各种各样的反应，说明“澳星”发射牵动了全国人民的情怀，说明人民具有强烈的民族意识、国家意识和爱国主义精神。假如人们对此无动于衷，一副无所谓的样子，那么我们真的要怀疑这个民族是否还有血性，是否已经麻木、颓废到了不可救药的地步。

第五章中对首次发射究竟算不算失败以及失败的原因进行了客观的分析，对应该怎样看待失败表达了理性之思，其中许多评析给人启迪颇多，例如，对“澳星”发射前舆论宣传的批评，对于敢不敢正视失败的思考。这些充满理性的文字、意味深长的话语，提升了作品的思想境界，赋予作品睿智的理性之光，照耀着读者的心灵，引导着读者走进明智的思想空间，能够理性地看待“澳星”发射，理性地对待成功与失败。获得理性的启蒙与引导，获得有价值的思想，这应该是读者阅读《澳星风险发射》额外的收获，也是最大的收获。

两次发射“澳星”，先败后胜，大起大伏，惊心动魄，是名副其实的“风险发射”。研制和发射准备过程中还有许多惊险曲折、动人心弦的故事发生。事件本身是完整、丰富和生动的，作者就依照事件发生发展的进程一路写来，从第一次发射火箭冒烟到再度风险合作，及至第二次发射“澳星”平安升空，把中国火箭发射迈向世界市场的关键性一步——“这一步迈得很沉重、很艰难、很惊险，却又很勇敢、很悲壮、很雄健”——如实完整地记录下来。在叙事过程中又适时地穿插进一些重要的历史资料和背景性资料，既为事件做映衬、烘托和说明，同时拓展了作品的空间，深化了文本的内涵。

例如，在第一章写完发射失败那个夜晚之后，没有“顺理成章”地直接写国内外的反应和失败的原因、责任，而是回顾了三十年前苏联火箭大爆炸、近百名军人和科学家丧生这一震惊世界的大事故，并由此联想到我国的这次发射，提出了造成这次发射失败的原因是什么的问题。在叙述进行到“板子该打在谁的屁股上”之后，又开始追溯“澳星”发射的历史，交代中国人走出国门开发国际市场的艰难历程，说明了“澳星”发射的非常意义，为读者解答了为什么中国要为外国发射“澳星”的疑问。除此之外，谙熟写作之道的作者还运用铺垫、反衬、渲染等文学手段为“风险发射”蓄势，突出事件的“风险”，亦增强报告的可读性。

第一章在写火箭冒烟之前，先叙述了发射当夜正常的气象条件、发射系统设备正常运转的情况、总设计师的乐观和信心、中外贵宾没有任何怀疑的期盼、准备就绪的庆贺晚宴、祝贺成功的演讲稿以及鞭炮、锣鼓、秧歌等等，把当时已经酝酿充分的喜庆气氛再现于读者的面前，但马上就以“但是，遗憾”两词为转向标志，将笔锋突然转向火箭冒烟的无情现实。

而第九章在写第二次成功发射之前，则先讲述了北京关于“要不要直播”的争论，西昌发射场科技工作者的紧张中又充满了兴奋、激动和悲壮的情绪，中方火箭上一个浮子不见，美方工程师别在衣服上的夹子突然失踪，发射的前一天突然降雨等令人握拳沁汗的故事。无论是人们的心情还是浮子和夹子失落等险象，都营造出了极度紧张的气氛。正像发射场和全国各地的人民在紧张的等待中终于看到“澳星”平安升空一样，作品在浓浓的紧张气氛营造出来之后，才将笔落到了“发射成功”上。

如此写来，内容自然跌宕起伏，峰回路转，有声有色，扣人心弦，读者不一口气读完是不能轻松释卷的。能够在纪实等规范的严格限制下巧妙调度、利用材料，把内容写得如此生动、精彩，既说明作者很好地把握了史诗性报告文学亦文亦史的特点，又体现了作者深厚的文学修养和高超的写作功力。

2003年10月26日